Bibliographische Informationen der Deutschen Nationalbibliothek:

Die Deutsche Nationalbibliothek verzeichnet die Publikationen der Deutschen Nationalbibliographie, detaillierte bibliografische Daten sind im Internet über http:/ dnb.dnb.de abrufbar.

Herstellung und Verlag: BoD – Books on Demand Norderstedt

ISBN 9 783753462691

zum Text:

In „Waldrandzeiten" wird eine Kindheit im rechtsrheinischen Köln in Krieg und Nachkriegszeit geschildert. Sie ist nicht nur von Krieg und Armut geprägt, sondern auch von Kirche und Religion. Im Untertitel heißt es „Fast ein Roman". Der Leser soll selbst entscheiden, ob es für ihn ein Roman ist oder nicht. Auf jeden Fall ist der Text im Wesentlichen an der Wirklichkeit orientiert und versucht, authentisch zu sein. „Das tiefste Erleben kann man nicht mit Worten wiedergeben. Aber man kann versuchen, sich ihm anzunähern." Das war eine Maxime des Autors beim Schreiben.

Auf der Titelseite wurde ein Temperabild des Autors verwendet.

Zum Autor:

Engelbert Manfred Müller wurde 1940 geboren und wuchs in Köln und Leverkusen auf. Er war 40 Jahre als Lehrer an Volksschulen, Hauptschulen und Gesamtschulen tätig. Davon verbrachte er 9 Jahre an Schulen in Chile und Mexiko. Nach seiner Pensionierung 2003 tauschte er sein jahrelanges Malhobby gegen das Schreiben ein.

Engelbert Manfred Müller lebt in Bergisch Gladbach und ist Mitglied des dortigen Autorenvereins „Wort und Kunst". Er schrieb zahlreiche Bände mit Erzählungen und Gedichten, einen Lissabon-Roman, einen Band mit Aphorismen und einen mit Reiseberichten.

Engelbert Manfred Müller

Waldrandzeiten

(Fast ein Roman)

Die Brille

Immer hatte Friedhelms Mutter versucht, seinen Blick nach oben zu lenken. Das war zum großen Teil auf ihre Angst zurückzuführen. Angst vor dem, was man heute sozialen Abstieg nennen würde. Damals kannte man diesen Begriff nicht, zumindest nicht in den Kreisen, in denen sie sich bewegten. Überhaupt sprachen sie eine viel konkretere Sprache, konkreter als die in anderen Schichten, konkreter als heute, in einer Zeit also, die sich zunehmend von der Wirklichkeit entfernt, indem sie sich immer mehr in Secondhand-Welten etabliert.

Friedhelms Kusine Anneliese drückte diese Angst noch am wenigsten konkret aus, wenn sie von ihrem gemeinsamen Vetter Karl mit leichtem Schauern meinte, der könne doch oft sehr extrem sein. Wobei sie damit so etwas meinte, wie drastisch, Wahrheiten ungeschönt verkündend, wenn nicht sogar kommunistisch. Über Kommunismus direkt wurde nie gesprochen, zumindest nicht in Friedhelms Beisein. Er würde nie wissen, ob das ein Teil der Schonung war, die ihm zuteil wurde, oder ob über dieses Thema überhaupt nicht geredet wurde, was äußerst merkwürdig gewesen wäre, da die Wahlergebnisse in diesem Teil der Stadt eine völlig andere Sprache sprachen. Friedhelm sollte das aber erst viel später erfahren, als Erwachsener, aus einem Buch. Auch später spielte diese Tatsache in Gesprächen keine Rolle. Drogen im heutigen Sinne waren in ihrem Umfeld damals unbekannt, wenn man vom Alkohol absieht. Der aber spielte eine umso größere Rolle.

Der Nachbar in der alten Wohnung, die sie mit zwei Familien eng beieinander bewohnten, hieß Ludwig. „De Lud es fott" war ein geflügelter Spruch, wenn dieser wieder einmal eine Zeitlang verschwunden war, aus Gründen, die nicht weiter ausgeführt wurden. Dass dabei Alkohol eine Rolle spielte, aber auch so etwas wie Schlampigkeit, mit einer unklaren Fortsetzung ins Sexuelle, schwang dabei unausgesprochen in der Luft. Sicher auch Arbeitslosigkeit, die nicht als solche benannt wurde. Und immer war das Bemühen seiner Mutter begleitet von einer Angst vor dem Absturz, vor einem jähen Fall nach unten oder vor der unheimlichen Macht einer Tiefe, die sie absolut nicht wollte. Weil sie sie kannte oder zumindest ahnte. Das mussten auch die Erlebnisse ihrer Kindheit sein, die sie für ihr Leben geprägt hatten. Aber so, dass sie alles daran setzte, diesem Schicksal zu entfliehen. Keiner wusste, woher sie die Kraft dazu nahm. Doch wurde sie von allen Geschwistern dafür anerkannt, in einer stillschweigenden Bewunderung, von der auch Friedhelm jederzeit profitierte, wie er dunkel oder auch staunend spürte.

„Schau mal", sagte sie, als sie in die neue Wohnung eingezogen waren „die Drachen da oben in der Luft. Jetzt sind es schon fünf." Friedhelm kniff die Augen zusammen und blickte aus dem Küchenfenster in den leicht dunstigen Himmel.

„Ich sehe nur einen."

Aufgeregt, fast erschrocken, war die Stimme seiner Mutter, als sie erwiderte:

„Schau doch mal genau hin! Insgesamt fünf. Der oberste ist nur sehr klein, aber die anderen sieht man ganz deutlich."

Aber Friedhelm musste dabei bleiben. Er sah nur einen. Da er seiner Mutter gegenüber oft einen ironischen Ton anschlug und Scherze machte, die sie als Zeichen seiner Intelligenz schätzte, konnte sie seine Antwort zunächst nicht richtig ernst nehmen.

Während sie stolz darauf war, nun in einer richtigen eigenen Wohnung in der nahen Industriestadt zu leben, war Friedhelm traurig und wütend, dass sie ihre halbe Wohnung am Waldrand verlassen hatten. Wenn er hier in der Stadt aus diesem Küchenfenster schaute, freute er sich nicht wie seine Mutter, dass sie überhaupt eine Küche besaßen und nicht weiter in der Wohnküche kochten, aßen, abwuschen, spielten, redeten, Besuch empfingen, rauchten, soweit es sich um seinen Vater handelte, lasen, soweit es sich um ihn selber handelte, und Radio hörten. Über die kahle Fläche, die er hier durch das Küchenfenster sah, und die einmal eine Wiese werden sollte, und die wenigen kümmerlichen Bäume, die darauf standen, konnten ihn regelrechte Verzweiflungsattacken plagen, so dass er schimpfte wie ein Rohrspatz, zum Leidwesen seiner Mutter.

„Vielleicht sieht er die anderen Drachen ja aus reinem Protest nicht", dachte sie einen Moment, bis ihr klar wurde, dass er es dieses Mal ernst gemeint hatte. Sollte er wirklich kurzsichtig sein, oder handelte es sich lediglich um einen Schleier, den er sich zugelegt hatte, um seine Abneigung gegen diese neue Umwelt zu bezeugen? Dieser Schleier würde aber mit Sicherheit ein Hindernis darstellen, für die Zukunft, die sie sich für ihn ausgedacht hatte, eine Zukunft mit weiteren Erfolgen in der Schule, einem angesehenen Beruf und einer hellen, unbeschwerten Familie. Deshalb stand für sie fest:

„Jetzt musst du aber mal zum Augenarzt. Gleich diese Woche!"

Die Kurzsichtigkeit war dann tatsächlich nicht unerheblich, und die erste Brille mit einem dunklen Horngestell ließ Friedhelm die Welt auf andere Weise erleben. Nie würde er sein Erstaunen vergessen, als er an der Haltestelle auf einmal den Namen der Straßenbahn klar und deutlich erkennen konnte und den schwarzen Schriftzug auf dem gelben Straßenschild, der eindeutig verkündete, dass Köln genau 14 km entfernt war.

Dieses Ereignis, das eine neue Phase in seinem Leben einleiten sollte, war wieder einmal auf einen kleinen Schubs zurückzuführen, den ihm seine Mutter gegeben hatte, wie schon öfter, wenn sie das für nötig gehalten hatte. Wie er sich von ihr weggeschubst gefühlt hatte, als er sich eines Tages selber waschen sollte, vor allem an den Stellen, an denen sie es nicht mehr für angemessen hielt, weil er nun schon alt genug sei, das für sich selber zu tun. Und wie der Schubs, mit dem sie später ihrem Mann befohlen hatte, nach ihrem Tod, den sie da schon vorausahnte, noch einmal zu heiraten, weil er andernfalls unter die Räder kommen würde. Uneigennützige Schubse aus Vorsorge und aus Angst vor dem Absturz nicht nur von sich selber, sondern auch von den beiden, die sie liebte. Schubse, die sie für notwendig hielt, auch wenn es ihr schwerfiel.

„Männer sind wie Akelei", pflegte sie zu Karneval zu sagen, der einzigen Gelegenheit, bei der sie sich ein wenig gehenließ, „oft blau und empfindlich. Wenn man sie in Ruhe lässt, verbreiten sie ihren Samen weit in der Gegend umher."

Der Keller

In der ältesten Erinnerung Friedhelms flossen diese Eigenschaften seiner Mutter zusammen. Doch überwog das Zittern ihrer schlanken mageren Hände, das er nicht ertragen konnte. Und das ängstliche Dunkel in ihren Augen, wenn sie ihn mitten in der Nacht aufweckte, zärtlich und aufgeregt zugleich.

„Friedhelm, aufwachen!" Ihre Stimme versuchte ihre gewohnte Zärtlichkeit beizubehalten. Doch war ihre schmale Hand anders, nicht so liebevoll wie gewohnt, eilig, aufgeregt. Das spürte er gleich. Und da war dieses unangenehme Heulen in der Luft, drang von draußen wie ein riesiger Wolf in den Frieden ihres Schlafzimmers. Und als sie ihn aus dem Kinderbettchen hochhob, spürte er die Kälte an den Wänden des ungeheizten Raums mehr als doppelt so stark wie sonst. Dabei schwoll der unangenehme laute Ton aus apokalyptischer Höhe an, sank wieder ab, als wollte er ihn kurz einlullen. Um dann umso aggressiver wieder anzuschwellen. Und dann noch mal, noch mal, wieder und wieder. Er ließ ihnen keine Ruhe, wühlte sie im tiefsten Inneren auf, zog ihnen jede Art von Sicherheit unter den Füßen weg.

Damals ahnte er noch nicht, dass dieser Ton einmal eine bleierne Legierung bilden würde aus den Ängsten seiner Mutter, dem Gesicht des Pastors hinter dem Gitter im katholischen Beichtstuhl und dem Schweiß auf der Stirn eines Jesuiten, der ihnen in der Aula des Gymnasiums eine Aufklärungslektion erteilen wollte. Eine Legierung, die sich vor allem in den Hoden und den von dort ausgelösten Gefühlen ablagerte, aber auch in den Teilen des Gehirns, die sich mit den Reizen des anderen Geschlechts beschäftigten.

Vorerst war da aber nur dieses Heulen aus der Höhe, allmächtig und unendlich hoch, gleichzeitig in der Lage, brutal zuzugreifen. Später würde für Friedhelm Gott ein Bruder dieses Heultons sein, vielleicht sogar Jesus, weil er ja angeblich gleichzeitig Gott sei und deshalb als Mensch nicht richtig zu begreifen. Gott gegenüber aber gäbe es als Lösung nichts als die totale Unterwerfung, die einzige Möglichkeit, ihn auszuhalten. Besser sogar noch, wenn man seine Unterwerfung auf Liebe umstellte. Doch fand das Heulen unerwartet irgendwann ein Ende. Mit dem späteren Ende Gottes war es wesentlich komplizierter. Das Heulen endete erst einmal in der wohligen Wärme des Kellers, der Decke, die seine Mutter um ihn geschlungen hatte, und den vertrauten Stimmen der Nachbarn.

Wenn man die steile Treppe hinuntergestiegen war, gelangte man auf den Flur des Kellers, von dem aus die verschiedenen Verschläge aus grob zurechtgehobelten Latten abgingen, mit Vorhängeschlössern vor den leichten Türen. Dahinter die Regale mit den Krügen für die eingemachten grünen Bohnen, die so fürchterlich stanken, wenn man sie öffnete, dem Geruch der Einkellerungskartoffeln und dem Staub der Kohlen oder Briketts, die über die Rutschen von den Händlern aus den Säcken geleert worden waren, Vorräte für die eisige Winterzeit. Später würde Friedhelm vor sich selber eine Mutprobe ablegen, wenn er den schwarzen Lichtschalter möglichst spät erst umdrehte, bevor er diese Stufen hinunterstieg, um etwas aus dem Keller zu holen. Nun aber herrschte eine fast gemütliche Atmosphäre in der Versammlung der Nachbarn, die alle gemeinsam die Zeit abwarteten, bis die Entwarnungssirene ertönte. Zumindest empfand der kleine Friedhelm das so. Schon früh hatte er gelernt, sich diese Welt aus Zufriedenheit zu bauen, einer Zufriedenheit, die sich zusammensetzte aus einer langen Flucht von Traumräumen und dem Geplaudere seiner Umgebung, vor allem, wenn sie ihn selber als Mittelpunkt auserkoren. Er hörte ihre vertrauten Stimmen aus seiner Zinkwanne heraus, in der ihn seine Mutter mit der blauen Kinderdecke auf den Kohlen gebettet hatte, wie auf einem königlichen Diwan. Und er genoss die Blicke, die seine kindliche Aufgeschlossenheit und Munterkeit bewunderten, die längst schon wieder an die Stelle dieser tiefen Angst getreten war, als er das Zittern der Hände seiner Mutter spürte.

Holzbein oder Verstopfung

Atemlos lief Friedhelm über die langen Bohlen unter den Wäscheleinen. Im Nacken das unaufhaltsame Poltern. Das immer näher kam. Und das frohlockende Lachen, das ihm Angst machte. Der schwere unregelmäßige Takt ihrer Beine, unüberhörbar das drohende Aufstampfen des schwereren Holzbeins. Tak-Taak, Tak-Taak.

„Du kriegst mich ja doch nicht!" hatte der Wettlauf begonnen.

„Und ob ich dich kriege!" ihre selbstsichere Antwort.

Seit Längerem standen sie in diesem ungleichen, grotesken Konkurrenzverhältnis zueinander. Der kleine dreijährige Friedhelm und seine neunzehnjährige Kusine Lieselotte. Den Anlass für den Wettlauf hatten sie später beide vergessen. Auch das Ende des für Friedhelm verlorenen Rennens. Er wusste nicht mehr, ob es in einer Ohrfeige endete oder in einem Langziehen eines Ohrläppchens. Hauptsache war ja ihr Triumph und Friedhelms Niederlage. Der Hintergrund der Konkurrenz sollte aber ein Leben lang erhalten bleiben. Friedhelm war und blieb sozusagen der Hoffnungsträger der ganzen Familie. Und Lieselotte empfand wohl immer so etwas wie Eifersucht, wenn ihre eigene Mutter, Tante Anna, ihren Neffen Friedhelm auf ihren Schoß zog, ihn abküsste und dabei „Minge ahle Jong" von sich gab, liebevoll begeistert und gleichzeitig besitzergreifend. Zumindest empfand Friedhelm das so.

Bei dem Bombenangriff auf das rechtsrheinische Köln im Juli 43 war die Oma ums Leben gekommen. „Erstickt. Feindeinwirkung" sollte Friedhelm als Erwachsener einmal die lakonisch-bürokratische Eintragung in ihrer Sterbeurkunde lesen. Tante Annas Gesicht wurde durch Splitter verheert und ihr halbierter Kiefer stand schief, Opas Kopf wurde so zugerichtet, dass seine Verwandten ihn im Krankenhaus kaum wiedererkannten. Die hübsche lebenslustige Lieselotte verlor ein Bein bei der Zerstörung des Bunkers, in den sie sich geflüchtet hatten. Deshalb waren sie alle zusammen mit Friedhelm, seiner Mutter und Mutters Schwester Käthchen nach Falken bei Chemnitz evakuiert worden. Hier wohnten sie auf der ersten Etage einer Gastwirtschaft und Brauerei. In drei Schlafzimmern und einer gemeinsamen Wohnküche.

In einem anderen Haus wohnten Tante Lene

und ihre Tochter Marlene. Tante Lene war die Frau von Onkel Urban, einem Vetter von Friedhelms Vater. Als sie bei der Ortsverwaltung registriert wurden, hatte die Beamtin ungläubig auf die Namen der Väter von Marlene und Friedhelm geschaut und entsetzt gefragt: „Haben die Kinder den gleichen Vater?" Ein Bigamieverdacht kam auf, da beide Urbane auch noch den gleichen Familiennamen hatten. Später wurde in der Familie noch oft über diese Szene gelacht. Sie hatten sie ja schon einmal erlebt, als sie zusammen von der Organisation „Mutter und Kind" wegen der Bombenangriffe auf Köln 1941 in den Bregenzer Wald geschickt worden waren.

Viel gelacht wurde in der Familie immer noch, obwohl die Umstände überhaupt nicht danach waren. Gelacht wurde über Friedhelms Sächsisch-Kenntnisse, die er mittlerweile erworben hatte. „Reschen wermer krieschen" gab er ganz geläufig von sich, diesen sächsischen Spruch mit seiner doppelten Bedeutung von „Regenwürmer kriechen" und „Regen werden wir kriegen", mit dem die Einheimischen sich über ihre eigene Sprache lustig machten. Gelacht wurde auch, wenn Friedhelm sich auf einen Stuhl stellte, um das Gedicht „Paulinchen war allein zu Haus" aufsagte, aus dem Struwwelpeter, dem ersten Buch, welches er kennenlernte. Das Lachen ging schon los, wenn er seinen Vortrag mit „Verbeugung" begann, nicht nur mit der Geste der Verbeugung, sondern auch sozusagen seiner Vertonung. „Paulinchen war allein zu Haus. Die Eltern- Wer sind denn die Eltern? –Die Eltern sind Papa und Mama- waren beide aus." So hatte er es beim Vorlesen von seiner Mutter gelernt und deren Kommentare mit in den Vortrag aufgenommen, zuerst ganz naiv, später wohl, weil der den Beifall genoss, den diese Kommentare hervorriefen. Und seine Mutter genoss den Beifall ebenfalls. Gelacht wurde auch über Friedhelms Umgang mit Nadja, der russischen Magd auf dem benachbarten Bauernhof der Familie Goldhahn. Auch bei dieser Magd genoss er die Aufmerksamkeit, wenn die fülligen bloßen Arme ihn hochhielten und er die Milch der gemolkenen Kuh direkt in den Mund gespritzt bekam, einerseits etwas ekelhaft oder sogar unheimlich, andererseits wohlig warm, und – wie gesagt, die Aufmerksamkeit und das Lachen der Zuschauer.

Gelacht wurde auch über die Geschichte mit dem Apfelklau. Monika und Dieter waren gleichaltrige Kinder einer Familie aus Chemnitz, die ebenfalls in dem großen Haus untergebracht war. Das große Haus mit der schiefergedeckten Fassade und ihren zahlreichen Fenstern war nicht nur Gastwirtschaft, sondern auch eine Brauerei, mit einem angebauten Tanzsaal. Die Familie Sparmann, der das Anwesen gehörte, stellte auch Apfelsaft her. Die Äpfel lagen oft auf einem riesigen Haufen im Hinterhof, wo sie und ihre roten Rundungen den Kindern, die selten etwas Süßes genossen, in die Augen stachen. „Friedhelm, hol doch mal einen Apfel aus dem Haufen!" hatten die Kinder den Kleinsten und Jüngsten, nämlich Friedhelm, angestiftet. Weil er ihnen einen Gefallen erweisen wollte, näherte er sich prompt dem Haufen und griff sich den Schönsten heraus. Gleichzeitig wusste er aber, dass da etwas Unerlaubtes mit im Spiel war. Von Anfang an hatte ihn seine Mutter ja streng gegen Lügen und Stehlen erzogen. Er fand dann auch gleich einen Ausweg zwischen der Scylla des Gefallens für die anderen Kinder und der Charybdis seiner mütterlichen Gebote. In der einen Hand hielt er den erbeuteten Apfel, mit der anderen Hand bedeckte er seine Augen. „Was du nicht siehst, kann auch nicht Wirklichkeit sein." Ob die Szene von Erwachsenen beobachtet wurde, oder ob die anderen Kinder sie weitererzählten, blieb in der Zukunft unklar.

Über andere Dinge lachte die Familie nicht. Teilweise, weil sie nichts davon erfuhr, teilweise weil es wirklich nicht zum Lachen war. Wegen der Pinkelszene hatte Friedhelm aber jahrelang später ein schlechtes Gewissen oder träumte sogar davon. Monikas Bruder Dieter und Friedhelm standen nebeneinander auf einem Mäuerchen, vor ihnen Dieters Schwester Monika. Da trieb es die beiden Jungen dazu, ihren Hosenschlitz zu öffnen und auf das Mädchen herunterzupinkeln, so dass es zeternd davonlief. Auch diese Szene rief in Friedhelm wieder ein widersprüchliches Gefühl hervor, eine unklare und unbegreifliche Lust auf der einen Seite und ein schlechtes Gewissen gleichzeitig.

Ähnlich war es auch mit der Tuchszene aus dem Fenster heraus. Friedhelms kostbarstes Spielzeug war ein kleines Samttuch, auf dem zahlreiche Abzeichen befestigt waren. Dieses Tuch ließ er oft an einer langen Kordel wie ein Triumphzeichen oder einen Köder aus dem Fenster nach unten. Es sollte von den anderen Kindern gesehen, womöglich beneidet werden. So ließ er das Tuch verführerisch bis in die Nähe der Kinder auf dem Hof baumeln. Aber es durfte um Gottes Willen nicht in deren Hände fallen. Deshalb zog er es schleunigst wieder hoch, wenn diese danach greifen wollten. Ein wahrhaft seltsames Spiel, den Erwachsenen wahrscheinlich gar nicht bekannt.

Bekannt und im Mittelpunkt des Interesses seiner Mutter und der Verwandtschaft aber war Friedhelms Nuckel. Er war schon drei oder sogar vier Jahre alt, als er sich zum Leidwesen seiner Mutter immer noch nicht von diesem Utensil trennen konnte. Und da traten wieder einmal die unterschiedlichen Vorstellungen von Erziehung bei seiner Mutter und Tante Anna zutage. Tante Anna ergötzte sich daran, wenn Friedhelm den von ihr mit Zucker bestreuten Nuckel abschleckte. Seine Mutter aber versuchte ihm seit längerer Zeit das Nuckeln abzugewöhnen. Sie schämte sich schon ein wenig, dass ihr Söhnchen immer noch nuckelte. Das schien ihr nicht mehr altersgemäß. Und wie immer unternahm sie dann Anstrengungen, ihn in seiner Entwicklung voranzubringen. Aber mit Überredung. Die lange nicht fruchtete, aber schließlich doch, als sie ihm wieder einmal erklärte, er sei doch nun schon so groß, dass er ohne Nuckel auskommen könne. Und als er den Nuckel dann auf ihre Veranlassung und in ihrem Beisein ins Feuer warf, empfand er sogar eine gewisse Genugtuung bei der Vernichtungsaktion.

Lange Zeit bekam Friedhelm vom Krieg hier in Sachsen nichts mit. Er lebte und spielte innerhalb seiner Familie, Tante Anna machte manchmal Spaziergänge mit ihm und Opa in den nahegelegenen Wald. Nur in einem seltsamen Bilderbuch tauchten brennende Flugzeuge auf, was er aber mehr genoss und interessant fand. Und als seine Familie von einem Piloten erzählte, der in der Nähe mit seinem Fallschirm gefunden wurde, berührte ihn das kaum. Aber angenehm berührt war er, als seine Mutter mit ihm seinen Papa in Hanseberg in der Neumark besuchte. Seine Mutter hatte durch Erzählungen und Bilder stets das Bild seines Vaters in ihm wach gehalten. So konnte sein Papa die vierjährige Gegenwart seines Sohns mit Freude genießen. Wie der Kleine voller Freude auf seinen Schultern saß, ihm seine wenigen Haare durcheinanderstrubbelte oder mit ihm im Gras auf einer Wiese herumtobte. Anders als zwei Jahre davor, als er in einem Heimaturlaub seinen zweijährigen Sohn am Abend in seinem Kinderbettchen begrüßte und der ihn befremdet mit „Tach, Onkel!" anredete, zu Papas großer Enttäuschung.

Dass der Krieg etwas Bedrohliches, Unheimliches war, wurde Friedhelm erst wieder bewusst, als eines Tages alle zusammen den

Atem anhielten und bei verdunkeltem Fenster auf ein unheimliches mahlendes Geräusch lauschten, das sich langsam, aber unaufhaltsam näherte: Amerikanische Panzer, die das Dorf und die Umgebung besetzten. Die anschließende Einquartierung der Soldaten hatte aber eher wieder angenehme Seiten. Zwar schimpfte man darüber, dass die Soldaten ihr Weißbrot, kaum dass es Schimmel angesetzt hatte, in den Mülleimer warfen, statt es ihnen zu überlassen, wo doch die Versorgung mit Nahrung nun immer schwieriger wurde. Aber wenn dann Lieselotte mit ein paar Riegeln Schokolade aus dem großen Tanzsaal nebenan zurückkam, war das alles wieder vergessen. Lieselotte erregte ja bei den Soldaten wegen ihres schönen Äußeren durchaus positive Gefühle, die noch verstärkt wurden durch ihr Mitleid, wenn sie ihre Holzprothese erblickten.

Ein paar Monate später traten an die Stelle amerikanischer Soldaten die russischen. Nun wollten alle möglichst schnell wieder in die Heimat zurück, nach Köln, was aber nicht so ohne Weiteres möglich war. Zwar besaßen sie mittlerweile russische Personalausweise, aus denen ihre westliche Herkunft hervorging, doch war zunächst ein legaler Grenzübergang in den Westen nicht möglich. So machten sie sich bei Nacht und Nebel auf, in der Nähe von Hof in Bayern über die grüne Grenze in den Westen zu gelangen.

In dem Wirtshaus an der Zonengrenze spielten Friedhelms und Lieselottes Konkurrenz zueinander zunächst keine Rolle. Jetzt hatten sie realere Sorgen. Wie sie auf den Holzbänken im Wirtsraum eine Lage finden konnten, die ihnen ein paar Stunden Schlaf ermöglichte. Die Frage, ob ihnen die Flucht gelingen würde. Wie sie genau ablaufen würde. Wie anstrengend oder aufregend sie sein würde.

Nach unruhigem, oft gestörtem Schlaf wurden sie geweckt. Es ging los, in einer Gruppe von vielleicht zehn oder zwölf Leuten, in der Dunkelheit hinter einem Bauern aus der Umgebung her, dessen Dialekt sie schlecht verstanden. Nach halbstündigem Stolpern, zuerst noch auf einer Straße, dann auf einem Waldweg, zum Schluss auf knackenden Ästen durch einen Fichtenwald, bis sie an eine Straße mit einem tiefen Graben dahinter gelangten. Hinter dem Graben eine Böschung.

„Jetzt müsst ihr gleich loslaufen. Alle zusammen. Die Böschung nach oben, und dann immer geradeaus. Aber alle zusammen. Nach fünf Minuten seid ihr drüben."

Mit einem Holzbein einen steilen Hang hin-
auflaufen, und das noch in einer stockfinste-
ren Nacht. Das musste ja schiefgehen. Friedhelms Mutter erklärte das Misslingen später
immer so. Die Kusine führte das Scheitern
aber auf ihn, Friedhelm, zurück. Das Problem
hatte sich bei ihm ja immer in Situationen
eingestellt, wenn es schnell gehen sollte, und
wenn es um Entscheidendes ging. So könnte
es auch hier tatsächlich so gewesen sein, wie
seine Kusine es später –nicht ohne einen
gewissen Triumph in der Stimme oder sogar
eine gewisse Gehässigkeit- darstellte, dass
Friedhelm es war, der die Sippe im Graben
vor dem Aufstieg in die Freiheit mit seinem
unstillbaren Bedürfnis nach Entleerung aufhielt, welches nicht zum Zuge kam. Bis das
Zeitfenster für die Flucht sich geschlossen
hatte, und ihnen nichts anderes übrig blieb,
als den Rückmarsch zu dem Wirtshaus und
danach nach Sachsen anzutreten. Später
träumte er manchmal von erschreckenden
Schüssen, die in diesem Fichtenwald ertönten. Vielleicht war der Grund für das Scheitern also weder das Holzbein, noch die Verstopfung.

Danach unternahmen sie eine legale Flucht
in den Westen, über das Auffanglager Friedland. Bei den endlosen Eisenbahnfahrten

zurück aus Sachsen nach Westdeutschland konnte man froh sein, wenn man es an der Hand der Mutter geschafft hatte, über den von Menschen vollgestopften Gang des Waggons zur Toilette zu gelangen, und die dann auch endlich frei war. Natürlich standen gleich die nächsten Anwärter auf den „Thron" vor der Tür. Und so sollte das Privileg in Eile genossen werden. Und deshalb funktionierte es nicht. Der Drang war da, aber nicht die Möglichkeit. Also wieder zurück zum Platz im Abteil.

Natürlich dauerte es nicht lange, bis der Drang sich von neuem meldete. Zum Glück legte der Zug einen der zahlreichen unerklärlichen Halte auf freier Strecke ein. Also schnell zur nahegelegenen Tür und raus. Da aber dort ständig die plötzliche Weiterfahrt drohte, auch wieder nur der Drang ohne Realisierung. Zurück ins Abteil. Tränen, die wachsende Nervosität der Mutter und das Mitleid der Mitreisenden. Dieses Mitleid ließ plötzlich einen riesigen leeren Gurkentopf auftauchen, der zur Verrichtung des sehnlichst herbeigewünschten und nicht verwirklichten Bedürfnisses benutzt werden durfte. Aber nun die ungewohnte Öffentlichkeit und die Angst, das Ziel zu verfehlen. Auf diesem merkwürdigen kalten Sitz. Wieder nichts.

Zum allgemeinen Bedauern des Publikums. Und zum Entsetzen seiner Mutter.

Kaum vorstellbar, wie sie schließlich dann doch im Lager Friedland anlangen konnten. Und hier wurde alles nicht besser. Um das nötige Geschäft zu erledigen, mussten sie bei triefendem Regen matschiges Gelände zwischen den Baracken durchqueren. Und die Nervosität der Mutter war fast noch schlimmer als das eigene Leiden. Dann das Warten in den überfüllten und feucht riechenden Räumen. Das Warten auf die unsägliche Entlausung, dieser Gestank und das atemberaubende weißliche Gas.

Marmeladenbrot von Opa und die Rückkehr an den Waldrand

Es war nicht nur seine imponierende Größe, die Friedhelm Respekt einflößte, sondern mehr noch sein Gesicht. Der Kopf mit der hohen Stirn und der blanken Glatze, dazu die fleischigen Lippen. Aber vor allem hatte er diese Miene von damals im Sinn. Vor der Jauchegrube im Hinterhof hatte der dunkle Holzblock gestanden. Friedhelm wusste, dass er nicht zu nahe an die Jauchegrube herangehen durfte, weil sie zu gefährlich war. Und diese Gefährlichkeit konnte man ja schon riechen und nicht nur sehen. Es roch wie aus dem Plumpsklo neben Omas Küche, nur verstärkt, konzentriert, mit einer Schärfe, die wohl aus der dunklen, undurchsichtigen Bräune der Brühe stammte. An einigen Stellen zeigte sie einen giftigen gelblichen Schaum obenauf. Und dann gab es da dieses Gerücht, dass schon einmal jemand hineingefallen sei, den man nie mehr retten konnte. Dann das aufgeregte Geflatter und Gezeter des Tiers, als Opa es aus dem Hühnerstall zog. Er fasste es nun mit der Linken und nahm das Beil in die rechte Hand. Hier schon hatte sein Gesicht die Züge angelegt, die dem Jungen Zorn und pure Grausamkeit anzeigten. Zusammengekniffene Augen und rote Haut. Dann die unbarmherzige Linke, die das Tier an den Füßen auf den Block niederdrückte, und der brutale heftige Schlag mit dem Beil auf den Hals, der noch versuchte sich wegzudrehen. Vergebens! Das Blut rann auf den Block, das grausame Gesicht des Opas und Friedhelms Entsetzen sahen das Huhn auf den lehmigen Boden fallen. Und dort −die Fortsetzung des Schreckens- lief es noch ein paar Schritte. Ohne Kopf! Bis es tot zusammenfiel. Das Beil in Opas Hand hing herunter, als wäre es genauso baff wie die beiden ungleichen Menschen.

Hinter dem Hinterhof begann der lange Garten seiner Großeltern. Am Anfang eine Wiese, auf der die beiden Schafe weideten. Sie waren mit Leinen an einem eisernen Pflock befestigt, damit sie das Gras möglichst effektiv abfraßen. Und dieser Pflock musste ab und zu versetzt werden, um so die Schafe eine andere Partie der Wiese erreichen zu lassen. Die Schafe hatten aber ihren eigenen Willen. Der sich von dem des Opas unterschied. Was diesen wohl zur Weißglut brachte. So erschien es Friedhelm, als er den Eisenpflock in Opas rechter Hand erblickte. Und gleichzeitig diesen fürchterlichen Zorn in seiner Miene. Der Zorn schlug den Pflock dann gegen die Stirn der Schafe, zuerst des einen, dann des anderen, dass es krachte. Da erst wurde deutlich, dass hinter der Wolle der Stirn etwas Hartes steckte, hart wie Holz oder sogar so hart wie das Eisen in Opas Hand. Und wieder die Röte in seinem Gesicht und die zusammengekniffenen Augen.

Dieses Gesicht hatte Friedhelm dunkel in Erinnerung, als sie nun den Hof durch das offen stehende grüne Metalltor betraten. Er fürchtete sich ein wenig, hatte ein mulmiges Gefühl im Magen. Aber dann wurde es ganz anders.

Der große, aufrechte Mann mit der Glatze trat aus der offenen Küchentür und begrüßte Friedhelm und seine Mutter freudig. Sie hatten gerade die endlose Trümmerwüste von Köln mit ihren Trampelpfaden und der Holzbrücke über den Rhein passiert, die Friedhelm Angst machte, weil zwischen den einzelnen Bohlen das dunkle Wasser des Rheins durchschimmerte und gluckste.

Wie zur Entschuldigung meinte der Opa:

"Oma ist aber nicht zu Hause."

Dann- nach einem Zögern:

"Setzt euch mal solange ins Wohnzimmer!"

Friedhelms Mutter stellte ihren Koffer vor den Herd in der Küche und nahm Friedhelm seinen Rucksack ab. Sie stiegen die zwei Stufen zum Wohnzimmer hinauf und setzten sich an den Tisch mit der weißen Stickdecke. Dort hatten sie immer nur sonntags oder an Feiertagen gesessen.

„Wo ist die Oma denn?" rief Mutter in die Küche hinunter. „Einkaufen oder bei Tante Dela?"

Tante Dela war die Kusine der Oma, die zwei Häuser weiter wohnte.

„Nein", kam Opas Stimme aus der Küche. „Zur Rosenkranzandacht."

Nun hörten sie das Klappern von Geschirr aus der Küche, und nach einigen Minuten kam der Opa mit etwas ins Wohnzimmer, was ihnen wie ein Teil aus dem Paradies vorkam: mit einer Schnitte von weißem Blatz, bestrichen mit Butter, die Friedhelm fast nur vom Hörensagen kannte, und mit Johannisbeergelee. Das Schönste aber war: Er hatte sie selber geschmiert.

Ahnte der Großvater vielleicht, dass es ihnen nicht besonders gut ging? Oder meinte er, da die Großmutter nicht zu Hause war, er müsse jetzt die sonst für alles sorgende raue Herzlichkeit der Oma ersetzen? Oder hatte Friedhelm bisher einfach ein falsches Bild von diesem Mann gehabt? Die Brutalität und Grausamkeit in seinem Gesicht verschwand völlig im Hintergrund der Erinnerung. Und da war jemand oder etwas, was sie anders erklärte: Vielleicht war es ja Hilflosigkeit und Wut über seine eigene Schwäche gewesen, die die fürchterliche Mimik hervorgerufen hatte und nicht angeborene Neigung zum Zorn, wie

Friedhelm es verstanden hatte.

Sie bezogen nun wieder ihre alte Wohnung am Mauspfad. Eigentlich war es ja nur eine halbe Wohnung. Sie teilten sich die Wohnung mit Familie Dabringhausen. Die fünf Stufen von der Haustür führten zu einem quadratischen großen Flur mit einer Toilette und einem Badezimmer mit Wanne, die von beiden Familien benutzt wurden. Links befand sich die Wohnküche der Dabringhausens, geradeaus die ihre, rechts davon das Schlafzimmer mit dem Elternbett und am Fenster Friedhelms Bett. Rechts vom Flur ging es in Dabringhausens Schlafzimmer, ebenfalls mit einem Elternbett und daneben dem Bett von Else, die ein Jahr jünger war als Friedhelm. Else war für Friedhelm wie eine Schwester, ihr Verhältnis zueinander wie Katze und Hund, wie die Erwachsenen oft sagten.

Besser gefielen Friedhelm die Geschwister Sabine und Renate, die zwei Etagen über ihnen wohnten. Mit ihnen spielte Friedhelm manchmal „Vater, Mutter, Kind" zusammen im Vorgarten, der von Ligusterhecken gesäumt war, die im Sommer einen betörenden Duft von sich gaben, oder neben dem Haus im Sand an der Teppichstange. Wenn dann Renate als die Jüngere bei ihm als Vater auf dem Schoß saß, hatte er oft Gefühle, die keine väterlichen waren.

Bei schlechtem Wetter war ihr Spielplatz manchmal der Schuppen hinter dem Haus. Jede der fünf oder sechs Familien aus dem Haus hatte dort einen eigenen Holzschuppen, in dem vor allem Holz- oder Kohlevorräte lagerten, die man zum Feuern der Herde brauchte, die als sogenannte Öfen in den jeweiligen Wohnküchen standen. Obwohl die Wohnungen, wie gesagt, eigentlich nur halbe Wohnungen waren, stand den Kindern doch genügend Raum zum Spielen zur Verfügung. Hinzu kam ja, dass die Straße kaum befahren war und somit wie der anschließende riesige Wald ein weiteres Riesenspielgelände darstellte.

Schon vor der Evakuierung in Sachsen hatte dem kleinen Friedhelm diese Umgebung gefallen. Nun aber war es ein endloses Gebiet für Entdeckungen und Eroberungen. Nach dem Regen konnte man Streichhölzer als kleine Schiffchen die Straßenrinne hinunter schwimmen lassen, bis sie in den Tiefen eines Gullis verschwanden. Hinter dem Haus und auf dem unasphaltierten breiten Bürgersteig vor dem Haus konnte man mit Klickern aus Ton oder –die kostbarere Variante- aus

Glas mit den anderen Kindern um die Wette in ein Loch zielen. Außer den Mädchen aus dem Haus waren das Manni und Wolfgang aus den Nachbarhäusern, nur ein oder zwei Jahre jünger als er selber.

Der Krieg hatte groteskerweise sogar noch weitere Möglichkeiten zur Verfügung gestellt. An der nächsten Straßenecke stand ein ausgebrannter Scheinwerfer der Fliegerabwehr mit den Scherben des großen Spiegels, mit dem die Flak die feindlichen Flugzeuge in der Dunkelheit angestrahlt hatte, um sie abzuschießen. In ihm konnte man herumturnen und die kostbaren, glänzend glatten Eisenkugeln aus den Kugellagern ausbauen. Im Wald stieß man nach wenigen Metern auf einen ausgebrannten Jeep, in den man hinein steigen konnte. Und später, als er das Fahrrad seines Vaters benutzen durfte, fuhren sie in den zahlreichen Bombenlöchern im Wald das wunderbare Steilwandfahrerrennen. Dabei legte man sich möglichst wagemutig in eine leichte Schräge beim Befahren des Bombenlochs. Die Wände der Bombenlöcher waren außerdem riesige Sandkästen, in denen man Löcher buddeln konnte, für das Vergraben von Schätzen. Gleich am Beginn des Walds hatte die Bevölkerung zwei hintereinander liegende Bombenlöcher zu einer Müllkippe umfunktioniert, die für die Kinder eine Fundgrube von ungeahnten Schätzen war: die Metallgerippe von alten Regenschirmen, die man zu effektiven Flitzebögen umbauen konnte, alte Dosen und zahlreiche andere nicht mehr benutzte Behälter, halb verrostete Schlüssel, ja, sogar ganze Schlüsselbunde, Kämme verschiedener Größe, Knöpfe, und hier und da sogar mal ein „richtiges" Spielzeug, eine zerschlissene Puppe oder ein Holzauto mit einem fehlenden Rad. Sie konnten ja in ihren Sammlungen alles gebrauchen, besonders Friedhelm, der alles Fehlende durch seine Phantasie ersetzte.

Der Wald war aber nicht nur Spielplatz. Er diente ihnen auch zur Nahrungsbeschaffung und zum Versorgen mit Wärme. Im Sommer zogen sie mit Eimern in den Wald, um Waldbeeren und Himbeeren zu sammeln. Im Herbst sammelten sie so viele Bucheckern, dass sie sie mit dem sogenannten Heuwagen bis zum zwei Fußstunden entfernten Lützenkirchen brachten, wo sie in einer Mühle zu Öl verarbeitet wurden. Der Heuwagen war ein Leiterwagen, der auf dem Hof der Oma stand, und den sie auch im eigenen Garten benutzten. Ein anderes Mal zogen sie dorthin, um Rüben abzugeben, für die sie Rübenkraut und ein wenig auch von dem kostbareren Apfelkraut erhielten.

Aber vor allem lasen sie kleine Äste und Kiefernzapfen auf. Die stapelten sie im Schuppen auf dem Hof. Von dort brachte Friedhelm sie eimerweise in die Küche, als Ofenanzünder für den Küchenherd, der seiner Mutter zum Kochen diente, aber auch die einzige Wärmequelle in ihrer Wohnung war, wenn man von dem Ofenrohr absah, welches auf Grund seiner Länge von einem guten Meter auch Wärme ins Zimmer abgab. Heizung gab es noch nicht. Und im Schlafzimmer war es so kalt, dass manchmal Kondenswasser die Fensterscheiben und sogar die Wände hinablief. Auf dem Hof waren dickere Äste und Baumstämme als Brennvorrat gespeichert. Ab und an kaufte Mutter einen Stamm beim Förster. Einmal hatte sie mit der Nachbarin zusammen einfach einen oder mehrere Stämme von einem Stapel im Wald nach Hause gefahren. Plötzlich stand Förster Scheidler vor ihnen und hätte ihnen beinahe ein Protokoll verpasst, ließ dann aber noch einmal Gnade vor Recht gelten. Friedhelm Mutter war das äußerst peinlich. Es rührte ja alles an ihr empfindliches Gewissen. Und auch das Kohleklauen am Güterbahnhof in der Nähe, wo sich die Einwohner des Ortes in Massen trafen, war ihr höchst unangenehm, aber leider zum Überleben nötig. Gottseidank hatte das der Kölner Erzbischof Frings sogar in einer Predigt legalisiert – eine große Erleichterung für Menschen mit so einem zarten Gewissen wie seine Mutter.

Einerseits hielten diese Arbeiten Friedhelm von seinen Träumereien ab, anderseits gaben sie ihm auch ein Gefühl der Nützlichkeit und Wichtigkeit, was von seiner Mutter gefördert wurde. Und manchmal sogar so etwas wie Solidarität, wenn er mit ihr zum Beispiel auf dem Hof stand und die große Baumsäge auf dem Holzbock hin und her bewegte. Er fasste den einen Griff, zuerst mit beiden Händen, dann nur noch mit der Rechten, seine Mutter den anderen Griff, und nach kurzer Zeit des Zögerns entstand ein Rhythmus zum klingenden Sägengesang, der sie in einen Paartanz versetzte, den sie beide sehr mochten, über den aber nie geredet wurde. Wenn es schon kälter war, benutzten sie die Griffe mit Handschuhen. Dabei konnte man aber leichter abrutschen.

Beim Versorgen mit Nahrung, manchmal sogar sogenannter guter Butter, half auch Tante Elli, die zweitälteste Schwester von Mutti, die neben Tante Anna in Höhenberg wohnte. Sie besuchte sie manchmal in Dünnwald. Dann erhielt sie von Friedhelms Mutter Süßstofftabletten, die sie beim Maggeln in der Eifel in andere Lebensmittel umtauschte. Maggeln nannte man das Tauschen auf dem Schwarzmarkt. Diese Süßstofftabletten erhielt Friedhelms Mutter von der Firma Bayer, wo sein Vater vor dem Krieg gearbeitet hatte. Sie waren ein äußerst wertvoller Tauschgegenstand, fast noch kostbarer als Zigaretten.

Friedhelm begleitete seine Mutter auch manchmal auf die Felder des Klosterhofs, hinter der Eisenbahnlinie. Bis zu den Feldern am Weißen Mönch waren fast drei Kilometer zu Fuß zurückzulegen. Das war aber damals selbstverständlich. Seine Mutter kniete dann mit anderen Frauen in dem saftigen Grün der Rübenfelder, um Rüben zu verziehen. Dabei mussten die überflüssigen Rüben herausgezogen werden, damit die Pflanzen den richtigen Abstand voneinander hatten. Zur Mittagszeit gab es Brote aus der mitgebrachten Brotdose aus Aluminium. Nach der Mahlzeit benutzte Friedhelm die Dose zum Aufbewahren von Marienkäfern, die er von den Rübenblättern aufgelesen hatte. Sie waren für ihn sozusagen ein kleiner Privatzoo, stanken aber fürchterlich.

Die Bezahlung für die Arbeit bestand meist in

Kartoffeln oder auch in Rüben, in Runkelrü-
ben, die normalerweise als Tierfutter dienten,
aber auch zu Rübenkraut verarbeitet wurden,
welches als Brotaufstrich diente. In Dünnwald
wurden die Rüben Knollen genannt, und ältere Kinder oder Jugendliche höhlten sie zu St.
Martin aus, um sie als Laternen zu benutzen,
und schnitzten Löcher für Augen, Mund und
Nase hinein. Diese von innen beleuchteten
Köpfe wirkten auf Friedhelm eher unheimlich
als heimelig.

Wenn das Korn abgemäht war, liefen sie mit
anderen auf dem Stoppelfeld umher, um die
restlichen Ähren aufzulesen, die von der Ma-
schine nicht erfasst worden waren. Friedhelm
tat das nicht gerne, denn die Stoppeln stachen manchmal an den Sandalen vorbei unangenehm hart in die Füße, und die nackten
Beine wurden von dem Wasser bespritzt,
welches sich in den Stoppeln angesammelt
hatte.

Da war ihm dann schon seine Aufgabe, Holz
aus dem Schuppen in die Küche zu holen,
angenehmer. Später hackte er mit dem Beil
sogar dünne Späne von den Holzklötzen ab,
die zu Haufen geschichtet in einer Schublade
des Küchenherds lagen. Friedhelm half auch
beim Aufstapeln von Briketts im Keller. Der

Kohlenhändler schüttete die Briketts aus den Säcken in das Kellerloch hinter dem Haus, wo sie dann polternd in den Keller rutschten. Dort wurden sie sorgfältig, nachdem der schlimmste Staub sich gelegt hatte, von Friedhelm nebeneinander und aufeinander gestapelt.

Ab und zu half Friedhelm auch beim Waschen. Am unangenehmsten waren ihm dabei der Geruch und der Dunst der Lauge im Waschkeller. Dort stand das Ungetüm der hölzernen Waschmaschine mit ihrem Holzkreuz, welches die Wäsche automatisch umwälzte. Beim Einfüllen der Wäsche aus einem Korb wurde mit einem riesigen abgeflachten Holzknüppel nachgeholfen. Und nach dem fertigen Waschen stopften sie die Wäschestücke in die Presse aus Zink daneben. Wasser füllte den Gummibalg, der die Kleidung so zusammendrückte, dass das noch enthaltene Wasser unten aus einem Hahn aus dem Apparat herauslief. Wenn die Arbeit erledigt war, hatte man oft von der Feuchtigkeit gerillte Fingerspitzen. Wieder ein gewisses Gefühl des Stolzes, dass man der Mutter geholfen hatte, und zugleich ein Bedauern über die Zeit, die man bei seiner eigentlichen Tätigkeit, dem Träumen und Nachdenken, verloren hatte.

Interessanter war für Friedhelm, wenn er seiner Mutter beim Beschriften der Kranzschleifen zuschauen konnte. Die Aufträge bekam sie von dem Blumengeschäft am Ende des Mauspfads. Auf dem großen, ausziehbaren Küchentisch lagen dann die weißen Schleifen aus vornehmer steifer Atlasseide. Daneben eine Schachtel mit Federn verschiedener Größe und zwei Fläschchen mit Tusche, eins mit schwarzer und eins mit goldener.

Er bewunderte die Hand seiner Mutter, wie sie den Federhalter hielt und wie aus der breiten Feder die Buchstaben in gotischer Schrift flossen.

„Wo hast du das eigentlich gelernt, Mutti?"

„Ein bisschen im Zeichenunterricht in der Schule, und dann durch Ausprobieren."

„Wie kann man das denn ausprobieren? Ich käme nie auf solche Buchstaben. Die sieht man doch nirgendwo so."

Seine Mutter kramte einen Umschlag unter der Federkollektion hervor und öffnete ihn.

„Hier kannst du verschiedene Schriften sehen. Die benutze ich immer als Muster."

„Aha."

Konnte seine Mutter einfach alles? Sie war ja
ebenso geschickt im Zeichnen von kleinen
Landschaften und interessanten Gebäuden.
Die waren zwar wohl Phantasie, wirkten aber
immer so, als ständen sie echt irgendwo in
der Wirklichkeit. Manchmal zeichnete sie so
etwas Sonntags, während sie zusammen
Musik aus dem Radio hörten.

Und Lampenschirme bastelte sie auch noch.
Aus diesem steifen Material, welches sie Cel-
lophan nannte, und welches sie von Familie
Plicht bekam, schräg gegenüber auf dem
Mauspfad. Das orangefarbene oder bräunliche Material schnitt sie in einzelne kleine
Scheiben, die sie mit einem Gerät an den
Rändern lochte. Dann zog sie dicke Fäden
aus dem gleichen Material durch die Löcher
und verband so die einzelnen Scheiben miteinander, bis ein ganzer Schirm entstanden
war. Im Schlafzimmer standen zwei solcher
Lampen auf den Nachttischen von Mama und
Papa. Da Papa ja noch in Gefangenschaft
war, wurde seine Lampe nur dann angezün-
det, wenn er bei seiner Mutter im Bett schlief.
Das wurde ihm manchmal erlaubt. Vor allem,
wenn einmal ein heftiges Gewitter war. Eigentlich hatte er dann keine Angst, aber die

Blitze und der laute Donner gaben ihm sozusagen das Recht zum Zusammenrücken.
Und es war so gemütlich, wenn er hinter seiner Mutter schlief und ihre Schultern um-
klammerte. Er hatte keine Angst, weil seine
Mutter, die sonst so ängstlich sein konnte,
merkwürdigerweise keine Angst vor Gewitter
kannte.

„Den Schläfer lass schlafen! Den Prasser
schlag tot!" pflegte sie zu sagen, wenn die
Rede auf Gewitter kam. Sie wollte damit ausdrücken, dass arme Leute von Gott geschützt
wurden, vor allem, wenn sie schliefen. Und
Friedhelm leuchtete das vollkommen ein.
Auch, dass sie keine Prasser seien, die mit
teurem Essen nur so um sich warfen und
womöglich in Milch und Honig badeten. Bei
Gewitter und auch beim Morgengesang der
Vögel, wenn er ins Schlafzimmer hineintönte,
fühlte er sich vollkommen eins mit der Natur.
Umso schöner, wenn er das mit der Mutter
gemeinsam so empfand.

Sie stehen noch nicht in der Reihe

Als Friedhelm in die Schule kam, hatte seine Mutter eine regelmäßige Arbeit in der Gummifabrik Radium in Dellbrück gefunden. Dadurch war er nun zum Schlüsselkind geworden und hielt sich öfter bei der Oma auf. Nach dem Frühstück drängelte Oma oft mit ihrer barschen Stimme:

„Friedhelm! Zeit zum Gehen!"

Vom Hof aus konnte er das Geschehen auf dem Schulhof gegenüber genau beobachten. Das Gerenne und Geraufe der Mitschüler gefiel ihm nicht. So stieg er erst über das Mäuerchen vor dem Schulhof, wenn die Klassen sich aufzustellen begannen.

„Sie stehen noch nicht in der Reihe", rief er deshalb Oma zu. Und erst wenn diese ihn ein zweites Mal hektisch und streng ermahnte, nahm er seinen Ranzen auf die Schulter, überquerte die Straße und kletterte über die niedrige Backsteinmauer, die das Alter fast schon schwarz gefärbt hatte.

„Ihr habt Glück gehabt, dass ihr Lehrer Braun bekommen habt", meinte seine Mutter.

Friedhelm wusste von anderen Kindern, dass manche Lehrer ihre Schüler schlugen.

„Das stimmt. Er hat noch nie einen geschlagen."

„Ja, aber das meine ich nicht. Er legt so großen Wert aufs Lesen. Das hat er uns Eltern gleich am ersten Tag gesagt."

Es sollte sich zeigen, dass für Friedhelm mit dem Lesen eine neue Etappe in seinem Leben anbrach. Er war dann weniger allein, weil er gemeinsam mit den anderen Lesern die dichte Kappe der Wirklichkeit durchstieß. Das war offensichtlich nicht für alle Menschen wichtig. Seine Dünnwalder Oma und vielleicht auch der Opa schienen ihm nur in dieser Wirklichkeit zu leben. Und die war hart und unbarmherzig, gleichzeitig oft langweilig. Beim Lesen konnte man in andere Welten flüchten oder der normalen Welt ein Licht aufsetzen, wie er später merkte, als er selber zu schreiben begann. Ein Licht, welches fehlte oder geleugnet wurde, weil es an die eigene Seele rührte, was manchen Menschen oft unangenehm war, weil sie es nicht spüren konnten oder auch nur nicht wollten. Manchmal bedurfte es nur einer kleinen Ergänzung oder einer anderen Schwerpunktgebung, um die Wirklichkeit in diese Richtung zu verändern. Hatte man diese Richtung einmal eingeschlagen, nahm man die Wirklichkeit aber auch von vorneherein anders wahr. Und es entstand dann die Frage, ob die anderen sie einfach nicht sahen. Diese anderen bezichtigten auf jeden Fall solche Leute wie ihn dann oft als Spinner oder als Lügner. Aber das kam später. Als Kind wurde er lediglich als Träumer bezeichnet.

„Jong, loor für dich!" würde es sein Vater ausdrücken, wenn er endlich wieder zu Hause war,

„Junge, schau vor dich! Damit du nicht über die eigenen Füße stolperst." war damit gemeint. Gottseidank war das aber nur die offizielle Seite seines Vaters, wie sich zeigen sollte.

Seine Mutter besaß nicht viele Bücher. Ihr Lieblingsbuch hieß „Via Mala" von John Knittel. Sie tauschte es nun in der Leihbibliothek auf der Odenthaler Straße gegen „Fritz Immerfroh" von Josephine Siebe und Hauffs Märchen ein, um ihrem Sohn die ersten eigenen Bücher schenken zu können. Kaum hatte Friedhelm das erste Schuljahr hinter sich, begann er in diesen Büchern zu lesen. Den

Grundstock fürs Lesen hatte Lehrer Braun gelegt, mit seiner gründlichen Methode, bei der er manchmal vor der Klasse stand und mit beiden Armen die Schwungbewegungen vormachte, die für die richtigen Bögen der Buchstaben erforderlich waren. Mühsam und quietschend entstanden dann auf den Schiefertafeln der Schüler die gleichen Buchstaben, mehr oder weniger zumindest. Wenn die Form allzu sehr abwich, mussten die Buchstaben und Silben mit dem Schwamm und dem Lappen ausgewischt werden. Das war nicht nur lästig, sondern fast ekelhaft, weil Schwamm und Lappen nach kurzer Zeit zu stinken begannen, wenn sie länger nicht gewaschen worden waren. Aber streng und doch geduldig bestand Lehrer Braun auf dem Verbessern und –noch schlimmer- auf dem Vervollständigen der Zeilen, da die richtige Übung nur durch Wiederholung zustande kommen konnte. Die Lesefibel war auch nicht das Interessanteste. Erst das Lesebuch im 2. Schuljahr enthielt dann manche schöne Geschichte. Aber Lehrer Braun verstand es, die Schüler bei der Stange zu halten, weil er immer wieder das hohe und verlockende Ziel, das Lesenkönnen, anpries. Und viele Schüler glaubten ihm. Wenn auch nicht alle.

Ein Weg für die Ewigkeit

Der Weg von zu Hause bis zur Schule machte ungefähr die Hälfte des Quadrats aus, in dem sich damals seine Welt bewegte, einen Winkel, der den stillen Mauspfad bis zu seinem letzten Knick umfasste und dann den Beginn der Berliner Straße, in der sich Lärm und Verkehr mit dem Anschluss an die übrige Welt anschloss.

Zwischen den Ligusterhecken mit ihrem süßlichen verführerischen Duft betrat er die Straße beziehungsweise den breiten unasphaltierten Bürgersteig, gegenüber die Villa von Dr. Koch, dem Bayer-Chemiker mit seinen Kindern Freia und Gernot, die Friedhelm immer nur aus einer gewissen Distanz heraus kannte. Um zur Schule und dem Haus seiner Oma zu gelangen, musste er sich aber nach links wenden. Dort wurde ihr Sechsfamilienhaus von einem Stück Acker begrenzt, das oft brach lag, manchmal aber auch mit wogendem Korn bewachsen war. Ihr Haus war auf dieser Seite unverputzt, als wenn man damit rechnete, dass das Ackergrundstück irgendwann einmal mit einem Nachbarhaus bebaut würde, oder als lohne sich das Verputzen nicht, weil man sowieso nie dorthin schaute.

Dann lief er an dem niedrigen Doppelhaus vorbei, das links Frau Hein mit Käthi und rechts den Laden von Steinkrügers beherbergte. Frau Hein machte eher einen misstrauisch-abweisenden Eindruck, wohl weil sie stets befürchtete, dass Käthi wieder einmal von den Kindern verlacht wurde. Verlacht wegen ihres steifen Hüpfgangs und ihrer stammelnden Sprache, beides Folgen ihrer Krankheit. Erst viel später erfuhr Friedhelm, dass es sich dabei um eine spastische Behinderung handelte.

Bei Steinkrügers kauften er und seine Mutter damals nahezu alles, was sie zum Leben brauchten. Besonders freute er sich auf den Einkauf, wenn Margarine dabei war. Dann gab es als Extra immer ein farbiges Bildchen dazu, entweder für die Sammlung Sprichwörter oder die Sammlung Abenteurer und Entdecker, später auch kleine helle Plastik-Figürchen, die ihm wie Elfenbein vorkamen, berühmte Gebäude wie das Lübecker Holstentor oder Tiere wie Elefanten mit dicken Bäuchen oder Giraffen mit schlanken Hälsen. Es war angenehm, sie in die Finger zu nehmen und sie zu streicheln.

Es folgten danach mehrere Häuser, die, wie ihr eigenes Haus, etwas hinter Vorgärten zurückgesetzt lagen, eines davon das, wo auf der ersten Etage Familie Becker wohnte, Trudi und Fritz, die mit seinen Eltern befreundet waren, der ältere Sohn und sein jüngerer Bruder Hans, mit dem ihn eine jahrelange Hassliebe verband. Liebe, weil sie die gleichen Spiele spielten, Hass, weil Hans seine Zunge und seine Lippen auf eine Art und Weise bewegte, die Friedhelm kaum ertragen konnte. Und dabei gab er ein leichtes Schnalzen von sich. Diese Bewegungen und das Schnalzen drückten die ganze Überheblichkeit aus, die Hans' Familie über seine eigene erhob, weil sein Vater ja immerhin eine ordentliche Anstellung als Briefträger hatte, während Friedhelms Vater nach dem Ende seiner Krankheit und seiner Arbeitslosigkeit eine schwere Arbeit in der Kesselschmiede bei Bayer bekam. Vielleicht drückten diese Zungenbewegungen aber auch eine Genugtuung darüber aus, dass Friedhelms Vater Hans' Mutter Trudi auf eine unangemessene Art hofierte.

In dem Haus dahinter wohnten jahrelang der Förster Scheidler, dessen Tochter Elsbeth Friedhelm – noch vor der Evakuierung nach Sachsen- heiraten wollte. Wenn er einmal von seinen Verwandten einen Groschen geschenkt bekam und diese wissen wollten, was er mit dem Geld anstellen würde, antwortete er:

„Sparen."

„Und was machst du mit dem gesparten Geld?"

„Damit kaufe ich eine Küche."

„Für dich alleine?"

„Nein, für Elsbeth und mich."

Ihre Heirat war ihm einfach selbstverständlich.

Gegenüber lag der alte, efeubewachsene Ziegelsteinbau, der das Alte Förstchen genannt wurde, dessen Bewohner ihm aber nie begegneten. Vielleicht war es einfach ein verwunschenes Zauberhaus, neben dem der Weg in den endlosen Wald führte, der ihm immer mehr zum Schauplatz seiner Spiele, Abenteuer, Fantasien und verbotenen Lüste wurde. Und hinter dem Förstchen das Eckhaus mit der Familie von Otto auf der ersten Etage.

Auf seinem Weg zur Schule kam er aber zu-

nächst an dem niederen Haus und dem anschließenden weiten Gelände von Magers
vorbei. Wenn er Resi sah, überkam ihn immer ein leichtes Kribbeln im Magen, besonders, wenn sie ihm später ein, zwei Flaschen
Limonade verkaufte, die sich in ihrem riesigen Getränkemarkt befanden. Seltsamer-
weise schien er immer der einzige Kunde zu
sein, so dass seine Blicke und Gedanken
freie Bahn zu dem Mädchen mit der krausen
Frisur hatte, welches ein unklares Verhältnis
zu seiner Person zu haben schien. Darüber
grübelte er ständig, wenn er sie sah.

Dann machte die Straße einen rechtwinkligen
Knick nach links. An der Ecke lag noch das
Haus einer Familie, deren Söhne er ebenfalls
kannte, die aber keine Rolle in seinem Leben
spielten, schräg gegenüber aber umso mehr
die Baracke, in der Leufens Adi wohnte und
etliche Familien, die in seiner eigenen und im
ganzen Dorf einen zweifelhaften Ruf besaßen. Warum, war ihm nicht klar. Waren sie
Flüchtlinge oder einfach Menschen am Rande der Gesellschaft, deren Recht auf Teil-
nahme an dieser fraglich war, oder hatten sie
etwas Kriminelles oder Unsauberes an sich?
Immerhin hatte eine dieser Familien die
Wohnung von Friedhelms Familie in der Zeit
inne, während der sie sich in Sachsen befan-

den. Als Friedhelm mit seiner Mutter zurückkam, mussten sie diese zwar wieder räumen,
hatten aber angeblich Dinge aus ihrem Besitz
(War es nicht Besteck?) mitgehen lassen und
nie zurückgegeben. Außerdem klang aus
dem langen Flur dieser Baracke, wenn er,
was selten vorkam, sich einmal dort aufhielt,
vielleicht um seinen Klassenkameraden Leufens Adi zu besuchen, lautes Radio oder
Schimpfen oder Geschrei.

Es folgte auf der rechten Seite das weite Gelände des Kirmesplatzes, geeignet, um große
Runden mit dem Fahrrad zu drehen, oder das
Menschengedränge zwischen den Buden und
Karussells während der Kirmes zu erleben.
An seinem Ende ragte das dunkle Wegekreuz unter einer hohen Eiche in die Luft, wo
Friedhelm einmal den einzigen ernsthaften
Kampf mit einem Klassenkameraden austragen würde. Aber das alles war auf der rechten Straßenseite. Zur Schule aber ging er
weiter auf der linken Seite, an Ingrids Haus
vorbei, Ingrid mit ihren dicken langen Zöpfen,
die ihn, als er klein war, manchmal hütete,
und in die er sich auch ein wenig verliebt hatte, dann das Haus von Schulz' Lina, düster
durch seine verkommenen dunklen Ziegelsteine. Umso freundlicher Lina und ihre Mutter, freundlich, aber ein wenig verlottert, ähn-

lich wie Tante Draudchen in Deutz.

Nach dem Haus von Lina kam das Blumengeschäft von Knechts, für die seine Mutter die Kranzschleifen beschriftete, und danach das Haus von Frau Dünner, von der gemunkelt wurde, dass sie ein Verhältnis mit dem Grafen Diergardt hatte. Hier wechselte Friedhelm lieber die Seite der Berliner Straße, in die der Mauspfad hier mündete. Denn hier erschien oft das „freche Heinzchen" hinter dem Zaun. Vor ihm hatten die Kinder seines Alters, auch seine Vettern Hans und Peter, einen höllischen Respekt. Man wusste nicht genau, warum. Stand er doch hinter dem Zaun und verließ das Grundstück nie, um seine entsetzlichen Drohungen, die er gegen die Vorübergehenden ausstieß, wahrzumachen. Auf der anderen Straßenseite befand er sich dann auch schon vor dem Haus von Ohm Mattes.

Auch dieses Mal öffnete Friedhelm das niedrige Gartentörchen, das aus dicken hohlen Rohren zusammengesetzt war. Wieder wunderte er sich darüber, dass sich die Klinke so leicht runterdrücken ließ. Es schien so einfach zu sein, diesen Hof zu betreten. Rechts sah man hinter einem Maschendraht auf den weiten kiesbestreuten Vorplatz des niedrigen Hauses, in dem angeblich sein Urgroßvater seine Schreinerwerkstatt betrieben haben sollte. Er musste sich aber nach links wenden, wo sich fast in der Ecke neben dem Verschlag aus Holz die Eingangstür befand. An der Straße hatte das Haus lediglich zwei Fenster mit undurchsichtigen Gardinen, keine Tür. Und als er die Tür öffnete, hatte er es wieder vergessen, wie jedes Mal. Und erschrak wieder, wie jedes Mal. Wenn diese lange behaarte Hand mit ihren ledernen Krallen nach ihm griff. Aus einem der drei Löcher in dem Kasten neben der Tür. Wobei aus dem oberen die frechen kalten Augen schauten, die nun von der Stimme zurückgescheucht wurden. Von der tiefen gurrenden Stimme von Tante Anna, die sich aus dem Dunkel des Raums erhoben hatte. Sie hatte keine Ähnlichkeit mit der anderen Tante Anna, der Schwester seiner Mutter.

„Ich komme wegen der Fotos", stammelte er wie zur Entschuldigung, während die Tante den Affen nun zu allem Überfluss aus seinem Käfig holte und ihn sich, mit seiner Kette, die Friedhelm nicht lang genug erschien, auf die Schulter setzte.

„Er ist doch harmlos, siehst du. Er ist nur selber erschrocken. Er sieht ja selten Besuch. Komm, setz dich hier an den Tisch."

Sie wandte sich zum Schrank, nahm einen Karton mit Bildern an sich und stellte ihn auf den Tisch, während der Affe immer noch auf ihren Schultern balancierte. Dann blätterte sie in den Bildern, um schließlich zwei Fotos herauszuziehen.

„Hier sind sie, siehst du?" meinte sie lächelnd mit ihrer gurrenden Stimme, während der Affe auf ihrer Schulter den Kopf beugte, als wollte er die Fotos einer strengen Prüfung unterziehen. Friedhelm schaute die Fotos überrascht an.

„Und das bin ich auf dem Sessel? Mit Mutti? Ja, Mutti ist klar. Aber ich bin ja ein paar Jahre jünger als heute. Und wo wurde das Foto aufgenommen?"

„Na, siehst du das nicht? Hier bei uns im Hof natürlich."

Sie stand auf, setzte den Affen wieder in seinen Käfig und öffnete die Tür zum Hof. Und tatsächlich! Auf dem Foto erschien die gleiche Szenerie wie vor ihnen auf der gegenüberliegenden Wand des Hofs.

Auf dem einen Bild sah man einen zwei- oder dreijährigen Jungen in einem hellen Strickpullover und einer kurzen dunklen Trägerhose, wohl auch gestrickt, auf dem Schoß seiner Mutter. Diese saß auf einem Sessel mit geschwungener Lehne und blickte auf ihren Sohn, der den Fotografen munter anschaute, als hätte der gerade Faxen oder einen Witz gemacht. Aus der Hose schauten lange Wollstrümpfe heraus, die in Lackschuhen steckten. Im Hintergrund sah man eine schöne Villa mit Bögen und Balkonen, die an Italien erinnerte. Auf dem zweiten Foto kam sie noch mehr zur Geltung. Und hier setzten sich auch die Personen regelrecht in Positur. Der Junge stand stolz auf dem Sessel, als wäre er der Erbe eines Grafengeschlechts, welchem die Villa gehörte. Und die Frau trug nun einen schlanken dunklen Mantel und auf ihrem Kopf mit den dunklen Haaren einen eleganten schwarzen Kapotthut mit weißer Schleife und weißem Rand. Auch ihre Strümpfe steckten in glänzenden Lackschuhen. Um das edle Bild noch zu vervollständigen, stand hinter ihnen ein rundes Tischchen mit einer Topfpflanze, und dahinter zwängte sich ein Marmortischchen mit einer Kunstfigur zwischen den Vordergrund und die Traumvilla im Hintergrund. Das Ganze war so raffiniert angeordnet, dass man nicht genau erkennen konnte, wo Wirklichkeit, Kulisse und die Wandmalerei anfingen und aufhörten.

„Ja, da hat Ohm Mattes sich richtig Mühe mit euch gegeben. Er mag deine Mutter ja auch sehr." Diese liebevollen Sätze standen in merkwürdigem Gegensatz zu Tante Annas rauer Kollerstimme.

„Und warum soll ich die Fotos jetzt erst abholen?" fragte Friedhelm, der sich nun ein wenig wunderte, warum er auf die Malerei im Hof noch nie so richtig geschaut hatte.

„Na, ihr wurdet doch nach Sachsen evakuiert. Und das ging dann alles ziemlich plötzlich."

„Hat Ohm Mattes die Wandbilder selber gemalt?" wollte Friedhelm plötzlich wissen. Er kannte den Großonkel kaum. Wenn er Tante Anna und Tante Lina besuchte, war er nie da. Und er hatte schon gehört, dass andere Leute so von ihm redeten, als sei er ständig irgendwo in einer Gastwirtschaft, wenn nicht sogar betrunken.

„Wo denkst du hin, Friedhelm! Ohm Mattes ist Fotograf, doch kein Maler. Nein, die Bilder hat der Doof gemalt."

Friedhelm wusste, dass „der Doof" der taubstumme Maler war, der auch die Einfahrt nebenan zur Gaststätte „Maikammer" mit Bildern versehen hatte.

„Wo wohnt der Doof eigentlich?" fragte Friedhelm nun.

Tante Anna stockte einen Moment, ehe sie antwortete. Dann zeigte sie nach links in die Höhe auf einen Bretterstapel. So erschien die Stelle Friedhelm zumindest. Davor stand eine Leiter, über die man zu den Brettern gelangen konnte.

„Aber er ist nicht da", fügte sie hinzu, als wollte sie verhindern, dass Friedhelm auf die Idee käme, ihn zu begrüßen. Es entstand eine kleine Gesprächspause.

„Kann ich noch kurz Tante Lina Guten Tag sagen?"

„Natürlich kannst du das. Sie ist zu Hause. Geh nur zur Tür!"

Friedhelm wusste, dass diese Tür gleichsam versteckt war. Man betrat zuerst einen Gang, der nach hinten in den langen Garten vor dem Wald führte. Mitten im Gang klopfte er rechts an die Tür.

„Ja, nur herein in die gute Stube", erklang

prompt Tante Linas liebe Stimme.

„Ich meine, ich hätte dich draußen schon reden gehört. Willst du zu Jakob"?

„Nein, dieses Mal nicht. Ich komme wegen der Geschichte, die du mir erzählen wolltest."

Tante Lina saß am Tisch und hatte eine Schüssel mit grünen Bohnen vor sich, von denen sie mit einem Messer die Fäden entfernte.

„Geschichte? Ach, ja, ich hatte dir von der Kronenschlange gesprochen. Die kannst du hören. Komm mal mit!"

Sie erhob sich von dem Tisch, strich sich mit den Händen über die weiße Schürze und ging zur Wand. Dort drückte sie eine Klinke in der Tapete, die Friedhelm noch nie aufgefallen war, und öffnete einen Raum, den Friedhelm auch nicht kannte. Als er ihn betrat, blieb er erstaunt stehen. In der Wand, die vor ihm lag, befand sich ein seltsames Fenster. Durch die Scheibe hindurch erblickte man den Garten, die Ecke von einer der Vogelvolieren und dahinter den Wald. Diesen Blick kannte Friedhelm von den Besuchen im Garten von Tante Lina und Ohm Dei. Aber nicht so! Das Fenster hatte keinen normalen Rahmen, sondern einen Rahmen, der aussah wie ein kostbarer Bilderrahmen mit viel Gold. Dieses „Bild" hing aber, so schien es, nicht an einer Wand, sondern mitten in einem blauen Himmel mit vielen Wolken. Und darunter schaute man auf ein Meer mit leichten Wellen.

„Du staunst über die Bemalung, oder?"

Friedhelm nickte.

„Das hat auch der Doof gemalt, wie die Wand im Innenhof von Ohm Mattes. Schön, nicht?"

Zögernd bejahte Friedhelm ihre Frage. Er zögerte, weil es ihn verwirrte. So etwas hatte er noch nie gesehen. Dann schaute er sich weiter um und merkte, dass der ganze Raum keine Tapeten besaß, sondern bemalt war. Die Wand hinter ihm und die linke waren sozusagen die Fortsetzung des Gemäldes im Innenraum von Ohm Mattes. Sie zeigten ähnliche vornehme Villen wie dort, und rechts sah man als Fortsetzung einen schönen Park. Vor dem Park stand ein runder Tisch mit zwei Sesseln.

„Setz dich mal da an den Tisch", meinte Tante Lina freundlich und ein wenig schmunzelnd. Vor den Wänden mit den Villen standen zwei Schränke, so ähnlich wie ihr Küchenschrank in ihrer Wohnung auf dem Mauspfad. Unten zwei Türen und oben zwei Glastüren. Durch die Glastüren hindurch sah Friedhelm eine Menge schmaler Hefte. Tante Lina öffnete nun eine dieser Glastüren, nahm eines der schmalen Hefte heraus und setzte sich damit in den zweiten Sessel Friedhelm gegenüber.

„Also, es geht los. Die Kronenschlange, eine Dünnwalder Sage."

Sie lehnte sich etwas zurück und lächelte Friedhelm zu.

„Es war vor vielen, vielen Jahren an einem heißen Augusttag. Die Luft stand still, und man wagte kaum zu atmen. Obwohl es diesig war, brannte die Sonne. Die Bauern und die Knechte auf dem Klosterhof lagen erschöpft im Schatten eines hohen Baumes. Sie hatten schon alle Wasserkrüge geleert und schickten nun den Knecht Theo mit einem großen Eimer zum Weiher.

In der Nähe der Schöpfstelle mündete der Mutzbach in den Weiher. Theo wollte hier gerade den Eimer füllen, als er auf eine Schlange im Wasser aufmerksam wurde. Eine merkwürdige Schlange, denn sie trug auf dem Kopf ein goldenes Krönchen. Dann sah er sie zu der Brücke schwimmen, wo sie die Krone ablegte. Sodann tauchte ihr langer schlanker Körper ins Wasser. Die Schlange wirkte nun auf Theo wie nackt. Er aber starrte auf die goldene Krone mit ihren Edelsteinen, schlich sich zu der Brücke und nahm die kostbare Krone an sich. Da schwamm und hüpfte die Schlange zu ihm hin. Theo rannte in Panik weg, über die trockenen Wiesen und Felder bis zum Waldrand. Die Schlange immer hinter ihm her. Am Waldrand sank der Knecht erschöpft zusammen und starb.

Die Bauern und Knechte hatten lange Zeit vergeblich auf Theos Rückkehr gewartet. Schließlich machten sie sich auf, um ihn zu suchen. Am Weiher fanden sie lediglich den leeren Wassereimer. Und erst nach langem Suchen fanden sie den Toten am Waldrand. Sie dachten, er habe einen Hitzschlag bekommen. Als sie ihn beerdigten, fanden sie einen Rubin in seiner Hand. Die Schlange aber mit dem goldenen Krönchen wurde nie wieder gesehen.

Tante Lina klappte das Heft zu und sah

Friedhelm an.

„Nun, wie findest du die Sage"?

„Schön. So etwas träume ich manchmal, wenn ich alleine im Wald bin, an den Bombenlöchern oder an meinem kleinen Bach."

„Das habe ich mir fast gedacht. Ich glaube, so etwas wirst du später auch einmal aufschreiben."

Dann stand sie auf, stellte das Heft wieder in den Schrank und meinte: „Jetzt muss ich aber wieder in die Küche, das Essen vorbereiten. Vergiss deine Fotos nicht!"

Sie zeigte auf den runden Tisch und verließ mit Friedhelm den bemalten Raum.

„Wenn du das nächste Mal kommst, können wir uns ja Jakob anschauen. Oder ich erzähle dir noch mal was oder lese dir wieder vor. Und dann kriegst du auch mal meine Maibowle. Du hast sie verdient."

Junge, weißt du, wo du da hinkommst?

Zu Weihnachten hatte Friedhelm einen Handwagen geschenkt bekommen. Den hatte der freundliche Nachbar, Herr Bierbrauer, im Auftrag von Friedhelms Mutter in seiner Werkstatt im Schuppen hergestellt. Als die Tage wärmer wurden, hatte Friedhelm auf der wenig befahrenen Straße seine helle Freude daran. Man konnte mit einem Fahrrad um die Wette fahren oder den Wagen von einem Fahrrad ziehen lassen. Dann war man sozusagen ein Lastwagen mit Anhänger. Einer seiner Freunde oder er selber zogen den dunkelrot gestrichenen Wagen an seiner langen Deichsel, während der andere es sich in dem Wägelchen bequem machte. Renate und Sabine passten sogar beide zusammen hinein, und Friedhelm fühlte sich, wenn er sie die Straße hinabfuhr, wie ein gönnerhafter Besitzer.

An einem schwülwarmen Tag im August saßen die beiden Mädchen auf einer Decke in dem Wagen. Später hätte er nicht sagen können, wieso. Hatten sie die Decke mitgebracht, um weicher sitzen zu können, oder er selber, weil er dunkel schon einen Plan im Kopf hatte, der ihm selber nicht ganz bewusst war? Manchmal war er mit dem Wagen auch schon auf einem der breiten Wege in den Wald gefahren, um dort Kiefernzapfen, die sie „Köckele" nannten, zu sammeln und mit dem Wagen nach Hause zu bringen.

„Wir fahren mal mit dem Wagen ein Stück in den Wald hinein", meinte er zu den beiden Mädchen, als sie da angelangt waren, wo der Mauspfad einen Knick nach links machte. Dann zog er den Wagen angestrengt rechts den kleinen Hügel hinan in den Wald mit seinen Kiefern- und Buchenstämmen.

„Wir machen im Schatten eine kleine Pause" meinte er und stellte den Wagen am Wegrand ab.

„Nehmt die Decke mal mit!"

Die Mädchen stiegen aus und folgten ihm zwischen den niedrigen Bäumen hindurch bis zu einer kleinen Lichtung im Wald. Hier breiteten sie die Decke aus und legten sich alle drei nebeneinander darauf. Er sah ihre Gesichter nicht und konnte sich auch später nicht daran erinnern. Nur, dass die Luft heiß und schwül war, und dass der Wald nach trockenen Kiefernnadeln roch. Auch an die Einzelheiten danach fanden sich später in seinem Gedächtnis nur undeutliche Spuren. Nur die nackten Beine der Mädchen kamen ihm vor seine inneren Augen und die Tatsache, dass sie plötzlich aufsprangen und unbedingt wieder zum Wagen und nach Hause wollten. Und dann seine gemischten Gefühle. Das Gefühl, dass er etwas gewollt hatte, was dann nicht erfüllt wurde, und so etwas wie ein schlechtes Gewissen, vielleicht auch Wut. Alles konzentrierte sich als starker Druck um sein Herz herum. Auch der Nachhauseweg war aus seinem Gedächtnis verschwunden.

Wenn er an nackte Haut dachte, spürte er diese an seinen Fingerspitzen und an seinen Oberschenkeln. Gleichzeit stellte sich ein Gefühl des Verbotenen ein, was den Reiz womöglich noch erhöhte. Eine Art Drang trieb seine Gedanken manchmal zur Suche nach einer Gelegenheit. Dabei blieb die Rolle der Mädchen, aller drei Mädchen in ihrem Haus, durchaus unklar. Wenn sie gemeinsam vor oder hinter dem Haus im Sand spielten, musste eines von ihnen plötzlich die Hose herunterziehen, um dem Sand zum Bauen die notwendige Feuchte zu spenden. Und dabei fiel dann manchmal dieses merkwürdige Wort „Möckchen", als wollten sie darauf aufmerksam machen, dass sie unter dem Schlüpfer einen Körperteil hatten, der ganz anders aussah als der seine an dieser Stelle.

Er traute sich aber nicht, genau hinzuschauen.

Einmal nahm er die Abkürzung von ihrem Haus zur Berliner Straße mit Else gemeinsam. Und zurück auch. Dabei kamen sie an einem Schuppen oder einem Bretterdach vorbei, unter dem eine Reihe von Brettern an der einen Wand gestapelt war. Else musste plötzlich Wasser lassen und hockte sich hinter zwei dieser Bretter. Dass Friedhelm ihr folgte, fand sie wohl nicht weiter anstößig. Als sie dann den Schlüpfer herunterzog, um ihr Geschäft zu verrichten, konnte Friedhelm nicht der Versuchung widerstehen, ihr an ihr bloßes Hinterteil zu fassen. Es war nicht eine Reaktion ihrerseits, die ihn dann erschrocken davon ablassen ließ, sondern das, was er fühlte. Statt der erhofften Glätte spürte er an seinen Fingern ein pickeliges Reibeisen. Trotzdem schauten beide anschließend misstrauisch in die Runde, um zu sehen, ob vielleicht einer der Nachbarn in den Nachbarhäusern sie dabei beobachtet hatte, wie sie gemeinsam in dem Schuppen verschwanden.

Bis dahin hatte aber niemand von den Erwachsenen von ihrem Treiben Notiz genommen oder überhaupt etwas davon bemerkt. Friedhelms Mutter kam seit einiger Zeit spät nach Hause, so dass Friedhelm als Schlüsselkind mittags das Essen aufwärmen musste. Sonst war er sich alleine überlassen. Nun war eines seiner liebsten Spielzeuge in der Wohnung das Fußbänkchen. Er stellte es bei schlechtem Wetter zum Beispiel oft vor das Waschbecken, um dort Wasser einzulassen und es mit dem Pfropfen zu verstopfen, bis es voller Wasser war. Hier konnte man dann Bauklötze schwimmen lassen oder Papierschiffchen. Einmal waren Sabine und Renate in seiner Wohnung zu Gast. Er war es wohl, der auf die Idee kam, dass man Arzt spielen könnte. Die Mädchen waren beide einverstanden. Dazu musste man sich bäuchlings auf das Bänkchen legen, um sich impfen zu lassen. Sie kannten ja alle schon Impfungen, die am Oberschenkel vorgenommen wurden. Als Spritze diente eine kleine Holzfigur, die zu seinen Bauklötzen gehörte. Sie wurde fest in die Haut gedrückt, um die Impfung zu imitieren. Dazu musste natürlich die Hose heruntergezogen werden. Nun kam Friedhelm auf die Idee, dass der Arzt sich besser auf die Mädchenbeine setzen müsste. Als er das tat, hatte er flugs seine eigenen Hüllen auch fallengelassen. Mit der Reaktion der Mädchen hatte er aber nicht gerechnet. Empört standen sie auf und verließen das Zimmer. Und wieder bemächtigten sich Friedhelms diese gemischten Gefühle von Lust und Frust und Angst vor Entdeckung, welche sich einige Zeit hielten.

Auf jeden Fall bis zum nächsten Tag, als seine Mutter mit ernstem Gesicht zu ihm trat. Wenn man ihre Wohnküche betrat, hing rechts das Schlüsselbrett an der Wand, und auf einem der Haken hing der Riemen. Als Drohung. Oder als Ersatz für die imaginäre Strenge des fehlenden Vaters. Friedhelm konnte sich aber nicht erinnern, dass der harte dunkle Gürtel jemals benutzt worden wäre. In seltenen Fällen kam es allerdings vor, dass seine Mutter meinte:

„Jung, denk an den Riemen!"

Das sollte dann den nötigen Gehorsam wiederherstellen, der vielleicht gerade bedroht schien, weil er einer Aufforderung nicht sofort nachkam, zum Beispiel sich rechtzeitig fürs Zubettgehen fertigzumachen oder endlich zum Essen zu kommen. Irgendwelche größeren revolutionären Akte kamen überhaupt nicht vor, da er wohl nie Streit mit seiner Mutter suchte, wohl aber wenig in seinen Kreisen gestört sein wollte. Und ihr ging es eigentlich immer nur um Ordnung, seine Gesundheit und seine zukünftige Entwicklung. Die vertrat

sie allerdings mit einer ängstlichen Beharr-
lichkeit, die von einem sorgenvollen Ge-
sichtsausdruck begleitet war, der ihn dann
letztlich auch immer zum Einlenken brachte.
Er wollte sie ja nicht verletzen.

Mit diesem Satz „Junge, denk an den Riemen!" sollte wohl angedeutet werden, dass
sie sich notfalls auch mit Strenge oder sogar
Prügelstrafe durchsetzen würde. Es kam aber
nie dazu. Dazu lag Friedhelm viel zu sehr auf
der Linie seiner Mutter. Er war eigentlich das,
was man ein braves Kind nannte. Und seine
Mutter hielt in der Regel viel mehr von Ver-
trauen oder sogar Belohnungen. In der Ad-
ventszeit gab es zwischen ihnen die Verein-
barung, dass er eine Krippe bauen könnte.
Die bestand aus vier Brettern und vielen
Strohhalmen. Aber nicht aus wirklichen Brettern und Strohhalmen, sondern aus Zeich-
nungen auf einem besonderen Blatt. Ein Brett
gab es für eine große gute Tat, einen Strohhalm für eine kleine. Diese guten Taten konnten aus dem Aufstapeln von Briketts beste-
hen oder aus dem Kleinhacken von Holz oder
später aus dem Sammeln von Futter für die
Kaninchen, als sie diese in einem kleinen
Stall im Schuppen hielten. Als Futter dienten
dabei zum Beispiel Löwenzahnblätter vom
Wegrand oder aus dem Wald, oder auch

Brennnesseln, die sie mit Handschuhen ab-
rissen.

Heute schaute seine Mutter ihn aber nur
ernst und mit gerunzelter Stirn an und sagte:

„Junge, weißt du, wo du da hinkommst?!"

Er wusste sofort, was gemeint war, und nickte schuldbewusst. Dabei wusste er aber nur,
was sein Vergehen war. Das hatten wohl die
beiden Mädchen ihrer Mutter und diese seiner Mutter „gepetzt". Tatsächlich sollte er viele Jahre lang rätseln, ob es sich bei dem
schrecklichen Ort, der da angedroht wurde,
um ein Gefängnis oder um die Hölle handelte. Je mehr er in den nächsten Jahren mit
Predigten und Beichtpraxis in der Kirche in
Berührung kam, umso wahrscheinlicher wurde die zweite Variante. Sein Verhältnis zum
anderen Geschlecht und zu Sexualität allgemein sollte dadurch für lange Jahre hindurch
geprägt werden.

Ein verhängnisvoller Bierdeckel

„Warte, wenn ich dich kriege, du verdammter
Bengel!" So schrie er hinter dem Jungen her,

während der um sein Leben die Straße hinauflief.

Else, Sabine und Renate waren zuerst stumm vor Schreck. Dann liefen sie schnell den Gang hinunter bis zur Haustür und klingelten bei seiner Mutter. „Frau Höhenpflüger, kommen Sie schnell, da ist ein Mann, der will den Friedhelm verprügeln."

Friedhelm und sein Freund Manni hatten sich vorher auf den beiden Bürgersteigen gegenüber gestanden und den Bierdeckel immer hin und hergeworfen. Es war gar nicht so leicht, ihn aufzufangen. Die Straße am Waldrand war nicht sehr belebt. Selten kam ein Auto vorbei. Anfangs hatten sie immer aufgehört zu werfen, wenn ein Auto vorbeifuhr. Von Mal zu Mal reizte es sie aber immer mehr, einfach weiterzuwerfen, auch auf die Gefahr hin, dass einmal ein Bierdeckel ein Auto treffen könnte.

„Na und?" meinte Manni. „Dann trifft er eben. Dann hauen wir einfach ab."

Jetzt näherte sich ein schwarzer Mercedes – ein vornehmes Auto. „Fang!" rief Manni. Friedhelm hatte „Glück" und fing den Deckel geschickt mit der rechten Hand. Ein kurzes

Ausholen nach hinten, dann schleuderte er ihn wieder zurück. Sie erstarrten vor Schreck, als sie ein Geräusch wie von Stein auf Blech hörten.

Dann ging alles sehr schnell. Der Wagen bremste scharf, die Tür sprang auf, ein schwarz gekleideter Mann sprang heraus. Friedhelm erblickte ein wutrotes Gesicht und rannte davon, der Mann keuchend hinter ihm her.

„Bleib stehen, sonst kannst du was erleben!" Ein Weinen stieg dem Jungen in die Kehle. Sein Herz schlug heftig. Dann spürte er einen starken Schmerz am rechten Ohr und stürzte. Einen Augenblick lang wurde ihm schwarz vor den Augen.

Als er sich wieder hochrappelte, sah er niemanden mehr. Auf Umwegen, weil er sich schämte, und vor sich hinschluchzend trottete er nach Hause. Er war ganz erstaunt, als seine Mutter ihn liebevoll und voller Sorgen empfing.

Sie ging später vor Gericht und verklagte den Mann wegen Körperverletzung. Er war Arzt.

Das ist doch mein Werkzeug

„Was machst du da, Mutti"?

An einem Abend im Juli hatte seine Mutter ein Glas auf den Tisch gestellt und ließ ihren Ehering an einem Faden darin pendeln.

„Ich will sehen, wie lange es noch dauert, bis Papa nach Hause kommt." Skeptisch legte der Junge seine Stirn in Falten und versteifte seinen Nacken. Er hatte von seiner Mutter schon gehört, dass sie zu Tante Lina aus dem gleichen Grund zum Kartenlegen gegangen war. Doch das hier?

„Und du glaubst wirklich …"

Er wagte seinen Satz nicht zu vollenden.

„Friedhelm", redete sie ihn nun an. Und das war etwas Außergewöhnliches. Weil sie ihn sonst fast immer nur mit „Junge" anredete, genauso wie sein Vater, wenn er denn einmal mit ihm zusammentraf, was ja selten genug vorkam. Das letzte Mal war nun schon vier Jahre her, als sie ihn in der Neumark besucht hatten. Von Falken aus in Sachsen.

Und nun redete seine Mutter ihn mit „Friedhelm" an. Das bedeutete, dass sie ihn sozusagen als Erwachsenen vor sich hinstellte, ihn von Person zu Person traf. Unangenehm! Was sollte das wohl bedeuten? Hatte er wieder etwas verbrochen? Obwohl sie dabei zuletzt immerhin noch die Anrede „Junge" benutzt hatte.

„Friedhelm", meinte sie nun und fasste ihn tief ins Auge, „ich greife nach jedem Strohhalm, den ich finden kann. Und wenn er mir selber noch so merkwürdig vorkommt."

Ihre Stimme erinnerte ihn nun an seine eigene Stimmung, als er die Windpocken hatte. Dieses fürchterliche Jucken hätte ihn damals beinahe zum Wahnsinn gebracht. Und seine Mutter hatte ihm mit einer Decke ein Bett auf dem Boden des Wohnzimmers bereitet. Bis er zu ihr sagte:

„Mutti, was ist es schlimm auf der Welt!" Sein Gefühl und der Blick seiner Mutter hatten ihm eine Mischung von Liebe, Verzweiflung und Hoffnung beschert, die er nun in der Stimme seiner Mutter wiederfand.

Vor einiger Zeit hatte sie ihm das Märchen „Heino im Sumpf" vorgelesen. Und er war vom Schicksal dieses Jungen im Sumpf mit den Irrlichtern sehr beeindruckt. Nie war ihm sonst so bewusst gewesen, wie sehr Mutti seinen Vater vermisste. Wohl eigentlich ständig. Ohne etwas davon zu sagen. Allerdings hatte sie ihm immer mal Bilder von ihm gezeigt, ihr Hochzeitsfoto, Bilder aus ihrer Verlobungszeit, Bilder, auf denen er sich stolz in Soldatenuniform zeigte.

„Viermal stieß mein Ring an das Glas. Also noch vier Monate. So ähnlich drückte sich Tante Lina auch beim Kartenlegen aus."

Dann räumte sie alles schnell weg, als schäme sie sich selber für ihren Aberglauben, und wandte sich zum Herd, um das Abendessen vorzubereiten.

Im Oktober reisten sie zu dritt nach Goslar. Mutti, der Opa und Friedhelm. Oma kam nicht mit. Vielleicht weil sie zu viel im Haus zu tun hatte, oder weil sie es nicht ausgehalten hätte. Auf diese Idee kam Friedhelm aber erst viel später, eigentlich erst nach ihrem Tod. Zu einem richtigen Menschen war sie für ihn sowieso erst geworden, als sie nicht mehr sprechen und nicht mehr laufen konnte.

"Schau mal, da vorne geht er! Lauf mal schnell zu ihm hin und begrüße ihn!"

So sprach seine Mutter, diese schlanke dunkelhaarige junge Frau, zu dem Knaben Friedhelm. Zögernd lief er, weil ihm die Situation recht merkwürdig vorkam, und er ihn die ganzen sieben Jahre seines Lebens kaum gesehen hatte. Schnell lief er, weil er seine Mutter nicht enttäuschen wollte. Er holte ihn ein, ging um ihn herum und sprach gehorsam:

"Tag, Papa."

Ein Mann in einer Art Sträflingsanzug oder dunkelbraun gefärbtem gestreiftem Schlafanzug, sehr mager, mit vielen Pickeln auf der Haut und totem Blick schaute ihn befremdet an und fragte:

"Wer bist du?"

Noch ehe sich ein wundes Gefühl in dem Jungen weiter ausbreiten konnte, kamen die junge Frau und der große alte Mann mit Glatze schon heran und sprachen mit dem Mann ohne Blick. Alles Weitere vergaß der Knabe bald für lange Zeit. Es blieb ihm nur die Erinnerung an das kleine Schaufenster mit den Holzspielsachen und die lange gerade Straße mit vielen Bäumen ohne Blätter und wenigen Häusern.

Zu Weihnachten stand unter dem Baum ein Gestell aus Stangen und farbigen Holzteilen. Ein Wägelchen mit vier Rädern konnte man oben darauf setzen und es die erste Schräge hinunterfahren lassen. Am Ende rollte das Wägelchen in die zweite Schräge, dann in die dritte und dann in die vierte und fünfte. Danach konnte man die Fahrt wiederholen lassen, die an eine primitive Achterbahn erinnerte. Fasziniert schaute Friedhelm das Ganze an, und seine Eltern standen daneben und beobachteten ihn, vor allem seine Mutter, als wenn sie gespannt wäre, wann in seinem Gesicht ein Ausdruck von Glück auftauchen würde. Es drückte aber mehr Erstaunen aus. Erstaunen darüber, dass dieses Spielzeug nun bei ihnen zu Hause stand. Er hatte es doch in Goslar nur in einem Schaufenster gesehen und es sich angeschaut. Erstaunt auch darüber, dass seine Mutter so viel Glück über dieses Geschenk erwartete. Er wäre nie auf die Idee gekommen, es sich zu wünschen. Aber Opa und Mutti hatten es offensichtlich damals in Goslar hinter seinem Rücken gekauft, um ihm eine Freude zu machen. Später fragte er sich, warum sie das damals für so wichtig hielten. Hatten sie bei seiner ersten Begegnung mit seinem Vater etwas bemerkt, was ihm selber nicht so bewusst wurde, was aber trotzdem oder gerade deshalb für ihn von ganz großer Wichtigkeit war? Vielleicht ähnlich wie bei der folgenden Szene seines Lebens, die sich ihm einprägte mit den Worten „Das ist doch mein Werkzeug!"

Friedhelms Vater hatte zunächst für lange Zeit ein einziges Interesse: essen. Nach dem Frühstück wanderte er langsam den Mauspfad und die Berliner Straße hinab, bis zu dem Haus seiner Mutter. Ohne die Empfindungen und Wahrnehmungen, die Friedhelm auf diesem Weg hatte. Er hatte nur ein einziges Ziel: essen. Nach dem Frühstück bei seiner Mutter machte er sich dann langsam auf den Rückweg, zum Mittagessen zu Hause. Dann wieder zurück zum Mittagessen bei seiner Mutter, dann das Gleiche mit Nachmittagskaffee und Abendessen. Später, als sie wieder in der Lage waren zu lachen, erzählten sie, dass er bald so zunahm, dass er „der Bürgermeister von Dünnwald" genannt wurde, dessen Kopfumfang allerdings so angewachsen war, dass ihm der zugehörige Hut nicht passte.

Allmählich eroberte er auch langsam die Details seiner Umwelt zurück. Dazu gehörte der Schuppen hinterm Haus, in dem sich nach dem Eintreten rechts eine Art Werkbank befand. Hier hing seit einiger Zeit der kleine Werkzeugkasten an der Wand, den Friedhelm von Herrn Bierbrauer bekommen hatte. Stolz zeigte Friedhelm seinem Vater eines Tages diesen Werkzeugkasten. Mit unbewegtem Gesicht öffnete sein Vater den Kasten, und dann kam mit großem Ärger dieser Satz aus seinem geschundenen Mund:

„Das ist doch mein Werkzeug!"

Friedhelms Mutter, die dabeistand, versuchte ihn zu beruhigen:

„Wir haben doch nur ein paar kleine Werkzeuge aus deinem Kasten genommen. Ein paar kleine Feilen, eine kleine Kneifzange, einen kleinen Hammer, eine kleine Säge."

Eine neue Rolle für die nächsten Jahre für Mutti, die Vermittlung zwischen ihrem Mann und ihrem Sohn.

Mittlerweile waren es fast sieben Jahre, die Friedhelm ohne Vater mit seiner Mutter verbracht hatte. Bis auf die kurzen Urlaubszeiten, in denen er sie besucht hatte. Damals hatte sein Vater seinen Sohn am Abend schon im Bett angetroffen, als er ihn im Schlafzimmer freudig begrüßen wollte. Und wie war er enttäuscht gewesen, als der ihn nicht erkannte! Hatte eine Art absurde Gerechtigkeit dafür gesorgt, dass bald das Umgekehrte geschehen würde? Ob er wollte oder nicht: Der Gedanke an andere Männer war seinem Vater nun in den Sinn gekommen. Immerhin hatte ja der nette Nachbar, Herr Bierbrauer, seinem Sohn schon ein Rädchen gebastelt, eigentlich seine Aufgabe, die er so gerne erfüllt hätte.

Und so fiel wieder ein langer Schatten auf die Seele des Jungen. Und das Bedürfnis nach Rückzug nahm zu.

Rückzug in den angrenzenden Wald, wo er immer häufiger an dem kleinen Bach mit seinen Rindenschiffchen spielte. Manchmal kam er dabei an den belgischen Besatzungssoldaten vorbei, die hier ihre eigenen Spiele spielten, die Friedhelm nicht verstand. Sie waren nicht unfreundlich. Aber auch nicht entgegenkommend. Friedhelm konnte so ungestört den Bach mit einem kleinen Damm aus Steinen und Ästen bauen, konnte die Fließgeschwindigkeiten auf den Nebenarmen bestimmen, die so entstanden, konnte mehrere Schiffchen nebeneinander einsetzen und um die Wette fahren lassen. Für das Zuschneiden der Rindenstücke besaß er einen großen

Schatz, ein Taschenmesser. Manchmal spielte er dort zusammen mit dem ein wenig schielenden Manni aus dem Nachbarhaus oder mit Wolfgang, der ein paar Häuser weiter wohnte. Und manchmal bekamen sie einen Besuch von den Mädchen, deren Blicke auf den Bach und ihre Unternehmungen aber eher uninteressiert oder erstaunt waren, statt voller Bewunderung, wie sie es erwartet hatten.

Rückzug auch in seine Bücher, die nun eine immer größere Rolle spielten, so groß, dass er abends ermahnt werden musste, wenn er sich nicht entschließen konnte, seinen Platz auf dem Sofa mit dem aufgeschlagenen Buch zu verlassen, um sich fürs Bett fertig zu machen. Und dort las er womöglich weiter. Wenn dann seine Mutter endlich das Licht ausgeknipst hatte, las er unter der Bettdecke beim Licht seiner Taschenlampe, die er irgendwann von irgendwoher bekommen hatte, einer Taschenlampe, die wahrscheinlich einmal von Soldaten benutzt worden war. An ihr konnte man mit einer Scheibe die Farben Rot, Grün oder Weiß einschalten. Später merkte er, dass man sie auch zum Morsen benutzen konnte. Das war aber zu einer Zeit, in der er auch mit seinem Vater reden konnte. Denn der war ja im Krieg als Funker gewesen. Im Schlafzimmer lauschte Friedhelm manchmal aber auch an der Wand auf die Geräusche, die aus dem Schlafzimmer der Nachbarn klangen. Vor allem versuchte er, mit dem Ohr an der kalten Wand, die Gespräche der Eltern von Else zu verstehen, was ihm aber nie gelang.

Jakob und das Eichhörnchen in Ohm Deis Garten

Auch dieses Mal hatte er wieder nicht an den Käfig gedacht, als er ins Wohnzimmer von Tante Anna trat. So erschrak er wieder, als ihm beim Eintreten der behaarte Arm an der Hose zerrte.

„Tante Anna, ich soll die neuen Bilder abholen." Dieses Mal schimpfte Tante Anna ihren Affen einfach aus:

„Aber den Friedhelm kennst du doch schon. Stell dich nicht so an!"

Und, an Friedhelm gewandt:

"Was waren das noch mal für Bilder?"

„Von der Schule. Von meiner Klasse und das Bild auf dem Schulweg."

„Ach ja." Sie wandte sich wieder zu dem Karton auf der Ablage des Schranks und zog drei Bilder heraus.

„Hier bist du aber nett getroffen."

Die Tiefe ihrer Stimme stand wieder im Gegensatz zu ihrer Freundlichkeit, als sie auf das Foto zeigte. Friedhelm stand hier lachend und mit einer Zahnlücke vor einem Gartenzaun. An den bloßen Füßen trug er Sandalen, über dem kurzärmligen weißen Hemd Hosenträger, die die kurze schwarze Hose festhielten. Auch die in die Stirn hängende Locke und das offene Gesicht zeigten ein Kind, welches unbeschwert in eine sommerliche Welt zu schauen schien. Und das war ja auch die eine Seite seines Daseins. Auf den beiden anderen Fotos waren fast fünfzig Jungen mit ihrem streng blickenden Lehrer abgebildet, vor den Ziegelsteinmauern der Südschule, die er ab dem 2. Schuljahr besuchte.

Bei dem Foto von ihm alleine hatte Friedhelm zum ersten Mal die Gelegenheit, Ohm Mattes von Nahem zu betrachten. Er machte zwar ein Witzchen, um ihn zum Lachen zu bringen, aber sonst schien ihm sein Gesicht ernst und vor allem - verschlossen. Mit seinem hintergründigen traurigen Blick.

„Danke, Tante Anna. Ich will noch zu Tante Lina."

„Ja, schöne Grüße an deine Mutti."

Wieder klopfte Friedhelm an der Tür in dem dunklen Gang.

„Ach, heute willst du sicher den Jakob anschauen", meinte Tante Lina, als sie in ihrer ewigen Kittelschürze mit ihrem ewigen Lächeln an die Tür kam.

„Dann gehen wir mal in den Garten."

Am Ende des Gangs öffnete sich der Blick auf die Ställe und Volieren, die hier standen oder in halber Höhe hingen. Rechts die Voliere mit den zahlreichen kleinen Singvögeln, die munter zwitscherten, pfiffen und tirilierten. Dahinter der Hühnerstall mit etwa zehn Hühnern und einem stolzen Hahn. Auf der linken Seite mehrere Kaninchenställe und dahinter Jakob, der Eichelhäher. Als sie vor seinen Käfig traten, näherte er sich ihnen gleich bis zum dem Maschendraht und steckte seinen

Schnabel hindurch. Tante Lina streichelte seinen Schnabel mit dem Zeigefinger der rechten Hand und meinte:

„Schau mal, hier ist Friedhelm. Begrüße ihn mal. Sag Guten Tag! Guten Tag!"

Dann etwas eindringlicher:

„Guuten Taag! Guuten Taag!"

Und –Friedhelm konnte es kaum fassen: Der Vogel mit seinen blau und schwarz karierten Flügelfedern antwortete deutlich vernehmbar:

„Gotten Tack!"

Es hatte immer geheißen: Jakob kann sprechen. Und das hatte er nun bewiesen. Friedhelm konnte sich aber trotzdem nicht verhehlen, dass er sich eigentlich mehr vorgestellt hatte. So ging es ihm ja häufig. Vor allem Weihnachten war er immer wieder über die Realität ein wenig enttäuscht. In seiner Fantasie hatte er sich halt alles noch schöner ausgemalt.

Nun erblickte er im nächsten Käfig das rötliche Eichhörnchen, wie es munter an den Ästen in seinem Gehege herumkletterte.

„Ist das nicht ein wenig grausam, ein Eichhörnchen so einzusperren?"

wandte er sich an Tante Lina.

„Du wirst es nicht glauben, aber Ohm Dei hat
alle wilden Tiere in unseren Käfigen gefunden, als sie aus ihren Nestern gefallen waren
oder sich ohne Mutter in den Nestern befanden."

„Und da kam er immer gerade zufällig vorbei?"

„Weißt du, Friedhelm, Ohm Dei verbringt
mehr Zeit mit den Tieren und Pflanzen im
Wald als mit mir."

Dabei lachte sie ein wenig schelmisch.

„Wenn du fertig bist mit Jakob und mit
Schauen, dann komm mit mir, und lass uns
ein Glas Maibowle trinken."

Zu seiner Überraschung öffnete sie wieder
die Tür in der Tapete und wies ihm einen
Platz an dem kleinen Tischchen. Aus einem
der beiden Schränke holte sie eine Glaskan-
ne mit einer grünen Flüssigkeit und zwei Gläser. Friedhelm schaute wieder fasziniert auf

die Bilder auf den Wänden ringsum.

„Den Doof habe ich ja immer noch nicht gesehen."

Tante Lina schenkte sich und ihm ein Glas der grünlichen Flüssigkeit ein und prostete ihm zu.

„Ich hoffe, das schmeckt dir. Deiner Mutti hat es auf jeden Fall geschmeckt, als sie zum Kartenlegen bei mir war."

Friedhelm nippte vorsichtig an seinem Glas. Und fast genau so vorsichtig meinte er dann:

„Hm, ich glaube ja. Aber ich weiß noch nicht so richtig."

„Ja, das stimmt. Man muss sich erst ein bisschen daran gewöhnen. Ohm Dei stellt es aber seit Jahren so her."

„Und was ist da drin?"

Tante Lina lachte:

„Das ist sein Geheimnis. Er verrät es nicht einmal mir. Aber alle Zutaten stammen aus dem Wald, wie er sagt."

Nach ein paar Minuten meinte Friedhelm, er spüre ein wohliges Gefühl, was sich von seinem Magen auf seinen Körper ausbreitete. Bis in den Kopf.

„Ja, der Doof", meinte nun Tante Lina. „Das ist schon ein Kapitel für sich."

„Ein Kapitel für sich. Wie meinst du das?"

„Dass er sich oft regelrecht versteckt, hat schon seinen Grund."

Friedhelms Gesicht war nun ein einziges Fragezeichen.

„Er ist ein paar Jahre älter als du. Ach, und das hat alles mit Politik zu tun. Aber zeig mal deine Fotos!"

Als Tante Lina das Foto mit Friedhelm auf dem Schulweg sah, rief sie begeistert:

„Das ist aber schön. Da bist du gut getroffen. Und hier? Ist das hier euer Lehrer?!

„Ja, Herr Kukies."

„Und wie ist dieser Herr Kukies? Er guckt sehr streng."

„Ja, er ist auch streng. Aber gerecht. Und er bringt uns was bei."

„Was findest du denn am besten in der Schule?"

„Lesen. Wenn wir im Lesebuch lesen. Und Heimatkunde. Wenn Herr Kukies mit uns einen Ausflug macht."

„Ach, er macht Ausflüge mit euch? Wohin denn?"

„Zum Beispiel zum Drachenfels, oder ins Dhünntal nach Schlebusch."

„Toll!"

Als Tante Lina dann wieder in die Küche musste, um das Essen vorzubereiten, hatte Friedhelm gar nicht gemerkt, dass sie ihn von dem Thema abbringen wollte, was er begonnen hatte.

Wulle Hartmann und die anderen Lehrer

Der Schulweg zur Südschule ab dem 2. Schuljahr war nun auch ein anderer. Meistens führte er zuerst durch die Gärten hinter den Häusern, auch an ihrem eigenen Garten vorbei und durch das düstere Gässchen mit seinen schwärzlichen Ziegelsteinmauern, dann Richtung Kirche, wo der Mutzbach überquert wurde, derselbe Mutzbach, der in Tante Linas Geschichte von der Kronenschlange vorkam, und der ganz Dünnwald durchfloss. Auf dem Rückweg kam es dort oft, besonders in heißen Sommern, zu einem längeren Aufenthalt, weil man hier von der Brücke in den Bach hinuntersteigen konnte und dort Fische mit der Hand zu fangen und in ein Glas einzufüllen. Dieses primitive Aquarium hielt sich zu Hause meist nicht lange, weil die Stichlinge dann doch nicht artgerecht gehalten wurden. Das Schaufenster eines Geschäfts in der Amselstraße bohrte sich für Jahre in sein Gedächtnis ein, weil sein Kopf die Reklame „Kragen, Hemden E-terna" sprachlich veränderte. Zu „Kajihempi-terna". Da arbeitete in seinem Gehirn die Sprachhaltung der Nachbarin Heins Käthi, der geh- und sprachbehinderten Spastikerin. Er versuchte einfach, in ihre Rolle hineinzuschlüpfen, eine Tätigkeit, die er im Geiste nahezu beständig betrieb. In der rechten Hand spürte er dabei ihre lange schmale Hand, die die Finger wie in Furcht eng zusammengekniffen hatte, und in Beinen und

Hüften ihren Hüpfgang, bei dem sie ein Bein immer nachzog, wie ein langbeiniger Vogel, der ein Bein vergessen hatte.

In der Schule traf er dann zum Beispiel auf Fräulein Vogt. Sie war streng, gerecht und farblos. So blieb sie ihm in der Erinnerung.

Dann war da der Lehrer Haardt, der ihnen Rechenunterricht gab. Damals gab es in der Volksschule noch nicht den Begriff „Mathematik". Sachunterricht nannte sich Heimatkunde, Lesen und Schreiben nannte sich das, was später Deutsch hieß. Lehrer Haardt blieb ihnen in Erinnerung, weil er mit dem Fahrrad zur Schule kam, in der kurzen Lederhose. Ihre Eltern fanden das modern, wenn nicht revolutionär. Es war aber nicht nur die Lederhose, die haften blieb, sondern auch seine außergewöhnliche Methode im Rechenunterricht. Auf seinem Pult baute er nämlich farbige Klötzchen auf, mit denen operiert wurde. Vielleicht eine frühe Art Mengenlehre. Friedhelm fand das einerseits toll, andererseits hatte er Schwierigkeiten, wenn er nach vorne gerufen wurde, um die Tätigkeiten des Lehrers mit den Klötzchen zu wiederholen oder fortzusetzen.

Da machte sich nämlich zum ersten Mal seine beginnende Kurzsichtigkeit bemerkbar. Ähnliche Schwierigkeiten tauchten auch auf, wenn er von Herrn Gerbrich in Heimatkunde aufgerufen wurde, um an der Karte ein Gebirge oder einen Fluss zu zeigen, der ihnen gerade von diesem Heimatkundelehrer beigebracht worden war. Immerhin benutzte der damals schon hektographierte Arbeitblätter, auf denen sie Gebirge, Flüsse und Städte lokalisieren oder benennen mussten. Er wurde als junger Lehrer wie später Herr Kukies von Familie Unterbörsch betreut, der Familie des anderen Rechenlehrers.

Unterbörsch hatte bei den Schülern den Spitznamen „Ungerbotz", also Unterhose, eine unverkennbare Ähnlichkeit mit dem Spitznamen, den er bei den Erwachsenen innehatte, „dä ahle Bienebüggel", der alte Bienenbeutel. Das war ja der plattdeutsche Begriff für einen schon älteren Mann, der sexuell noch erstaunlich aktiv ist. Entsprechende Vermutungen waren wohl darauf zurückzuführen, dass er die Witwe Esser geheiratet hatte, die allgemein als „lustige Witwe" angesehen wurde, und von der auch Friedhelms Vater mit einem ironischen Unterton erzählte, wenn er dort einmal Elektroarbeiten durchgeführt hatte, wie er es öfter in Verwandtschafts- und Bekanntschaftskreisen tat, aus reiner Gefälligkeit, höchstens für ein Trinkgeld. Und auch als frisch Verheiratete war ihre Begeisterung für die jungen Kollegen ihres Mannes durchaus auffällig. Ihr neuer Ehemann wirkte besonders durch seinen Nacken besonders alt. Er hielt ihn sehr steif und war übersät mit kleinen Vertiefungen, wohl den Überbleibseln von ehemaligen Pickeln, auch das ein Anlass für Vermutungen und Witze mehr noch bei den Erwachsenen als den Schülern. Als Lehrer war er streng, trocken, aber nicht ungerecht.

So gab es als Ausdruck der personifizierten Ungerechtigkeit damals eigentlich nur Wulle Hartmann, der ausgerechnet der Musiklehrer war. Ein wirklich sehr alter Mann, der keinerlei Verständnis für seine Schüler aufbrachte und für sein Fach eigentlich auch nicht. Wenn er meinte, ein Schüler habe gestört, kam es vor, dass er sich in die Bankreihen quetschte, um einen Schüler in den Rücken zu boxen. Und ein böswilliges Stören vermutete er schon, wenn er die Kinder beim Feixen oder Lachen erwischte. Und Gründe für Feixen gab es für die Schüler genug, über seine unbeholfene Art des Vorsingens, wenn sie ein Lied lernen mussten, über die Auswahl seiner Lieder, leider auch, wenn ein Mitschüler etwas vorsingen musste. Da konnte Wulle

Hartmann seine sadistische Ader so richtig austoben, indem er Schüler zum Singen aufforderte, von denen er genau wusste, dass sie keinen Ton halten konnten. Da gab es dann keine Solidarität unter den Schülern, sondern ein haltloses Prusten und Loslachen.

Insgesamt blieb Friedhelm unauffällig, brachte aber stets gute Noten mit nach Hause, weil das für seine Mutter und damit auch für ihn selbstverständlich war. Er zeigte keinen besonderen Eifer für den Schulbesuch, und es gab auch Dinge, die ihm regelrecht unangenehm waren. Aber die waren eben so. Aus Prügeleien verstand er sich immer herauszuhalten. Den beißenden Geruch im Klassenzimmer hielt er aus wie alle anderen. Vor allem wenn im Winter der Raum manchmal überheizt war, auf Grund des bollernden Feuers in dem gusseisernen Ofens, der in einer Klassenecke stand. Eine Zeitlang mussten sie von zu Hause Briketts mitbringen, um ihn zu befeuern. Wenn es so warm war, stanken auch die nassen Kleider an den Garderobehaken im Klassenraum, und manchmal vermischte sich dieser Gestank mit dem noch penetranteren von dem Bohnerwachs, mit dem die Holzdielen des Raums gescheuert worden waren.

Die offenen Pissoirs auf dem Schulhof, wo man sein Geschäft gegen die Wand verrichtete, stanken immer nach Urin. Und manchmal kam der Geruch nach weggeschütteter Schulspeisung hinzu. Vor allem, wenn es mal wieder Maissuppe gegeben hatte, die ihnen allen zum Hals heraushing, auch Friedhelm, wenn er ihm in sein Militär-Essgeschirr aus festem Aluminium eingeschöpft wurde. Er war ja von zu Hause schon Maisbrot und Maiskuchen gewöhnt, da sie selber Maisstauden im Garten stehen hatten. Und seit ein paar Jahren hungerten sie nicht mehr. Obwohl Friedhelm noch zur Erholung für einige Wochen an die Nahe geschickt worden war. Aber da war der Grund wohl eher Mangelernährung und etwas Anderes, von dem noch die Rede sein wird.

Die Wanderungen an die Dhünn in Schlebusch waren angenehme Erinnerungen. Dabei zeigte ihnen Herr Gerbrich Mäander, Steilufer und Flachufer und einmal eine hüpfende Bachstelze. Sie machten sogar einen Ausflug zum Drachenfels, und Friedhelm durfte sich von seinen Eltern aus ein neues Abzeichen für sein Andenkenkäppi kaufen, welches er heiß und innig liebte. Es war für ihn der Einstieg in eine Welt der Reisen, die ihm immer wichtiger wurde.

Trotz der schwierigen Jahre hatten sie sogar einen Besuch in der Oper gemacht, wo sie „Peterchens Mondfahrt" anschauten. Er kannte das Märchen seit Jahren. Seine Mutter hatte es ihm einmal vorgelesen. Als Schauspiel gefiel es ihm wesentlich weniger, vielleicht weil er zu sehr merkte, dass es sich um eine Inszenierung handelte. Vielleicht aber auch, weil ihm wieder seine Kurzsichtigkeit dazwischenkam.

Zum Schluss hatten sie den beliebten rothaarigen Lehrer Kukies, den Friedhelm mit Ferdi und Kurt zusammen in Höhenberg besuchte, nachdem sie schon ans Gymnasium gewechselt waren. Hier wohnte der ernste junge Lehrer mit der roten Haartolle gegenüber dem Bunker, wo Friedhelms Oma ums Leben gekommen war. Sie verehrten ihn nun noch mehr, weil seine hübsche junge Frau sie mit Limonade und Teilchen bewirtete, und weil er sie als richtigen Besuch behandelte. Angemeldet hatten sie sich nicht. Es gab ja in ihren Familien kein Telefon, und die Zeit der Handys war noch weit entfernt.

Confiteor, Beichte und Maiandacht

Den Wechsel zum Gymnasium hatte Friedhelm nicht nur seinen guten Zeugnisnoten zu verdanken, sondern vor allem dem Einfluss von Kaplan Schwarz. Das Dunkel in seinen Augen und ein nervöses Zwinkern belegten das Gerücht, dass er im Krieg unter Trümmern verschüttet gewesen sei. Er war von einer strengen Religiosität, die sich auch in seinen Predigten und in seinem Beichtstuhl äußerten. Gott konnte zwar auch lieben, aber vor allem sah er alles, war gerecht und bestrafte gnadenlos, es sei denn, man bereute seine Sünden ernsthaft. Angst vor Strafe konnte ein Grund für die Bitte um Vergebung sein. Besser aber die Liebesreue. Um die aber zu erreichen, musste man sich sehr, sehr anstrengen. Ob diese ernste Religiosität der Grund für die Errettung aus den Trümmern war oder die Folge davon, darüber konnte man nur spekulieren. Er selber redete nie von seinem Schicksal im Krieg. Aber wer tat das schon!

Gegen Ende der 4. Klasse tauchte Kaplan Schwarz bei ihnen zu Hause auf, um Friedhelms Eltern klarzumachen, dass Friedhelm nun das Humanistische Gymnasium besuchen müsse. Damals wusste Friedhelm noch nicht, dass dabei des Kaplans Erwartung eine Rolle spielen könnte, dass er einmal Priester werden könne. Erst viel später dämmerte ihm diese Erwartung, als der Religionslehrer auf dem Gymnasium ihn eines Tages auf dem Flur fragte:

„Friedhelm, hast du schon mal daran gedacht, Theologie zu studieren?"

Ihm war diese persönliche und −wie er fand − intime Ansprache unangenehm, so dass er nach einem fast barschen „Nein" schnell wegrannte. Dabei entsprach das Nein der Wahrheit. Er hatte nie daran gedacht. Schon deshalb, weil ihm eine spätere Heirat völlig selbstverständlich war.

Nun aber besuchte er dieses Humanistische Gymnasium, auf dem neun Jahre Latein und fünf Jahre Griechisch die besten Voraussetzungen für ein solches Studium und einen solchen Beruf schufen. Diesen für Friedhelm abartigen Gedanken hatte aber nicht nur Kaplan Schwarz, sondern auch manche Leute in der Gemeinde, wenn sie den Ernst sahen, mit dem Friedhelm seinen religiösen Pflichten nachkam. Und natürlich wurde er auch Messdiener, was vielleicht ebenfalls auf die Werbefeldzüge von Kaplan Schwarz zurückzuführen war. Friedhelm war aber nicht die einzige Zielperson, die dieser eifrige Mann Gottes im Auge hatte. Etliche seiner Freunde und Klassenkameraden fanden sich ebenfalls in der Messdienerschar wieder sowie auch im Humanistischen Gymnasium.

In seinem Leben als Messdiener kamen sein zeitweiliger Hang zum Ernstnehmen, seine Ängstlichkeit und seine Kurzsichtigkeit zusammen, alles verstärkt durch die Ernsthaftigkeit von Kaplan Schwarz. Die Ernsthaftigkeit drückte sich hier vor allem in dem krankhaften Bemühen aus, die vorgegebenen Riten haargenau und pünktlich auszuführen. Die Penibilität war ja schon in den priesterlichen Handlungen vorgegeben. Wie genau der geleerte Kelch gesäubert und nachher durch das Tuch haarklein und in vorgegebener Form verdeckt werden musste. Wann genau eine Kniebeuge zu erfolgen hatte. Wie genau die vorgeschriebenen Waschungen der Hände zu erfolgen hatten. Dementsprechend hatten die Messdiener das Wasser aus den kristallenen Gläsern über die geweihten Priesterfinger zu gießen, genau zum richtigen Zeitpunkt die Handglocken zu läuten, exakt das Messbuch von der linken Seite über die Altarstufen nach unten, dann Kniebeuge und von dort auf die rechte Seite zu transportieren. Diese Kniebeuge war dabei das Glanzstück von Konzentration und Pedanterie. Wenn man einen zu langen Messdienerrock in der Sakristei erwischt hatte, bestand die Gefahr, dass man auf den Stufen stolperte. Was für eine Horrorvorstellung, sich in dem Rock zu verheddern und dann Hals über Kopf mit dem schweren heiligen Messbuch die Stufen hinunterzustürzen!

Und die lateinischen Gebete hatte man natürlich perfekt zu beherrschen und sie in angemessenem Tempo von sich zu geben. Manchmal entstand dann zwischen dem Messdienerpartner und Friedhelm ein regelrechter Wettbewerb, wer denn nun das lange Confiteor deo omnipotenti – Ich bekenne Gott dem Allmächtigen- und das kompliziertere Misereatur am besten beherrschte. Sehr anstrengend, weil man gleichzeitig ja koordiniert zu sein hatte. Koordiniert auch beim Sich an die Brust Klopfen in der Mitte des Confiteors, wenn es hieß

„Mea culpa, mea culpa, mea maxima culpa – durch meine Schuld, durch meine Schuld, durch meine übergroße Schuld".

Und dann das zungenbrecherische Misereatur:

103

„Misereatur tui omnipotens Deus, et dimissis peccatis tuis, perducat te ad vitam aeternam - Der allmächtige Gott erbarme Sich deiner. Er lasse dir die Sünden nach und führe dich zum ewigen Leben."

Das war das Gebet der Messdiener für den Priester, sozusagen in einer scheindemokratischen Anwandlung.

Aufgabe der Messdiener war es auch, in einem Hochamt oder in einer Andacht mit Aussetzung des Allerheiligsten das Weihrauchfass zu schwingen und es vorher mit Weihrauch zu versorgen. Dabei sorgten die anderen Messdiener oft für eine nicht mehr ganz so heilige Überdosis, die die angestrebte Ernsthaftigkeit in eine barocke Überschwänglichkeit voller Rauchschwaden versetzte. Auch hier hielt sich Friedhelm lieber an die erwartete maßvolle Zucht. So sehr, dass ihn eines Tages sogar Kaplan Schwarz einmal fragte:

„Friedhelm, warum hast du immer so ein düsteres Gesicht?"

Die vom Zentrum des Dorfs etwas entfernte alte Kirche befand sich neben dem Klosterhof und ging bis in romanische Zeiten zurück, die neue war eigentlich ein Provisorium, lag aber mitten im Dorf. Das Provisorische drückte sich darin aus, dass sie sich in der ersten Etage befand und ihr Material teilweise Holz war, der Fußboden, die Empore. In der alten Kirche war alles solider, aus Stein, aber auch ein wenig muffig.

Wenn am Sonntag die Gläubigen die neue Kirche verließen, stellten sich auf der Straße oft die Kinder um Imscheids Annchen herum. Alle gerade gewonnene Frömmigkeit war dann vergessen, wenn sie feixend oder sogar johlend beobachteten, wie die alte Frau mit dem Kapotthut vorne und hinten ihre Röcke hob, um ungeniert ihr Geschäft zu verrichten. Die alte Frau wusste einfach nicht, dass sich die Zeiten mittlerweile geändert hatten und ihr Verhalten nicht mehr als normal galt. Sie lebte offensichtlich noch in längst vergangenen Zeiten. Friedhelm gehörte nicht zu den Johlenden oder Feixenden, beobachtete aber alles aus den Augenwinkeln genau.

Ein fast heiterer Gegenpol zu den ernsten Gottesdienst- und Beichtzeremonien waren die Mai- und Marienandachten. Man traf sich teilweise zu Hause und betete den Rosenkranz miteinander, einerseits langweilige ewige Wiederholungen, so dass man „Heilige Maria, Muttergottes, bitte für uns, jetzt und in der Stunde unseres Todes!" oder „Bitte für uns, o heilige Gottesgebärerin, auf dass wir würdig werden der Verheißungen Christi!" auswendig konnte und wie einen Körperteil stets mit sich trug. Andererseits waren dies gesellschaftliche Ereignisse, bei denen man, auf dem Fußboden kniend, die wunderbaren Zöpfe von Hans-Theos Kusine Margit betrachten konnte. Der Rosenkranz galt ja auch als betrachtendes Gebet. Im Monat Mai kam der betäubende Duft von Flieder und von Maiglöckchen hinzu, der einem diese eigentümlichen und angenehmen Gefühle bereitete, die aber schon leicht in die Nähe von Sünde gerieten. Fand die Andacht in der Kirche statt, zogen auch noch die üppigen Weihrauchschwaden in die Nase.

Friedhelm hatte im Schlafzimmer ein Kreuz an der Wand hängen, später auch ein kleines Weihwasserbecken. Davor pflegte er abends vor dem Zubettgehen zu beten. Das tägliche Beten war eine Pflicht, der sonntägliche Kirchgang auch, die aber so selbstverständlich waren, dass sie von Friedhelm nie in Frage gestellt wurden.

Beim Beichten benutzte Friedhelm später das Gebetbuch in Dünndruckpapier, welches ihm von Lieselotte und ihrer Mutter, Tante Anna, geschenkt worden war. In diesem Gebetbuch gab es trotz Friedhelms regem Leseinteresse nichts Lesenswertes für ihn. Es hatte reinen Gebrauchswert, zum Verfolgen der Messtexte, zum Singen der Lieder und als Gebrauchsanweisung für die Beichte. Hier fand sich nämlich der sogenannte Beichtspiegel, der einem die zahlreichen Möglichkeiten vorführte, wie man sündigen konnte, vor allem im sexuellen Bereich.

„Ich habe Unkeusches gesehen, gedacht, angeschaut, getan. Alleine? Wie oft? Mit anderen? Wie oft?" Dann gab es noch die diffizile Unterscheidung zwischen Unkeuschem und Unschamhaftem, die er nie ganz verstanden hatte. Kaplan Schwarz gehörte Gottseidank nicht zu den Priestern, die sich an dieser Stelle durch Fragen mit einer weiteren Differenzierung und Veranschaulichung beschäftigten. Sein schwitzendes Gesicht hinter dem Gitter mit dem Tuch schien auszudrücken, dass er selber froh war, wenn sein Schützling diese peinlichen Augenblicke hinter sich gebracht hatte und er ihm die Absolution mit dem Bußauftrag erteilen konnte. Die Bußen waren erträglich: Ein oder mehrere Vaterunser, ein Gegrüßet seist du, Maria.

Von den Strafen im Fegefeuer, einer Art Hölle light, konnte man sich durch Ablassgebete befreien. Die gab es auf Heiligenbildchen, die man zu besonderen Anlässen bekam wie der Volksmission oder im Heiligen Jahr vom Papst oder auf einer Wallfahrt nach Neviges oder Kevelaer. Hiermit konnte man nicht nur sich selber, sondern auch verstorbene Verwandte aus dem Fegefeuer befreien, wenn nicht ganz, so doch wenigstens für sieben Tage, 200 Tage oder ein ganzes Jahr. Friedhelm liebte die Heiligenbildchen wegen der Gemälde auf ihrer Vorderseite, der Sixtinischen Madonna von Raffael oder einer Muttergottes mit Kind von Filippino Lippi. Seine Mutter mochte diese Abbildungen ebenfalls, sein Vater lachte über die Namen der Maler.

Die schrecklichsten Drohungen wurden von der Kirche ausgestoßen mit den Begriffen der Todsünde und vor allem der Darstellung von einer Art Betrugsversuch an Gott, wenn man nämlich die heilige Kommunion unwürdig empfing, also nach einer Todsünde, ohne sich im Stande der Gnade zu befinden. Und Friedhelms übereifriges Gewissen konnte ihn nie eines völlig einwandfreien Gnadenstands versichern. Wenn man alleine bedachte, was sich alles so in der eigenen Fantasie abspielte! „Ich bekenne, dass ich gesündigt habe, in Gedanken, Worten und Werken." Bei dem Gedanken an Todsünde und Unwürdigkeit wurde in seinem Gehirn die Erinnerung an das apokalyptische Gefühl der Hilflosigkeit und Ohnmacht aktiviert, was sich damals in den Bombennächten und beim Ertönen der Alarmsirenen gebildet hatte. Nacht, Lichterblitzen, die zitternden Hände seiner Mutter, erbarmungsloses Geheul und endlose unbarmherzige Gewalt.

Feste, die gefeiert wurden

Namenstage, Kirmes, Schützenfest, Karneval, Weihnachten, Fronleichnam, Neujahr, Nikolaus, Hochzeiten und Silberhochzeiten. Wenn man alles aufzählte, konnte man den Eindruck haben, als hätten sie damals nur gefeiert. In beiden Familien, der Dünnwalder und auch der Höhenberger, also in der Familie seines Vaters und in der Familie seiner Mutter.

Kirmes aber wurde nur in Dünnwald gefeiert. Der Kirmesplatz lag nur fünf Minuten von ihnen entfernt. Hier konnte er aus der Isoliertheit seiner Fantasie in die unüberschaubare Menge eintauchen, blieb dabei selber meist unerkannt wie ein Harun Al Raschid, der sein Volk besuchte. Später sollte er ein ähnliches Gefühl an einsamen Stränden suchen, um sich danach mit der Unendlichkeit des Meers eins zu fühlen.

Von dem schmalen, aber ihm durchaus genügenden Taschengeld und dem zusätzlichen Kirmesgeld, das er nun schon von seinen Eltern erhielt, konnte er sich kleine Vergnügen leisten, ein Glücksspiel mit einem unscheinbaren Preis als Gewinn, das Benutzen der Schiffschaukel oder das Benutzen der Umschagschaukel, die von ihnen „Aapekaste", Affenkasten, genannt wurde. Darin konnte man mit eigener Kraft den Drahtkäfig, in dem man stand, bis zu einem Überschlagen um die Stange herum schaffen, an dem er aufgehängt war. Einmal hielt „Müllers Aap", der bekannte Boxer Müller, alle Kinder auf der Kirmes frei, ein ganz besonderes Erlebnis, von dem die Bevölkerung danach viel redete. Von seinem Taschengeld leistete sich Friedhelm ab und zu ein Eis in Bierbrauers Eissalon, manchmal sogar drei Kugeln mit Sahne. Dann zog seine Oma jedes Mal ein bedenkliches Gesicht, weil das für sie die pure Verschwendung bedeutete. Von seinen Maoam-Käufen am Büdchen hätte er ihr schon gar nicht reden dürfen. Ihn aber faszinierten die Päckchen mit den darin abgepackten Kaubonbons, mit unterschiedlichem Fruchtgeschmack, Zitrone, Orange, Erdbeere, Kirsche. Meistens war er stolz darauf, nicht alles Geld ausgegeben zu haben und noch etwas in seine Spardose stecken zu können.

Als er das Schürreskarrenrennen sah und einmal das Hahnenköppen, war er stolz auf die urigen Traditionen seines Heimatdorfs, obwohl sie damals das Wort „Heimat" nie gebrauchten. Das gehörte alles einfach zu Dünnwald. Beim Hahneköppen schlugen Männer mit verbundenen Augen auf einen Tontopf auf einem Pfahl. Dabei standen sie meist schon stark unter Alkohol. Beim Schürreskarrenrennen beeindruckten Friedhelm vor allem die uralten hölzernen Schubkarren, wie man sie sonst heute nicht mehr sah. Früher wurde auf ihnen vor allem Mist gefahren.

Neben dem Schützenzug liefen die Jungen oft nebenher, im Rhythmus der Marschmusik, die die Flöter und Trommler des Tambourcorps' spielten, und sie waren stolz, dazuzugehören.

Karneval verkleidete ihn seine Mutter, mal als Cowboy, mal als Clown, mal als Trenk der Pandur, später sogar einmal als Spanierin. Für den Cowboy spielten seine Pistolen natürlich eine besondere Rolle. Und die Knallplättchen, die man darin verfeuerte. Und die ganze Zeit trug man ein Fläschchen mit Koletschwasser mit sich herum, eine bittere Mischung aus Salmiak und Wasser. Koletsch war gleichzeitig das Wort für tiefes, glänzendes Schwarz, so dass die Polizisten damals auch Koletschhoot genannt wurden wegen ihrer Kopfbedeckung.

Auch Karneval bedeutete die Doppel-Existenz für ihn, bei der man Teil der Menge war, aber auch seiner eigenen Fantasiewelt lebte, die durch die Verkleidung verdeutlicht wurde.

St. Martin war vor allem das abendliche Singen vor den Nachbarhäusern. Friedhelm genoss es, wenn sein mitgenommener Beutel immer voller wurde, von Süßigkeiten, Obst und manchmal sogar Geld. Sie zogen zu dritt oder viert los, seine Vettern und die Jungen aus der Nachbarschaft.

Weihnachten war für Friedhelm ein merkwürdiges Fest. Unangenehm die Nervosität seiner Mutter, unangenehm auch die Erwartungen an seine Begeisterung über die Geschenke. Die frühen Weihnachtsfeste waren in seiner Erinnerung eisige Kälte im Schlafzimmer. Die Scheiben mit Eisblumen verziert, an den Wänden herunterlaufendes Wasser. Er sollte das Wohnzimmer mit seinem brennenden Baum, von Lametta behangen, erst sehen, wenn er komplett angezogen war. Und das konnte dauern. Wegen der ungewohnt kalten Hände seiner Mutter, wegen der engen, manchmal kratzenden langen Wollstrümpfe, wegen des engen Leibchens, an dem die Strümpfe in die Laschen eingeknotet wurden.

Später waren es manche Geschenke, die von seinen Eltern gut gemeint waren, ihm tatsächlich aber eher Frust als Lust bereiteten. Die Eisenbahn, die auf den uneleganten Schienen einfach zu schnell fuhr, so dass sie immer wieder entgleiste. Da war die Eisenbahnanlage seiner Vettern Hans und Peter doch was ganz anderes. Schienen und Wagen der Eisenbahn hatten zierliche Ausmaße, und die ganze Anlage hatte Onkel Gerd, der nie redende, etwas unheimliche Mann von Tante Irmgard, auf eine große Platte montiert, wofür bei ihnen zu Hause gar kein Platz wäre. Trotzdem war Friedhelm nicht neidisch, weil ihm das Rangieren mit dem Trafo und das Zuschauen schnell langweilig wurden.

Eine Zeitlang fuhr er Weihnachten zu der Deutzer und der Höhenberger Verwandtschaft, um dort seine Geschenke abzuholen, einen Old Surehand von Tante Anna, einen Holzschlitten von Tante Draudchen. Bücher waren für ihn ja immer gut. Der Holzschlitten, den Onkel Schäng gebaut hatte, kam ihm aber zu klobig vor. Die Hölzer, aus denen er zusammengesetzt war, zu schwer, und lenken konnte man ihn auch nicht so gut wie die Schlitten der anderen Kinder mit ihren leicht lenkbaren Latten. Dabei gefiel ihm das Schlittenfahren, zwischen den anderen Kindern auf den wenigen leichten Hügeln, die es in Dünnwald gab, oder auf langen Fahrten durch den verschneiten Wald, alleine oder mit dem einen oder anderen seiner Freunde oder Freundinnen.

Manche Geschenke hatte er sich gar nicht gewünscht. Sie vermittelten ihm nur das Gefühl, dass er etwas besaß, was eine Klasse weniger wert war als die Dinge der anderen Kinder. Seine Eltern, vor allem seine Mutter, hatten es aber nur gut gemeint. Sie hatten gewollt, dass er mit den anderen mitziehen konnte. Obwohl das für ihn gar keine so große Rolle spielte. Er hatte ja seine Fantasiewelt und seine Bücher – und seine Mutter, ohne dass er das hätte ausdrücken können.

Nikolaus wurde erst mit einem Besuch des Heiligen gefeiert, als sein Vater wieder da war. Bald schon hatte Friedhelm heraus, dass sein Vater hinter der Maske des Bischofs oder des Weihnachtsmanns mit seinem weißen Bart und seiner Kapuze steckte. Erstaunlicher war für die Mädchen aus der Nachbarschaft, dass im Buch des Nikolaus so genau verzeichnet war, wo ihre Stärken und ihre Untugenden lagen. Und die Person des schwarzen Hans Muff, der wütend mit seiner Kette auf den Boden schlug, war ihm auch bald klar: Dabringhausens Lud. Offensichtlich war er nach einer seiner Abwesenheiten mal wieder da. Wenn sein Getobe für die Kinder zu arg wurde, brachten ihn die weißen Handschuhe des Nikolaus durch ein Tätscheln zur Ruhe, und die Stimme des Nikolaus, die mittlerweile wieder eine gewisse Wärme und Verbindlichkeit bekommen hatte, mahnte ihn:

„Ruhig, Hans Muff! So schlimm sind die Kinder doch nicht!"

Ostereier bei Oma und Opa und die Neujahrsbrezel waren für Friedhelm unproblematisch. Zu Neujahr stellten sich die drei Enkel, Hans, Peter und Friedhelm, vor ihren Großeltern in Positur und gaben den obligaten Spruch von sich:

„Pross Neujohr, Kopp voll Hoor, Muul voll Zäng, Bretzel en de Häng. Prosit Neujahr, den Kopf voller Haare, den Mund voller Zähne, eine Brezel in den Händen!"

Und dann verteilte Oma an jeden der drei Jungen eine selbstgebackene Brezel, mit winzigen Zuckerstückchen darauf.

Es gab auch Feste mit der ganzen Familie, vor allem in Mutters Verwandtschaft, Tante Ellis Silberhochzeit und Lieselottes Hochzeit. Die Silberhochzeit stach vor allem durch die Anzahl der Kuchen hervor. So viele Kuchen wie Ehejahre. Und das nicht lange nach dem Krieg! Während am Abend die Erwachsenen im Wohnzimmer saßen, hatte man Dellbrücker Anneliese, die ungefähr fünf Jahre älter war als Friedhelm, und deren liebes Gesicht und dicke Zöpfe er regelrecht verehrte, in die Küche verbannt. Damit waren sie aber beide einverstanden, weil sie genau wussten, dass nebenan deftige Witze erzählt wurden, die nicht für ihre frommen Ohren bestimmt waren. Nicht nur die sogenannten Krätzchen, die Tante Elli zum Besten gab, sondern vor allem viel Anzüglicheres. Die Krätzchen kannten sie auch schon. Zum Beispiel, wenn sie erzählte, wie während des Krieges eine Bombe in Tante Draudchens Plumpsklo im Garten hinter dem Haus eingeschlagen war.

„Und da flog die ganze Scheiße in den Garten. Und nächstes Jahr hatten sie solche Kappesköpfe."

Dabei breitete sie ihre Arme aus, als wolle sie einen Riesenvollmond umarmen. Das fanden alle äußerst lustig, und das Drama, welches sich dahinter verbarg, wurde von keinem wahrgenommen.

Oder wenn sie erzählte, wie sie in Mülheim einmal von Durchfall geplagt wurde. Das war wohl schon etwas später, als sie es sich leisten konnte, ein Café zu besuchen, in der Nähe des Zentrums von Mülheim, wo man von der Rheinbrücke auf den Wiener Platz kam.

In dem Café, wo sich ihr Drang unbeherrsch-
bar bemerkbar machte, konnte sie zwar gerade noch auf der Toilette verschwinden.
Aber da war es schon passiert. Die Unterhose hatte auf einmal das dreifache Gewicht.
Und wohin damit? Ins Klo werfen ging ja wohl
nicht. Also raus aus dem Café, mit der von
Papier umwickelten schweren Hose in der
geräumigen Handtasche. An dieser Stelle
hatten die Zuhörer leichte Zweifel an der
Wahrheit ihrer Erzählung. Aber das war egal.
Auf jeden Fall konnte man das, was man am
meisten schätzte und brauchte: nach Herzen
lachen.

„Und dann bin ich auf die andere Straßenseite.   Über   die   Straßenbahnschienen,
schnurstracks auf das Büdchen vom Leon
zu."

„Was will sie denn jetzt beim Büdchen vom
Leon?"

fragten sich die Zuhörer. Dann kam trocken
der Schluss:

„Un dann han ich die Botz beim Leon övver
de Bretz jeschmesse. Und dann habe ich die
Hose bei Leon über den Zaun geworfen. "

Und wie immer dann das dröhnende Lachen der ganzen Gesellschaft.

Der Zaun von Leon war einer der zahlreichen Bauzäune damals, hinter denen sich ein Trümmergrundstück befand, mit einem beginnenden Neubau oder nichts als einem Trümmerfeld.

Friedhelms Kusine Lieselotte, deren Lebenswillen trotz ihrer Beinprothese und ihres lädierten Auges ungebrochen war, hatte seit einiger Zeit einen Liebhaber, der Posaune im Opernorchester spielte. Zur unbändigen Freude der Familie spiegelbildlich kriegsversehrt. So dass sie, wenn sie voreinander standen, Wunde gegen Wunde zeigten. Prothese gegen Prothese, Augenverletzung gegen Augenklappe.

Auf dem obligaten Hochzeitsfoto waren Friedhelm und seine Kusine Marlene ganz in Weiß abgebildet, als Brauführer, die die Schleppe trugen. Die Hochzeit wurde wahrscheinlich von Onkel Franz bezahlt, dem außerehelichen Vater von Lieselotte. Das hatte wohl Lieselotte in ihrer unbekümmerten Art von ihm verlangt. Dafür durfte er auch auf dem Hochzeitsfoto mit der ganzen lädierten Sippe posieren: Lieselottes Mutter, Tante Anna, stand mit ihrem verwüsteten Gesicht und dem schiefen Kiefer neben dem stattlichen Onkel Franz. Die Prothese von Onkel Schäng neben Tante Draudchen konnte man nicht sehen. Sie stammte auch nicht aus dem Krieg, sondern von einem Unfall bei Klöckner-Humboldt, bei dem er zwischen die Puffer von zwei Eisenbahnwaggons geraten war. Ganz rechts sah man den Höhenberger Opa, dessen Gesicht nicht nur verwüstet war, sondern der ja nun auch schon über 80 Jahre alt war. Und neben ihm Friedhelms Vater, in der Phase, in der er schon begonnen hatte zuzunehmen.

Der Junge hat auch Namenstag

Deutlich weniger Familienfeste wurden in Dünnwald gefeiert. Auf jeden Fall aber Opas Namenstag. An solchen Tagen konnte das Bild von der barschen strengen Oma ganz in den Hintergrund treten. Durch das offene Fenster strömte der unsagbare süßherbe Duft von Geißblattbüten ins Wohnzimmer hinein, die neben den Weinranken an der Fachwerkwand wuchsen. Und dieser Duft vermischte sich mit dem Geschmack von hellvioletter Sahne auf dem Apfelkuchen. Die

Sahne war damals noch keine Schlagsahne, sondern zu Schaum geschlagenes Eiweiß, welches mit Johannisbeeren oder Waldbeeren gefärbt und mit Geschmack versehen wurde. Danach gab es Omas Blatz mit den schrumpeligen, aber sehr süßen Korinthen, die Oma aus den eigenen Weintrauben im Hof getrocknet hatte. Und Oma hatte ihre Haare am Vortag mit den Brennscheren zu Dauerwellen verarbeitet, die auf dem Küchenherd erhitzt wurden. Von dem Brandgeruch war nun nichts mehr zu spüren. Und auch Friedhelms Vetter Peter wurde nicht mehr von seiner Mutter am Küchentisch maltraitiert, wenn er mit den Hausaufgaben nicht zurecht kam. Friedhelm brauchte seinem zwei Jahre älteren Vetter nicht mehr zu helfen, wenn dieser immer noch nicht kapierte, dass man beim Addieren die Zehnerüberschreitung nach dem Motto „3 hin, eins im Sinn" bewältigen konnte und brauchte keine wütenden Schläge auf den Hinterkopf mehr zu fürchten, so dass alle entspannt an der gestickten Decke im Wohnzimmer saßen, sich ein wenig unterhielten, ohne von Oma unterbrochen zu werden mit ihrem wochentäglichen Spruch

„Der Teller wird leergegessen!" oder

„Beim Essen wird nicht geredet!"

Selbst die Pendeluhr an der Wand schien friedlicher die Stunden zu schlagen, mit ihrem hin und her schlagenden Messingteller, und sogar Opas Porzellanpfeife an der anderen Wand hatte Ruhe.

Opas Gesicht hatte dann auch jeden Hauch von Aggressivität oder Nervosität verloren, und die Feuerwehrurkunde neben der Uhr verlieh ihm eine Würde, die sonst selten zu sehen war.

Die ansonsten magere Dünnwalder Unterhaltung floss gemächlich vor sich hin, bis Friedhelms Mutter offensichtlich langsam nervös wurde und zu Opa meinte:

„Der Jong hätt jo och Namenstag!"

Der Satz kam patziger aus ihrem Mund heraus, als sie es gewollt hatte. Deshalb waren sofort alle leise und verstummten.

„Welchen Jong meinst du denn?" kam es erstaunt aus Opas Mund.

„Na, Friedhelm natürlich."

„ Friedhelm?"

„Ja, Friedhelm. Do bess doch singe Paddühm, Opa. Du bist doch sein Patenonkel, Opa."

„Stimmt. Das hatte ich ganz vergessen."

Nun feierten sie in Dünnwald –gut katholisch, wie man war – Namenstage und keine Geburtstage. Umso mehr hätte der Opa an seinem eigenen Namenstag natürlich auch an den seines Patenkinds und Enkel denken können. Aber er hatte ihn irgendwie nicht „auf dem Schirm", wie man heute sagen würde. Weil er so lange weggewesen war, weil er nicht wie Hans und Peter in ihrem Haus wohnte, weil sein Sohn Urban auch so lange weg war? Wer weiß, warum? Wer weiß, in welcher Welt er eigentlich lebte. Als Mitglied der Freiwilligen Feuerwehr hatte er den Schlüssel für das Spritzenhaus gegenüber, gleich neben der alten Schule. In ein paar Jahren sollte er sein Silberjubiläum bei Felten und Guilleaume in Mülheim feiern. Und Sonntags war er nicht in der Kirche, sondern auf dem Fußballplatz im Wald zu finden. Jeden Sonntag, bei Wind und Wetter. Er selber hatte nie Fußball gespielt. Aber er hatte einen festen Platz an dem Holzbalken auf der Südseite. Und war so sehr bei der Sache, dass er manchmal mit dem Fuß nach vorne in die Luft trat, wenn er meinte, nun müsse der Ball aber unbedingt ins Tor befördert werden. Dazu gab er seine lautstarken Kommentare und anfeuernden Rufe von sich. Friedhelms Vater behauptete, einmal habe er ihm einen Ziegelstein vor den Fuß gelegt, so dass er unter Flüchen gegen ihn trat, als er wieder einmal den Fuß vor Begeisterung nicht still halten konnte. Hier war Opa auf jeden Fall ganz dabei. Aber sonst? Keiner wusste das so richtig. Nur wenn Friedhelms Vater im Herbst mit dem Handwagen voller Kartoffeln über den Hof der Großeltern zog, stolz, wenn die Ernte gut ausgefallen war, dann konnte der Opa schon einmal mit einer unentwirrbaren Mischung von Neid, Ironie und Stolz den Spruch von sich geben:

„De dömmste Buure han de deckste Ääpel. Die dümmsten Bauern haben die dicksten Kartoffeln."

Und Friedhelms Vater erzählte zu Hause, er habe mit Absicht die dicksten Kartoffeln im Handwagen nach oben gelegt, und sei nicht durch den Hinterausgang ihres Gartens gefahren, sondern über den Hof seiner Eltern. Ein Vater- und Sohn-Verhältnis, wie es damals durchaus üblich war.

Und nun zog dieser Opa zu aller und auch zu Friedhelms Erstaunen ein glänzendes Fünf-markstück aus der Tasche, gab es seinem Patensohn und beglückwünschte ihn zum Namenstag. Friedhelm war vollkommen per-plex. Und dies war vielleicht der Anfang einer neuen Beziehung. Erst viel später, als er schon nicht mehr in Dünnwald wohnte, sollte er zu seinem weiteren Erstaunen die silberne Taschenuhr und die Pfeife mit dem Porzel-lankopf geschenkt bekommen, als würde er sozusagen zum Erben eingesetzt. Er sah auch später, dass sein eigener Kopf immer mehr dem des Großvaters mit seiner hohen Spiegelglatze zu ähneln begann und bedau-erte, dass er sich früher nicht mehr mit ihm unterhalten hatte. Aber wäre das überhaupt möglich gewesen? Waren nicht manche Un-terhaltungen erst möglich, wenn es schon viel zu spät war?

Die langsame Wiederauferstehung des Vaters

Die Zeit, in der sein Vater für Friedhelm nichts als ein unheimlicher Fremdkörper war, mit einem unbekannten, unzugänglichen Gesicht und dem ausschließlichen Interesse für Essen, waren also langsam vorbei. Der Garten wurde nun von allen dreien bewirtschaftet. Friedhelm überließ er aber nicht viel mehr als das Säubern der Beete von Quecke und anderem Unkraut, langweilige und lästige Arbeiten, die seine Freude an Gartenarbeit kaum wecken konnten. Er war deshalb auch hier häufig mit seinen Gedanken ganz woanders. Gingen sie gemeinsam nach Hause, kam es vor, dass sein Vater, der diesen undurchschaubaren Gedanken misstraute, ihn ermahnte:

"Jong, loor für dich! Junge, schau vor dich!"

Papa hatte bald auch seine Arbeit in der Elektrowerkstatt von Bayer wiederaufnehmen können. Sonntags saß er nun regelmäßig mit Arbeitskollegen in der Gaststätte Maikammer beim Skatspielen. Friedhelms Mutter schickte ihn manchmal dorthin, um ihn rechtzeitig abzuholen, damit er nicht ans Saufen kam. Ihre größte Angst. Und zu Hause hörten sie manchmal gemeinsam nach dem Essen das Sonntagskonzert im Radio.

Einmal ging Papa mit ihm sogar den langen Weg durch den Wald zu einem Seifenkistenrennen in Edelrath. Viele Jungen sausten dort mit selbstgebastelten Wägelchen den Hügel hinunter. Vater und Sohn bewunderten die phantasievoll hergestellten Gefährte und die Lenkungskunst der Jungen. Beide kamen aber nicht auf die Idee, zu Hause auch so ein Fahrzeug zu bauen.

Obwohl Vater zu dieser Zeit schon wieder begonnen hatte, im Verwandten- und Be- kanntenkreis kleine handwerkliche Arbeiten durchzuführen, mehr als Freundschaftsdiens- te als für einen geringen Arbeitslohn, den er natürlich anschließend trotzdem bekam: fürs Tapezieren, weil er einen Elektroschalter re- pariert, eine Wand angestrichen hatte.

Eines Sonntags wollte Friedhelm nach dem nachmittäglichen Lesen auf dem Sofa in der Wohnküche seine Eltern etwas fragen. Er wusste, dass sie sich ins Schlafzimmer zu- rückgezogen hatte, zu einem Mittagsschlaf, wie es hieß.

Als er die Klinke des Schlafzimmers herun- terdrückte und die Tür aufdrücken wollte, merkte er, dass sie verschlossen war. Auf sein Rufen erfolgte keine Antwort. Das war doch noch nie so gewesen. Er ließ ein hefti- ges Geklinke folgen. Keine Reaktion. Wut stieg in ihm hoch, ein Gefühl des Verlassenseins, des Ausgeschlossenseins. Wutschnaubend rannte er in den Hof und nahm das Fahrrad seines Vaters.

Dieses Fahrrad durfte er seit kurzem benutzen. Es war ihm natürlich viel zu groß. Den Sattel erreichte er nicht, und er konnte auch nicht aufsteigen, indem er sein rechtes Bein über den Sattel schwang. Stattdessen steckte er sein rechtes Bein unter der waagerechten Stange des Herrenfahrrads durch und konnte so, zwar unbequem, aber immerhin fahren. Sein Vater hatte ihm das beigebracht, indem er ihn anschob, ein Stück hinter ihm herlief und den Sattel festhielt, bis er ihn schließlich losließ. Nach ein paar Versuchen war das gelungen, und Friedhelm war glücklich und stolz, auf sein Können und auf seinen Vater.

Heute aber fuhr er auf dem Fahrrad die Straße hinunter, bog rechts ab in den Wald, wo es auf einem Weg leicht bergauf ging, bis ihn die Anstrengung dazu zwang zurückzufahren und sich im Hof erschöpft auf die Bank zu setzen.

Vor Kurzem hatten die Kaninchen von Oma und Opa Junge bekommen, und die Enkel durften sich jeder eins aussuchen. Friedhelms Wahl fiel auf ein zierliches schwarzes Kaninchen. Es sollte in ihrem Schuppen seinen Platz finden, neben den beiden anderen Kaninchen, die sie besaßen. Dazu mussten sie natürlich einen weiteren Stall bauen. So stand er eines Tages mit seinem Vater im Schuppen, wo sie die nötigen Bretter und Nägel zurechtlegten.

„Hier, zieh mal die Nägel mit der Zange aus den Brettern! Die sind ja zu schade zum Wegwerfen."

Friedhelm nahm die schwere Kneifzange und bemühte sich vergebens, die Nägel zu packen. Sein Vater schaute ungeduldig zu, schüttelte den Kopf und meinte:

„Gib mal her! Du hast ja sowieso zwei linke Hände!"

Er hätte ihm eigentlich nur zu zeigen brauchen, dass man die Zange ganz dicht an dem Brett ansetzen musste, um so einen besseren Hebel zu haben. Aber das konnte er nicht erklären. Das wusste man einfach, oder man wusste es nicht. Friedhelm aber war tief enttäuscht, und sein Vater und er rückten wieder weiter auseinander.

Einige Zeit später wurde Friedhelm zur Erholung in ein Kinderheim nach Bad Kreuznach an der Nahe geschickt. Er hörte das Wort „Unterernährung". Vielleicht war es ja eher Mangelernährung. Auf jeden Fall fühlte er sich dort einsam und unglücklich. Der einzige Trost bestand darin, dass der Pater, der sie betreute, nicht schimpfte, wenn morgens wieder festgestellt wurde, dass Friedhelm ins Bett genässt hatte. Auch zu Hause hatte er ja seit einiger Zeit ein Gummituch als Unterlage unter seinem Betttuch.

Am Sonntag nach Friedhelms Namenstag waren Tante Elli und Onkel Jakob zu Gast. Es herrschte eine feierliche Stimmung, weil es ein außergewöhnliches Essen gab. Bei ganz besonderen Gelegenheiten konnte es in Dünnwald vorkommen, dass es Kaninchenbraten gab. Das Kaninchen musste zu diesem Zweck natürlich geschlachtet werden. Aber nun Kaninchenbraten zu Friedhelms Namenstag? Das war schon außergewöhnlich. Onkel Jakob hatte sich dazu extra in Schale geworfen, in seinen dunklen Feiertagsanzug.

Mutti hatte die Margarine aus dem Spind genommen und das Fleisch. Sie lagen dort auf dem Eisblock, der ihnen damals als Kühlschrank diente. Dieser Eisblock wurde jede Woche von einem Eishändler geliefert und auf den Schultern in die Küche transportiert. Im Spind neben den Sachen, die extra gekühlt werden mussten, waren auch die anderen Lebensmittel gelagert, auf Brettern, die mit einer Plastikfolie beklebt waren. Heute der Rotkohl und die Kartoffeln. Beim Kochen war sie ja immer etwas nervös. Da war die starke Konkurrenz von Papas Mutter, und manchmal grinste dieser, wenn Mutti etwas Neues ausprobierte, was sie nicht gewohnt war. So war ihr auch heute anzusehen, dass sie beim Hantieren auf dem Herd keineswegs gelassen war. Dabei war das Essen doch schon fertig und musste nur heiß gemacht werden. Aber heute schaute sie sich sogar öfter um, als sie das Fleisch in der Pfanne aufwärmte. Als fürchte sie die Kritik der anderen. Dabei war Tante Elli eigentlich bekannt dafür, dass sie keine gute Köchin war. Die anderen schienen ihre Nervosität zum Glück nicht zu bemerken. Dazu waren sie auch zu sehr mit dem Geschenk beschäftigt, welches Onkel Jakob auf den Tisch gestellt hatte, in braunes Packpapier eingeschlagen.

„Nun mach schon auf!"

forderte der manchmal etwas brummige Onkel ihn auf. Als wäre er selber gespannt auf den Inhalt des Päckchens. Vorsichtig und schüchtern schlug Friedhelm das Packpapier zurück. Zum Vorschein kam ein runder Gegenstand mit zahlreichen Löchern auf der Oberfläche.

Friedhelms Vater meinte verwundert:

„Das ist ja eine Gas ….“

„Du musst es umdrehen“,

unterbrach ihn Onkel Jakob und schaute Friedhelm schmunzelnd an. Der drehte den etwa fünf Zentimeter hohen kreisförmigen Gegenstand um und erblickte ein braunes Zifferblatt mit zehn Feldern, mit den weißen Zahlen 2 bis 12. In der Mitte befand sich eine runde Vertiefung mit der Nummer 7.

Nun erklärte Onkel Jakob stolz das Spiel, welches mit zwei Würfeln gespielt wurde und mit Pfennigen, mit denen man die Felder besetzte.

„Das können wir ja gleich nach dem Essen spielen“, freute sich Friedhelm.

„Das Spiel heißt Kasino. Und Onkel Jakob

hat es selbst gemacht."

„Aus dem Filter einer Gasmaske, oder?" fragte Friedhelms Vater.

„Ja, ein Arbeitskollege verkauft die reihenweise. Von ihm habe ich auch die Idee. Er hat mir den Filter mitgebracht, und ich habe ihn dann angemalt. In der Pause auf der Arbeitsstelle."

„Wo habt ihr eigentlich das Kaninchen her"?

wandte sich Tante Elli nun an Friedhelms Mutter. Erstaunlicherweise beantwortete sie nicht die Frage ihrer Schwester, sondern meinte zu Onkel Jakob:

„Erzähl doch Friedhelm mal, was du auf deiner Arbeitsstelle machst"!

„Holzmodelle. Ich baue Holzmodelle für die Gießerei."

„Was für eine Gießerei?" wollte Friedhelm wissen.

„Onkel Jakob arbeitet doch bei Klöckner-Humboldt-Deutz", antwortete Mutti rasch.

„Und die stellen Motoren her. Dafür brauchen sie Teile, die in der Gießerei gegossen werden. So ist das. Jetzt macht mal Platz auf dem Tisch, damit ich das Essen hinstellen kann"!

Alle waren zufrieden. Das Essen hatte gut geschmeckt. Nun hatten die Erwachsenen keine Lust mehr, mit Friedhelm das neue Spiel auszuprobieren. Als sie daher die Stimmen der Nachbarskinder vom Hof herauftönen hörten, meinten sie zu Friedhelm:

„Ach zeig dein neues Spiel doch mal den anderen draußen!"

Friedhelm ließ es sich nicht zweimal sagen, nahm das Spiel, die Würfel und ein Glas, in dem er Pfennigstücke sparte, und verließ den Raum.

Wieder fragte nun Onkel Jakob nach der Herkunft des Kaninchens. Friedhelm Mutter konnte das Geheimnis nun nicht länger wahren.

„Dat wor kee Kning. Dat worene Honk! Das war kein Kaninchen. Das war ein Hund!"

Es war, als hätte eine Bombe eingeschlagen.

„Ein Hund?"

„Ja", lachte Friedhelms Vater, „und wie hat er geschmeckt?"

„Sehr gut", meinten Tante Elli und Onkel Jakob, „aber wieso ein Hund?"

„Ihr wisst doch, dass wir Verwandte in Stammheim haben. Tante Sef und Onkel Hein. Als ich zuletzt mit dem Fahrrad bei ihnen vorbeikam, fragten sie mich, ob ich nicht ihren Hund wollte. Zum Schlachten. Weil sie keinen Hund mehr wollten. Und so habe ich ihn vor ein paar Tagen abgeholt. Mit dem Fahrrad. Er lief neben mir her über die lange Straße zwischen den Feldern hindurch von Stammheim nach Dünnwald, am Weißen Mönch vorbei und der Alten Kirche und dem Klosterhof. Ab und zu schaute er mich aus treuherzigen Augen von unten herauf an. Da tat er mir dann ein wenig leid. Aber wir hatten so lange kein Fleisch mehr gegessen. Und so schlachtete ich ihn zusammen mit meinem Vater auf seinem Hof. Er hat ja ein bisschen Erfahrung mit Schlachten. Die Hühner und auch die Schweine. Manchmal haben sie ein Schwein in der Waschküche geschlachtet. Und das Blut ließen sie in eine Zinkwanne laufen. Hinterher gab es dann leckeren Pannas."

Wie sein Vater tat er sich ein bisschen groß mit seiner männlichen Brutalität, während ihm in Wirklichkeit alles in der Seele leid tat. Friedhelms Mutter wusste das. Und Friedhelm hätten sie von dem wahren Inneren des Kaninchens auch nichts erzählt. Bis viel, viel später, als sie alle zusammen darüber lachen konnten.

Friedhelms Vater hatte im Gegensatz zu seiner Mutter im ganzen Leben nie ein Buch gelesen, geschweige denn besessen. Und doch regte sich in den Jahren seiner langsamen Wiederauferstehung ein Interesse an fiktiven Abenteuern. Da gab es dann den einfachen Ausweg in Form von sogenannten Schundheften, Billy Jenkins und Tom Prox. Er lagerte sie in der Schublade des Esstischs, zu der Friedhelm natürlich auch Zugang hatte. Und so las er sie auch, da er alles las, dessen er habhaft werden konnte. Mutti war damit nicht so ganz einverstanden, da sie wusste, dass diese Lektüre durch die Kirche verpönt wurde, wie später Filme von Tarzan, als sie anfingen, ins Kino zu gehen. In den Tarzan-Filmen waren es wohl vor allem die kurzen Röckchen von Tarzans Gefährtin Jane und die kaum bedeckte Blöße von Tarzan selber. Der gleiche Grund also, aus dem später das Lesen von Comics von der Kirche verpönt wurde, die fernöstlichen Abenteuer in Akim oder Tarzan. Aber warum durfte man auch Prinz Eisenherz und Phantom nicht lesen? Weil hier vielleicht Helden an die Kinder herangetragen wurden, die den Helden und Heiligen der Kirche Konkurrenz machen konnte?

Auf jeden Fall fanden sich Friedhelm und sein Vater in der Bewunderung der Westernhelden. Sein Vater äußerte seine Faszination nicht, höchstens durch ein anerkennendes Grinsen. Aber die Reit- und Schießkünste der Westernhelden, ihre überlegene Lässigkeit und die verwegene Landschaft wurden ein fester Bestandteil von Friedhelms Träumen.

Schon vor dem Krieg und während des Krieges hatte Friedhelms Papa ein Faible für Theater, das heißt für kleine Sketche mit Verkleidung. Nun kamen diese auch auf Familienfeiern wieder zur Geltung. Friedhelm war einerseits fasziniert, andererseits ein wenig geniert, zumal ihm einige Nummern an die Grenzen des Anstößigen zu gehen schienen.

Auf einer Geburtstagsfeier von Onkel Jakob kündigte Papa an, er werde nun zeigen, wie dieser eines Tages halb betrunken nach Hause kam. Ein Betttuch wurde zwischen zwei Stühle gespannt, hinter dem er verschwand. Dann hörte das belustigte Publikum, wie Onkel Jakob zu Tante Elli ins Bett stieg und sich ihr in eindeutiger Absicht näherte. Doch plötzlich fing es ihn an zu würgen. Er musste zur Toilette, um sich zu übergeben. Das Ergebnis hörte man deutlich und ausführlich ins Wasser plumpsen und konnte ansonsten seine Fantasie spielen lassen. Wieder stieg er zu Tante Elli ins Bett.

„Was für lecker Schinkelchen!" wurde akustisch begleitet von einem klatschenden Tätscheln. Friedhelms Vater hatte dazu seinen Oberarm entblößt, was das Publikum nicht sehen konnte. Das brüllende Gelächter quittierte jedes Mal den vollen Erfolg der Darbietung.

Oder „Der kleine Cohn". Hier trat Papa als Zwerg hinter einem Vorhang hervor. Sein clownhaft angemaltes Gesicht befand sich auf seinem Bauch, den er zu den komischsten Grimassen zu verziehen verstand. Sein ganzer Oberkörper war dabei in einem Kopfkissenbezug versteckt, der in die Form einer Kochmütze gebracht worden war.

Der größte Erfolg war Papa aber mit „Kurfürst Friedrich von der Pfalz" beschieden. Hierzu wurde das Publikum in zwei einander gegenüber sitzende Gruppen an einem langen Tisch eingeteilt. Friedhelm wunderte sich auch hier über Papas souveräne Art, ein ganzes Publikum zu instruieren und anschließend nach seiner Pfeife tanzen zu lassen. Der Ruf, der ihm diesbezüglich vorausging, half ihm dabei natürlich. Dann mussten alle ein Taschentuch am vorderen Zipfel in die linke, am hinteren in die rechte Hand nehmen. Das Taschentuch stellte dabei eine imaginäre Trompete dar. Anschließend wurden die Liedzeilen des Refrains eingeübt. Dabei musste die Seite, die dran war, aufstehen und sich gleich danach wieder hinsetzen. Und das mit zunehmendem Tempo.

Papa dirigierte:

Linke Seite: „Tätäterätä"

Rechte Seite: „Tätäterätä"

Links: „Täterä"

Rechts: „Täterätä"

Am besten funktionierte es, wenn alle schon

einen in der Krone hatten.

Friedhelm wunderte sich, wie sein Vater die ganze Gesellschaft auch durch seine ironischen oder schlüpfrigen Kommentare unterhalten konnte. Er kam aber nie auf die Idee, diese Art zu kopieren. Im Gegenteil: Eher hatte er sehr, sehr lange Zeit Hemmungen, in der Öffentlichkeit aufzutreten. Anders als damals als ganz kleiner Junge in Sachsen. Da musste sich irgendetwas in seinem Charakter verändert haben.

Eines Tages oder besser gesagt eines Nachts wanderte Friedhelm mit seinen Eltern von Dellbrück nach Dünnwald. Muttis Bruder Karl wohnte mit Tante Käthchen und seiner Tochter Anneliese in Dellbrück.

Die Kriegsschäden an der Wohnung und im Haus waren mittlerweile alle beseitigt, bis auf eine Stelle an der Decke im Wohnzimmer, wo man einen Blick in das Gedärme der Decke hatte. So zumindest kam es Friedhelm vor. Sonst aber machte die Wohnung den Eindruck, dass hier eine fleißige saubere Familie lebte. Vor allem beeindruckte Friedhelm der Bücherschrank seiner Kusine Anneliese. Hinter den Glastüren der oberen Etage waren auch ihre Schulbücher zu sehen, die sie für die Realschule brauchte, welche sie besuchte. Bei allem wurde hier deutlich, dass diese Familie, wie Friedhelms Familie, den Versuch machte, das Kind aus seinem alten Milieu durch Fleiß und Ehrlichkeit und durch Bildung in ein höheres Milieu zu bringen.

Es war eine milde Spätsommernacht, als sie sich auf den Weg zurück nach Dünnwald machten. Friedhelm Eltern waren gut gelaunt und ein wenig beschwipst, von dem aufgesetzten Johannisbeerlikör, den Onkel Karl eingeschenkt hatte. Kein einziges Fahrzeug begegnete ihnen, so dass sie mitten auf der Straße gehen konnten. Friedhelm hielt links seinen Vater und rechts seine Mutter an der Hand. Ein wolkenloser Himmel ließ die Sterne über ihnen hell erstrahlen. Seine Mutter sagte wieder einmal auf:

„Stääneklor! (Sternenklar!)"

Friedhelm freute sich, als sie begann. Er konnte diese plattdeutsche Groteske von einem schwerhörigen und ängstlichen Mann, der in der Nacht plötzlich sein Geschäft in einem Waldstück verrichten musste, während seine Frau auf dem Weg in seiner Nähe auf ihn wartete, nicht oft genug hören.

„Stääneklor!"

„Kääls sin do?"

„Maach doch, Mann!"

„Achzig Mann?"

„Do Döppe do! (Du Dummkopf!)"

„Met Knöppele do?"

Botz erop. Fott worer. (Hose hoch, weg war er.)"

Nun begannen Friedhelms Eltern und er zusammen zu singen und fielen dabei in ein gemeinsames Marschtempo.

„Rechts ein Bein, links ein Bein.

Wie lang ist die Chaussee?

Rechts ne Pappel, links ne Pappel.

In der Mitt en Pferdeappel."

Als sie schwiegen, hängte sich Friedhelm bei seinen Eltern ein. Er lehnte den Kopf nach hinten und schaute in den klaren Sternen-

himmel. Dann schloss er die Augen und überließ sich dem gleichmäßigen Rhythmus seiner Eltern. Wenn er die Augen wieder öffnete
und dann wieder schloss, konnte er in Se-
kundenschnelle zwischen vorgeburtlicher
Wärme und Sicherheit und der ganzen Weite
und Tiefe des Weltalls wechseln. Und es war
für einen ewigen Augenblick so, als hätte es
heulende Sirenen, Fluchtversuche, zitternde
Hände und die Angst der Mutter und die Ab-
wesenheit des Vaters nie gegeben.

Ein taubstummer Maler

Friedhelm wusste, dass er das nur Tante Lina
erzählen konnte. Am liebsten hätte er auf
dem Schoß der Mutter gesessen, wenn er
das unangenehme und merkwürdige Erlebnis
schilderte. Aber das wäre einfach nicht gegangen.

Es war ein schwül-heißer Augusttag. Der
Himmel war bedeckt. Auf seiner einsamen
Fahrradfahrt war Friedhelm vom Fußballplatz
zum Handballplatz mitten im Wald gelangt.
Beide Plätze waren leer. Doch am Rande des
Handballplatzes stieß er auf einmal auf einen
Kreis von Jungen, etwas älter als er selber. In

ihrer Mitte stand eine Person, die er zunächst nicht genau sehen konnte. Er lehnte das Rad an einen Baum auf dem Hauptweg, der hier das Dorf mit dem Handballplatz verband, und näherte sich neugierig und vorsichtig.

Zwischen zwei Jungen hindurch erblickte Friedhelm einen Mann, etwa im Alter seiner Mutter. Er stand da mit heruntergezogener Hose und schlug mit der Rechten einen Ball auf seinen nackten Hintern, immer wieder. Dabei stieß er grunzende merkwürdige Laute aus. Die grinsende Menge der Jungen ließ anfeuernde Rufe hören. Unter den obszönen Wörtern meinte Friedhelm auch das Wort „Doof" zu hören. Er verstand das alles nicht, auch nicht, was es bedeutete, dass auf einmal eine weißliche Flüssigkeit an seinem Bein herunterlief. Als die Runde das mit einem Johlen quittierte, stieß ihn das ebenso ab wie damals vor der Kirche die Runde um Imscheids Annche. Man wusste nicht, ob der Mann auf die Menge reagierte. Er schaute sie nicht an und gab nur diese stöhnenden dumpfen Laute von sich. In Friedhelm stieg ein Verdacht hoch. War das vielleicht „der Doof" im Hof von Tante Lina? Bevor sich die Runde auflöste, nahm er sein Fahrrad, stieg auf und verließ den Wald.

„Was meinst du, Tante Lina, war das der Doof?"

„Du musst bedenken, Friedhelm, er hat nie eine Frau gehabt."

„War das denn wirklich der Doof?"

Tante Lina zögerte mit der Antwort. Erst als Friedhelm äußerte, wie sehr ihn diese Runde abstieß, antwortete sie:

„Du hast Recht, Friedhelm, das war der Doof."

„Ich mag solche Runden nicht. In der Wüste habe ich auch schon mal etwas Ähnliches erlebt."

„In der Wüste?"

„Ja, am Anfang des Waldes gibt es doch ein Gebiet, das wir Wüste nennen."

Bei diesem Gebiet handelte es sich um ein baumloses Gelände mit außerordentlich vielen Bombenlöchern. Im Herbst blühte hier der Ginster giftig gelb und tränkte die Landschaft mit einem bitteren Geruch. Dort fuhren die Kinder aus der Nähe manchmal zum Steilwandfahren hin. Gleichzeitig gab es eine gewisse Scheu vor diesem Gelände, als handle es sich um einen unanständigen Ort, der nahezu verboten war. Einmal war Friedhelm hier auf eine Gruppe von Jungen gestoßen, die rings um eines der Bombenlöcher stand. Die Jungen waren in seinem Alter oder ein wenig älter und hatten alle den Hosenstall offen. Es wurde in das Bombenloch gepinkelt. Offensichtlich handelte es sich um eine Wette, wer am weitesten pinkeln könnte.

Auch dieses „Gemeinschaftserlebnis" löste bei Friedhelm ein Gefühl des Abscheus aus. Und er machte, dass er wegkam, so schnell er konnte.

Tante Lina stand nun auf und holte aus dem Schrank in ihrem besonderen Zimmer, wie es Friedhelm mittlerweile nannte, eine Flasche und zwei Gläser. Während sie sich und Friedhelm von der grünen Flüssigkeit einschenkte, sah Friedhelm, wie sich im Fenster Gewitterwolken auftürmten.

„Du hast Recht, Friedhelm, dass du solche Runden ablehnst."

„Wo sind eigentlich die Eltern vom Doof?" fragte er nun unvermittelt.

„Er hat keine Eltern."

„Wie, er hat keine Eltern? Jeder Mensch hat doch Eltern"!

„Nimm mal einen Schluck Maibowle!" meinte Tante Lina stockend. Und dann:

„Ich muss dir was erzählen, aber keinem weitererzählen, auch nicht deiner Mutter!"

Friedhelm schüttelte den Kopf, sagte aber nichts. Er gab also keine richtige Antwort, und es war die Frage, ob er erzählen würde, was er nun hörte. Tante Lina stieß nun mit ihrem Glas mit Friedhelm an. Es war, als zögere sie noch und sie müsse sich einen Ruck geben, ihm auf seine Frage zu antworten.

Dann die plötzliche Überraschung:

„Ohm Mattes und Tante Anna sind vielleicht seine Eltern."

In diesem Moment klopfte es kurz, die Tür öffnete sich und der Lange Mattes erschien, hinter ihm seine Frau. Der Lange Mattes war der Sohn von Ohm Dei und Tante Lina. Friedhelm kannte ihn und sein pockennarbiges Gesicht.

Als er vor dem Haus von Ohm Mattes auf sein Fahrrad stieg, begann der Wind den Staub und einzelne Blätter, die schon auf der Straße lagen, aufzuwirbeln. In der Ferne hörte man ein erstes Donnergrollen. Ein Gewitter meldete sich an. In seinem Kopf tönte noch immer Tante Linas Satz über die Eltern vom Doof. Das durfte doch nicht wahr sein! Und tausend Fragen drängten sich ihm auf. Aber heute ging das wohl nicht. Nicht im Beisein vom Langen Mattes. Friedhelm ahnte, dass Tante Lina das nur ihm erzählen wollte. Oder wusste der Lange Mattes alles schon?

Auf dem Heinweg wurde der Wind immer stürmischer. Erste schwere Tropfen fielen vom Himmel, und der Donner näherte sich. Als die ersten Blitze herabzuckten, war er schon zu Hause in Sicherheit.

Ihr verdammte Pänz

Als Einzelkind waren für Friedhelm seine Cousins Hans und Peter ähnlich wie Geschwister, Gefährten und Konkurrenten gleichzeitig. Alle drei standen sie unter der Fuchtel der Oma, wenn sie unter ihrem Kommando am Wohnzimmertisch zu Mittag aßen. Kartoffeln und Möhren „gestuft", das heißt vermengt, waren für Friedhelm das am meisten gehasste Essen. Und es galt, gegen das von Oma ausgegebene Motto „Der Teller wird leergegessen" eine Strategie zu entwickeln. Er teilte sich dazu den Brei in Achtel auf, um so langsam ein Achtel nach dem anderen zu vernichten. Das war eine Methode, die er sich für später aufbewahrte, bei allen Tätigkeiten, die ihn langweilten oder ihm unangenehm waren. Weil man dabei auf die Bruchrechnung konzentriert war, konnte man das eigentliche Problem leichter vergessen.

Bruchrechnung war für seinen zwei Jahre älteren Vetter Hans aber das große Problem, welches ihm Schläge seiner rothaarigen Mutter, Tante Irmgard, einbrachte. Dann tat er Friedhelm leid.

Alle drei litten sie auch unter den Gängen in den Keller, wenn sie für Oma von dort Kartoffeln heraufholen mussten. Am Ende des Wohnzimmers befand sich die Holztür, die sich auf die dunkle Steintreppe öffnete. Und diese Treppe schon hatte es in sich. Ihre Stufen waren ausgetreten und schief, als hätten sie Jahrhunderte hinter sich. Weiter unten wurden sie glitschig, und bei der schlechten Beleuchtung musste man höllisch aufpassen, dass man nicht ausglitt. Die Kellerräume selber waren unheimlich, weil es in ihnen feucht und muffig roch. Manchmal tropfte es von den dunklen Gewölbemauern. Und das Kartoffelklauben war oft eklig, weil es unter den eingekellerten Kartoffeln manche gab, die schon matschig waren, andere, aus denen die giftig erscheinenden Keime wuchsen.

Gemeinsam hatten sie auch den Hof zwischen dem grünen Metalltor und der Autowerkstatt von Salomon als Spielplatz. Wenn sie versuchten, auf den Schweinen zu reiten, wenn diese einmal von Opa losgelassen wurden. Beim Einkaufen der Milch stellten sie gemeinsam die Versuche an, die Kanne mit dem rechten Arm im 360-Grad-Winkel zu drehen, ohne zu stocken, immer in Gefahr, alles zu verschütten, was Gottseidank nie geschah. Hierbei hielt sie auch zusammen, dass davon Eltern und Großeltern nichts wissen durften.

Bei allen Aktivitäten in Omas Haus und Hof hatten die beiden Vettern natürlich so etwas wie ein Hausrecht, weil sie auf der ersten Etage des Vorderhauses ihre Wohnung mit ihren Eltern hatten. Und Hans versuchte lange Zeit eine Art Vorrecht zu behaupten, weil er der Ältere war. Friedhelm war aber unaufhaltsam dabei aufzuholen, auf Grund seiner Intelligenz und seiner Bildung. Hans bemühte sich aber lange Zeit, einen Ausgleich durch Wagemut zu erreichen. Irgendwann in früher Zeit vielleicht auch durch Widerspruch und Ironie. Friedhelm konnte sich nicht mehr an den Anlass erinnern. Aber er hatte tatsächlich einmal so eine Wut auf seinen Vetter, dass er ein Beil nach ihm warf. Dabei war er selber froh, dass er nicht getroffen hatte.

Hanss Wagemut äußerte sich später vor allem im Umgang mit Feuer. Mit Friedhelm zusammen machte er einmal ein Feuerchen am Rand eines Kornfelds, ein anderes Mal an einem Waldweg, wo sie dann prompt vom Förster erwischt wurden, der es aber bei einer strengen Ermahnung beließ. In einem Jahr wurden alle Kinder mit dem Aufsammeln von Kartoffelkäfern beauftragt. Hans hatte sie in einer Dose gesammelt, schüttete etwas Petroleum hinein und zündete alles an, was zu einem fürchterlichen Gestank führte.

Einmal experimentierte er mit Karbid. Woher er diese Ideen hatte, wurde Friedhelm nie klar. Sie befanden sich in dem verbotenen Gelände der Klärgruben hinter dem Kirmesplatz. Zwei stinkende Gruben aus Beton bildeten den Rahmen für das Abwasser der

Gemeinde. Vielleicht mussten sie sogar einen defekten Zaun überwinden, um dorthin zu gelangen. Hans hatte eine Dose mit dem weißen Karbid dabei. Vielleicht hatte er es ja von seinem Vater erhalten, weil dieser damit Mäuse oder Maulwürfe im Garten vernichtet hatte. Sie wussten auf jeden Fall, dass es zu einer Explosion kommen würde, wenn man Wasser hinzugeben würde. Die Angst vor der Gefahr wurde von ihrer Neugierde klein gehalten. Wieder einmal Gottseidank funktionierte das Experiment nicht.

Materiell waren Hans und Peter Friedhelm immer eine Nasenlänge voraus. Sie hatten die bessere Eisenbahn, sie besaßen die perfekteren Cowboy-Kostüme. Sie hatten zu Karneval die lauteren Kracher, für die es eine extra Pistole gab. Sie hatten ein eigenes Kinderzimmer. Doch allmählich erhielt Friedhelm einen geistigen Vorteil. So war wohl der Streich mit dem Portemonnaie eher Friedhelms Idee. Vielleicht hatte er irgendwo davon gelesen. Im Schuppen stand die große Blechdose mit seinen Schätzen. Er entnahm ihr ein Samtportemonnaie, welches er vor langer Zeit auf der wilden Müllkippe im Wald gefunden hatte. Von seiner Mutter hatte er einen dünnen grauen Faden bekommen. Sie grinste, als er ihr sagte, wofür er ihn benutzen wollte.

„Hier an dem Verschluss müssen wir den Bindfaden befestigen", sagte er zu Hans und Peter, als er wieder bei ihnen in Omas Hof stand.

„Dann schieben wir das Portemonnaie unter dem Tor durch, so dass man es auf dem Bürgersteig sehen kann. Wenn dann jemand kommt und es aufheben will, ziehen wir es schnell weg."

„Aber wie wissen wir, ob er es aufheben will?", fragte Peter.

Beide waren noch nicht so richtig von dem Sinn des Streichs überzeugt. Sie glaubten offensichtlich auch nicht, dass er funktionieren würde. Wenn sie Müüsjetrecke machten, funktionierte das immer. Müssjetrecke war das plattdeutsche Wort für Klingelmännchen. Das machte besonderen Spaß an Häusern mit mehreren Familien. Nachdem sie dort die flache Hand auf sämtliche Klingeln gelegt hatten, versteckten sie sich in der Nähe in einem Hauseingang und hatten einen Heidenspaß, wenn ein Anwohner nach dem anderen schimpfend auf die Straße trat und sich über die unsichtbaren Kinder beschwerte.

153

Aber das hier mit dem Portemonnaie, das hatten sie noch nie gemacht.

„Du kletterst auf den Pfeiler neben dem Tor und beobachtest die Straße. Wenn es so weit ist, gibst du uns ein Zeichen, und wir ziehen das Portemonnaie an dem Faden zu uns heran, bis er verschwunden ist", meinte Friedhelm zu Peter. So wollten sie es machen.

Zwei Passanten kamen vorbei, ohne dass sie auf den Fund reagierten. Nun aber näherten sich Schritte von Frauenschuhen und Peter winkte heftig. Obwohl sie aufgeregt kicherten, zogen sie das Portemonnaie herein. Und es ertönte, was sie sich nicht besser ausmalen konnten:

„Ihr verdammte Pänz! Ihr verdammte Pänz!"

Es war die Stimme von Tante Dela, der Nachbarin. Sie traten nun mit dem Corpus Delicti auf die Straße und lachten sie an. Nach einem weiteren „Ihr verdammte Pänz! Wie könnt ihr eine alte Frau so erschrecken!" musste sie mitlachen.

Die Geschichte des taubstummen Malers

Als Friedhelm das nächste Mal in Tante Linas besonderem Zimmer saß, wollte er gleich wissen, was denn nun mit dem Doof wäre.

„Wieso wohnt der Doof denn nicht bei Ohm Mattes und Tante Anna? Wenn er doch ihr Sohn ist."

„Nun ja, er ist ja auch schon etwas älter", meinte Tante Lina zögernd und nachdenklich.

„Dann müsste er doch eigentlich eine eigene Wohnung haben. Auch wenn er nicht verheiratet ist."

„Der Verschlag, in dem er wohnt, ist größer, als du denkst. Es sind sogar zwei ganze Zimmer. Und sie sind noch schöner bemalt als dieses Zimmer. Schade, dass du es nicht sehen kannst."

„Warum kann ich es denn nicht sehen?"

„Er lässt keinen rein. Weil er Angst hat."

„Angst? Wovor denn Angst?"

„Pass mal auf, ich erzähle dir mal alles von

Anfang an!"

Dieses Mal holte Tante Lina nicht den Krug und die Gläser aus dem Schrank.

„Dir ist ja sicher schon aufgefallen, dass Onkel Dei und ich nur ein Kind haben."

„Nun ja, ich bin ja auch ein Einzelkind", wandte Friedhelm ein.

„Ja, aber damals war das anders. Unsere Eltern hatten alle viele Kinder. Deine Großeltern hatten sieben."

„Sieben? Ich dachte drei."

„Vier sind gestorben."

„Ach!"

„Ja, und weil unsere Eltern alle so viele Kinder hatten, und ziemlich arm waren, wollten wir es besser machen und nur ein Kind bekommen. Auch Tante Anna und Ohm Mattes. Und über das eine Kind freute man sich dann sehr. Sie bekamen aber kein Kind. Zumindest sah das so aus. Eines Tages aber brachte Ohm Mattes den Doof mit nach Hause. Er hat mit uns nie über seine Herkunft geredet. Nur im Dorf wurde allerlei geredet. Die einen meinten, es sei ein uneheliches Kind von ihm. Die anderen meinten, es sei ein Kind von Tante Anna. Ich hatte sie aber nie schwanger gesehen. Das heißt, einmal war sie längere Zeit bei ihren Verwandten im Hunsrück gewesen. Ich weiß es nicht, sie wollten nie darüber reden. Auf jeden Fall war der Doof schon einige Jahre alt, als er hier bei uns untergebracht wurde. In dem Verschlag."

„Aber warum denn in dem Verschlag, und nicht in ihrer Wohnung?" fragte Friedhelm verwundert, fast ein wenig verärgert.

„Weißt du, damals war Hitler schon an der Macht."

„Was hat das denn damit zu tun?"

„Hitler war doch gegen Behinderte. Und es wurde gemunkelt, dass er sie umbringen ließ. In irgendwelchen Anstalten. Und der Doof war nun einmal taubstumm. Deshalb versteckten sie ihn in dem Verschlag. In Dünnwald war die Gefahr zwar nicht ganz so groß. Die meisten wählten hier lange Zeit KPD oder SPD. Aber man konnte nie wissen. Deshalb versteckten sie ihn wohl."

157

„Aber dann hätten sie ihn doch nachher normal unterbringen können, nach dem Krieg."

„Ja, aber da hatte sich der Doof schon an seine Unterkunft gewöhnt. Dort hatte er ja auch sein ganzes Malzeug."

„Von wem hat er das Malen eigentlich gelernt?"

„Das weiß ich auch nicht so richtig. Auf jeden Fall scheint ihn Ohm Mattes dabei unterstützt zu haben. Fotografie und Malerei sind ja irgendwie verwandt. So, nun weißt du alles, was ich darüber weiß."

Lange saßen sie beide schweigend auf ihren Stühlen und schauten auf die bemalten Wände des besonderen Zimmers von Tante Lina, auf die Parklandschaften, auf Meer und Himmel mit dem Fensterbild nach draußen. Und Friedhelm überlegte, was in dem Kopf vom Doof wohl vor sich ging. Er hätte sich so gerne mit ihm unterhalten. Aber er bekam ihn ja nicht mal zu Gesicht.

Spielplatz Straße

Lange Jahre war der Mauspfad Friedhelms Kinderzimmer. Mit den Flitzebögen aus Regenschirmgestänge schossen sie um die Wette hoch in die Luft. Aus Holunderästen fertigten sie Blasrohre, indem sie das Mark mit dem Taschenmesser oder mit einer dünnen Stange entfernten. Als Kugeln verwendeten sie dann die grünen, noch harten Holunderbeeren, mit Vorliebe aus dem Hinterhalt auf Mädchenkörper abgezielt. Mädchenhaare waren das bevorzugte Ziel von Kletten. Dass das aber eigentlich regelrecht gemein war, merkten sie an deren Schimpfen und Kreischen, wenn sie die Kletten nur mühsam aus den Haaren herausklauben konnten. Mit dem Fahrrad wurden Rennen veranstaltet, und sie hängten sich sogar an langsam fahrende Lastwagen an, um sich von ihnen ein Stück weit ziehen zu lassen. Versteckenspielen erstreckte sich über Straße, Bürgersteige und anschließende Vorgärten. Das machte besonderen Spaß, wenn es schon langsam dunkel wurde. Tagsüber spielten Mädchen und Jungen gemeinsam Hüpfekasten, den sie mit Kreide auf die Straße gemalt hatten. Mit den Klassenkameraden Ferdi und Kurt warfen sie den Prellball gegen den gegenüberliegenden Bordstein und zählten die Treffer als Punkte. Manchmal kam es auf der Straße sogar zu einem Völkerballspiel, bei dem man geschickt umherhüpfen musste, um nicht getroffen zu werden. Dazu mussten sich aber zuerst einmal mindesten sechs Kinder zusammengefunden haben.

Eines Tages, als Friedhelm schon das Gymnasium besuchte, hatte er eine eigene Geheimschrift erfunden, auf die er sehr stolz war. Er schrieb mit Kreide einen kleinen Text mitten auf die Straße. Freia Koch von gegenüber schien auf einmal nicht mehr so zurückhaltend zu sein. Als Tochter eines promovierten Bayer-Chemikers gehörten sie und ihr Bruder ja eigentlich zu einer anderen gesellschaftliche Kategorie. Nun hockte sie neben ihm auf der Straße.

„Kannst du das lesen?"

„Warum sollte ich?"

„Versuch doch mal!"

„Kann man doch nicht lesen."

„Doch, doch. Das ist eine Geheimschrift. Habe ich selber erfunden."

„Für wen?"

„Für mich. Aber wenn du sie lernst, dann ist sie auch für dich."

„Und was kann man damit machen?"

„Dann kann man sich Nachrichten schreiben, die andere nicht lesen können."

„Was für Nachrichten denn?"

„Wenn wir uns zum Beispiel an einem bestimmten Punkt im Wald treffen wollen."

„Warum sollten wir uns denn im Wald treffen? Wir sehen uns doch hier."

„Aber im Wald ist es doch schön. Da sieht uns keiner."

„Warum soll uns keiner sehen? Du spinnst wohl."

„Ich fahre oft mit dem Fahrrad stundenlang durch den Wald."

„Du bist ja auch so ein richtiger Waldheini. Hast du eigentlich ein Kinderzimmer?"

„Wir haben den Schuppen hinterm Haus."

„Also kein Kinderzimmer."

„Naja, so ein richtiges Kinderzimmer nicht."

„Warum sagst du das denn nicht gleich?"

„Warum willst du das eigentlich wissen?"

„Nur so."

Einmal zeigte sie ihm ihr Kinderzimmer. Friedhelm erinnerte sich nur daran, dass es riesig war. Er hatte nicht das Gefühl, er müsse auch so etwas haben. Wie im Kinderzimmer der Bäckerkinder. Mehr hatte ihm die heiße Backstube imponiert. Dort konnte er mit Richard auf den langen Tischen durch ausholende Bewegungen mit der Hand Fliegen fangen. Das Konkurrenzverhalten mit anderen Kindern hielt sich also immer in Grenzen. Und Prügeleien gehörten nicht zu seinen Kindheitserinnerungen. Bis auf eine. Am Ende des Mauspfads endete sozusagen sein Reich. Zumindest sah Heribert das so, der gleich gegenüber wohnte. Auch hier konnte sich Friedhelm später nicht mehr an den konkreten Anlass erinnern. Vielleicht war es ja einfach ein Revierkampf, bei dem harmlose Bemerkungen als Beleidigungen aufgefasst wurden, die sich langsam steigerten, bis es zum Kampf kam. Vielleicht war es das Recht, glänzende Kastanien bis zu einer bestimmten Grenze aufsammeln zu dürfen. Kastanien von dem riesigen Baum an der Straßenecke, unter dem das Wegekreuz stand mit der passenden Inschrift „Sei gegrüßt oh Kreuz du unsere einzige Hoffnung".

Friedhelm war in Begleitung einer kleinen Anhängerschaft, drei oder vier jüngere Mädchen oder Jungen. Sie standen staunend und voller Bewunderung da, als Friedhelm seinen Kontrahenten Heribert plötzlich ansprang, mit einem Sprung an den Hals, der an den Comic-Helden Phantom oder an Tarzan erinnerte. Dann wälzten sich beide keuchend im Ringkampf am Boden, bis sie erschöpft voneinander ließen.

Friedhelm war danach noch aufgeregt, aber auch zufrieden. Irgendwie hatte er sich auf eine neue Art bewährt.

Besitz und Pflege

Es tat ihm gut, als er Tante Lina von dem Kampf erzählte, die sich alles lächelnd anhörte.

„Früher wurde auf der Kirmes um Mädchen oder Frauen gekämpft, aber nicht so harmlos wie heute. Da gingen die Dünnwalder mit Messern auf die Schlebuscher Konkurrenten los. Ja, und heute geht es zwischen Erwachsenen höchstens mal ums Erbe."

„Wieso ist das denn so wichtig?" wollte Friedhelm wissen.

„Bei den meisten Menschen ist das wichtig. Weil ein Haus oder eine Wohnung und die Pflege im Alter wichtig ist. Ein einzige Sache nur kann wichtiger sein." Sie lächelte. „Das ist die Liebe. Aber das verstehst du erst später."

„An was denken denn Oma und Opa?" fiel Friedhelm plötzlich ein. „Die sind immer so ernst."

„Da ging es immer um Haus und Hof und Pflege, wie ich dir schon sagte. Du musst auch bedenken, dass sie es immer schwer hatten. Schon ihre Eltern. Der Vater von deinem Opa kam aus Langenfeld, vom Land. Sie waren sehr arme kleine Bauern. Da sie zu viele Kinder hatten, mussten diese woanders ihr Auskommen suchen. So fing er in Wiesdorf in der Fabrik an zu arbeiten. Zu seinem Glück lernte er eine Dünnwalderin kennen, die ein Haus in die Ehe brachte. Natürlich musste sie dazu ihre Eltern bis zu deren Tod pflegen, als sie nicht mehr alleine zurecht kamen. In diesem Haus hatten sie zusätzlich zu ihrer Arbeit in der Fabrik in Mülheim einen Webstuhl, mit dem sie etwas hinzuverdienten. Aber auch sie bekamen wieder zu viele Kinder, die sich dann ein anderes Zuhause suchen mussten. Dein Opa lernte deine Oma kennen, eine besonders fleißige Frau, aber auch sehr energisch. Mit ihrer Energie pflegte sie eine alte Frau, die Eikamps Möhn, die ihr dann den Kauf ihres Hauses ermöglichte. Trotzdem mussten sie sparen, sparen, sparen, damit sie dieses Haus kaufen konnten. Und später mussten sie noch den Anbau bezahlen, den du ja kennst. Ein ganzes Leben voller Arbeit!

Der Vater deiner Oma war Schreiner, hatte aber auch wieder zu viele Kinder. Vier blieben übrig, neben den Fehl- und Totgeburten. Von ihm erbten Ohm Dei und Ohm Mattes ihre Grundstücke, auf denen wir wohnen. Für uns wurde es nun etwas einfacher. Ohm Dei verdient ganz gut als Vorarbeiter bei der Dynamit, so dass ich nicht zu arbeiten brauche. So konnte ich mich auch gut um unseren einzigen Sohn, den Langen Mattes, kümmern. Und Ohm Mattes hat mit seiner Fotografiererei auch genug zum Leben. Für deine Oma blieb aber von dem Besitz des Großvaters wenig übrig. Und auch nicht für Tante Lis. So dass beide nur mit Hilfe ihrer Männer überleben konnten. Tante Lis heiratete zuerst den Mattheis. Leider kam der aber bei einem schrecklichen Unfall ums Leben, bei einer Explosion in der Karbidfabrik in Schlebusch. Sie hat nun Gottseidank ihren zweiten Mann gefunden. Den kennst du ja. So ist das mit unseren Familien. Die einen kommen so richtig vom Land, die anderen haben seit ewigen Zeiten in Dünnwald gelebt, sind aber auch nicht reich. So wie die Familie von Tante Anna und meine eigene.

Opa, lass das doch sein!

1950 musste Friedhelms Familie ihre Wohnung verlassen und nach Mülheim umziehen. Die belgischen Besatzungstruppen vergrößerten sich, und bis die neuen Kasernen fertig waren, sollten ihre Offiziere in Wohnungen in Dünnwald untergebracht werden. Friedhelms Familie und zahlreiche andere Familien, die auf dem Mauspfad wohnten, bezogen extra für sie gebaute Baracken zwischen der Bergisch Gladbacher Straße und der

Holweider Straße. Für Friedhelm und seine Eltern bedeutete das einen gesellschaftlichen Aufstieg, weil sie nun zum ersten Mal in ihrem Leben eine komplette Wohnung besaßen, sogar mit einem Kinderzimmer. Friedhelms Freude über das eigene Zimmer wurde allerdings schon bald getrübt, weil der Höhenberger Opa bei ihnen einzog. Sie hatten nun in der ganzen Sippe die geräumigste Wohnung, und so zog Opa von Tante Draudchen in Deutz weg und bei ihnen ein.

Friedhelm erlebte den Opa mit einem lachenden und einem weinenden Auge, seine Mutti eher mit einem weinenden. Denn Opa litt an Verkalkung, wie es hieß. Es kam immer mal wieder vor, dass er plötzlich in dramatischem Ton sagte:

„Mein Portemonnaie ist weg!"

Dann ging Mutti mit ärgerlichem Gesicht zu ihm und griff ihm an seine Gesäßtasche.

„Papp, hier ist es doch!"

Schlimmer war es für sie, wenn sie ihn dabei erwischte, dass er sein kleines Geschäft im Waschbecken im Flur verrichtete. Dabei lag die Klotür nur einen Schritt weiter nach rechts. Es blieb ein Rätsel, ob er es nicht mehr bis dahin geschafft hatte, oder ob er es aus Frackigkeit tat, wie sie damals sagten, also, um seine Tochter oder überhaupt seine Umwelt zu ärgern. Oder ob er vergessen hatte, an welcher Stelle das Geschäft zu erledigen war.

Den säuerlichen Geruch nach Prümtabak mochte sie auch nicht. Er gehörte für sie zu ihrer dunklen Kindheitswelt, an die sie sich nicht gerne erinnerte, und von der sie gedacht hatte, dass sie sie endgültig hinter sich hatte. Nun musste sie ab und an den Spucknapf säubern, in den ihr Papp die eklige bräunliche Brühe spie, wenn der Prümtabak ausgelutscht war. Für Friedhelm hatte der Geruch des Prümtabaks einen eigenartigen Reiz, der zu der Welt gehörte, die Opa in Gesprächen und Erzählungen vor ihm ausbreitete. In ihrer neuen Wohnung vermischte er sich mit dem sonst allgegenwärtigen Geruch nach dem Rauch der Zigaretten seines Vaters. Schüchterne Versuche, seinen Vater vom Rauchen abzubringen, waren schon lange in einem Lachen seines Vaters untergegangen, mit dem dieser die Absurdität dieses Ansinnens andeutete. Auch seine Mutter hatte diesbezügliche Hoffnungen längst aufgegeben. Sie wusste ja, dass das Rauchen ihrem Mann in Krieg und Gefangenschaft einen Zipfel von Hoffnung auf Weiterleben gegeben hatte.

Zu der fremdartigen Welt seines Opas gehörten für Friedhelm die verschiedenen Kartenkunststücke, die er dem staunenden Jungen zeigte und anschließend beibrachte.

„Hier liegen vier Könige nebeneinander. Die Karten sehen ja oben und unten völlig gleich aus. Nur umgedreht, oder?"

„Ja klar."

„Jetzt zeige ich dir mal, wie ich hellsehen kann. Ich schaue weg, und du drehst einen der Könige einfach um. Danach sage ich dir, welchen du umgedreht hast."

Friedhelm drehte einen der Könige um und passte genau auf, dass Opa wirklich nicht auf die Karten schauen konnte. Opa drehte sich dann wieder um, schaute sich die Karten genau an und tippte prompt auf den richtigen König.

Später verriet er ihm, dass die schmalen Ränder der Karten unterschiedliche Größen hatten. Daran konnte man erkennen, welche

Karte umgedreht worden war. Ein einfaches, aber wirkungsvolles Kunststück.

Bei einem anderen erzählte Opa von vier Königen, die in ein Restaurant gingen, um dort gemeinsam zu essen. Als es ans Bezahlen ging, verdrückte sich einer nach dem anderen, um die Zeche zu prellen. Bei jedem König, der den Raum verließ, steckte er die Karte irgendwo in die Tiefen des Päckchens.

„Dann war der vierte noch ganz alleine". Opa schaute Friedhelm ins Gesicht, während er den vierten König in der Hand hielt.

„Was mache ich nun?" dachte der König, „haue ich auch einfach ab, oder bin ich ehrlich und bezahle?"

„Dann ging er kurz zur Toilette, und als er wieder in den Gastraum kam, sah er zu seinem Erstaunen: Die drei anderen waren auch alle wieder da."

Dabei deckte Opa drei weitere Karten auf und schaute Friedhelm triumphierend ins Gesicht. Es waren Könige. Der Trick bestand darin, dass er von Anfang unbemerkt drei weitere Karten hinter dem vierten König versteckt hielt.

„Von wem hast du all diese Tricks gelernt, Opa?" meinte Friedhelm bewundernd.

„Ach, schon damals in Cochem auf dem Schiff."

„In Cochem? Auf welchem Schiff?"

„Ich bin doch in Cochem an der Mosel geboren. Ich dachte, du wüsstest das."

„Wo du das sagst, fällt mir ein, dass Mutti mal davon gesprochen hat. Aber Genaueres weiß ich nicht. Erzähl doch mal!"

In mehreren Gesprächen erzählte ihm nun Opa, wie er damals von der Mosel nach Mülheim kam. In Friedhelms Kopf reihte sich ein Bild ans andere und fügte sie zu einer längeren Erzählung zusammen.

„Als ich so alt war wie du heute, feierte man noch Kaisers Geburtstag. In der Schule sangen wir Loblieder auf den Kaiser. „Der Kaiser ist ein lieber Mann. Er wohnet in Berlin." 10 Jahre später verließ ich meine Heimatstadt Cochem. Nach der Arbeit auf dem Moselschiff hatte ich den Beruf des Schumachers gelernt. Aber es gab einfach zu viele Schuster in der Umgebung, so dass ich zu wenig

Arbeit hatte, um genug zum Leben zu haben. Mein Bruder Franz wohnte schon in Köln-Mülheim. Damals gehörte es noch nicht zu Köln und nannte sich Mülheim am Rhein. Fritz arbeitete als Pförtner im Karlswerk. Er hatte mir schon eine Wohnung in der Formesstraße besorgt."

„Wo ist die Formesstraße?"

„Unten am Rhein. Damals war Mülheim viel mehr als heute eine Rheinstadt."

„Und Cochem eine Moselstadt?"

„Ja, Cochem eine Moselstadt. So stand ich damals an der Anlegestelle der Moselschiffe in Cochem und winkte meiner Mutter zum Abschied, und ein Stück neben meiner Mutter stand Anna. Meine Mutter wusste nichts von meiner Freundschaft zu ihr und ihre Eltern auch nicht. Anna weinte. Ich hatte ihr versprechen müssen, ihr oft zu schreiben. Als ich es versprach, wusste ich aber schon, dass ich mein Versprechen nicht halten würde. Schreiben war nämlich gar nicht mein Ding. Geschichten erzählen ja, aber nicht aufschreiben. Auf die Idee wäre ich nicht gekommen.

Manchmal las ich die Cochemer Zeitung, die mein Vater vom Schiff mitgebracht hatte. Sie waren dann schon ein, zwei Wochen alt. Aber das machte mir nichts. Mich interessierten vor allem die Geschichten, die darin abgedruckt waren."

„Welche Geschichten denn?"

„Zum Beispiel die Geschichte vom Hund des Advokaten und dem Metzger, dem er ein Stück Fleisch gestohlen hatte. Der Metzger fragte den Advokaten, ob ein Hundebesitzer für den Schaden aufkommen müsse, den jemand durch seinen Hund erlitten hätte. Der Advokat bejahte die Frage. Da forderte der Metzger 15 Groschen für das gestohlene Stück Fleisch. Er frohlockte und kam sich sehr schlau vor. Er hatte aber nicht mit Folgendem gerechnet: Der Advokat präsentierte ihm nämlich am Tag darauf eine Rechnung über die Beratung, die er ihm gegeben hatte. Auf der stand eine Forderung von einem Taler 15 Groschen. Wie du siehst, habe ich diese Geschichte bis heute nicht vergessen."

„Die Geschichte finde ich auch gut. Aber Indianergeschichten noch besser."

„Die gab es damals noch nicht."

„Hattest du eigentlich Koffer bei dir?"
„Nur einen Rucksack. Und in meinem Rucksack befanden sich außer meiner Kleidung auch die wichtigsten Werkzeuge, der Hammer und die Zangen für das Schusterhandwerk. In der Hand trug ich den schweren Schuhmacher-Amboss. Ich wollte ja auch in Mülheim Schusterarbeiten durchführen, wenn ich Aufträge erhielt. Das hoffte ich doch. Denn der Lohn in der Fabrik war auch nicht gerade üppig, wie mir mein Bruder geschrieben hatte. Aber besser als mein Schusterlohn in Cochem. Mit meinem Lohn und dem meines Vaters zusammen konnten wir unsere wöchentlichen Kosten für unsere fünfköpfige Familie kaum aufbringen. Alleine ein Brot kostete immerhin fünf Groschen, genauso viel wie mein Tagesverdienst, wenn alles gut ging. Und dann brauchten wir noch Geld für Kartoffeln, Mehl, Reis, Milch, Miete und Holz zum Heizen. An Wein, Butter und Kaffee war kaum zu denken. Und Fleisch gab es nur sehr selten. Oft aber waren unsere Essensrationen so klein, dass uns der Magen knurrte. Anna wusste das, und wenn ich – absichtlich spät - vor ihr an der Theke in der Bäckerei stand, gab sie mir ab und zu einen Kanten Brot, der angeblich nicht mehr gebraucht wurde. Am Anfang wusste ich nichts zu sagen, weil ich stumm auf ihr schönes Gesicht

und ihre dunklen Haare starrte. Auf einem Weinfest fasste ich dann den Mut, sie anzusprechen und sogar zum Tanzen aufzufordern. Ich war erstaunt, dass sie gleich zusagte. In der letzten Zeit trafen wir uns mehrmals am Ufer der Mosel. Abends gegen sieben. Wenn die Bäckerei schon geschlossen hatte und meine Werkstatt auch. Dabei hatte ich ihr auch erzählt, dass ich vorhatte, nach Mülheim am Rhein zu ziehen. Deutlich sah ich, dass da ein Schatten über ihr hübsches Gesicht huschte. Und spürte zum ersten Mal dieses Stechen in der Brust. Das spürte ich auch heute, als ich ihr zuwinkte.

Während der 4 Stunden Fahrzeit bis Koblenz lehnte ich meistens an der Reling. Für dieses Marktschiff konnte ich über meinen Vater eine verbilligte Karte bekommen. Manchmal blies mir der Wind den vertrauten Dampf ins Gesicht. Ich selber hatte ja jahrelang auf einem Raddampfer Kohlen geschaufelt und beim Vertäuen des Schiffs beim Anlegen geholfen. Das Aufkommen der Eisenbahn aber hatte die Arbeitsplätze auf den Schiffen stark verringert. Deshalb meine Schusterarbeit, die mich aber auch nicht sicher ernähren konnte.

Mein Onkel Wilhelm hatte in Koblenz einen Laden mit Keramikgeschirr. Er lag nicht weit vom Hafen entfernt. Bei ihm und seiner Familie wollte ich übernachten. Einen kleinen Teil der Keramik stellte er auf der eigenen Töpferscheibe im Wohnzimmer her. Die meisten Töpfe, Vasen und Teller aber bezog er aus dem Westerwald. Da kamen angeblich auch unsere Vorfahren her. Auch meine Großeltern hatten noch diese Keramik in einem kleinen Laden in Cochem verkauft.

Es zeigte sich dann, dass die Familie von Onkel Wilhelm genauso beengt wohnte wie wir. Ich schlief in der Nacht mit im Bett der Jungen. Nebenan stand das Bett der Mädchen. Die eine Tochter, meine Kusine Grete, erinnerte mich sehr an Anna. Als ich sie sah, fuhr mir wieder dieser Schmerz durch die Brust.

Am nächsten Morgen stieg ich in ein Rheinschiff um. Es war größer als die Moselschiffe und hatte zwei schrägstehende Schornsteine. Einmal liefen während der Fahrt alle Passagiere zur rechten Seite. „Der Drachenfels!" riefen sie. „Schau mal, der Drachenfels!" Die graue Ruine enttäuschte mich. Die Cochemer Burg war viel größer und prächtiger."

„Ist die wirklich so toll? Die muss ich unbedingt mal sehen."

„Wirst du bestimmt mal. Mich beeindruckte damals die Stadt Köln. Die mächtige Mauer, die vielen Kirchen, der Dom. Seine Türme waren höher, als ich sie mir vorgestellt hatte. Und was ein Betrieb in den Häfen und am Ufer! Schiffe, auch etliche Segelschiffe noch, Kutschen, Pferdefuhrwerke und Menschen über Menschen.

Wir durchfuhren die Schiffsbrücke in Deutz und unter der Mausefalle her, der Brücke am Dom, wo heute die Hohenzollernbrücke ist. Dann näherten wir uns Mülheim am Rhein, meiner neuen Heimat. Am Hafen ragten hohe Schiffskräne empor, die die Schiffe entluden. Dahinter stieg Rauch aus vielen Schornsteinen auf. Das Karlswerk, meinten Mitreisende. Vor der Mülheimer Schiffsbrücke legten wir an. Am Ufer wurde ich gleich von meinem Bruder Franz mit seiner Pförtner-Dienstmütze empfangen. Auf den Straßen hinter dem Hafen herrschte lebhaftes Leben und Treiben. Mir fiel auf, dass die Häuser viel höher und prächtiger waren als in Cochem. Und es wanden sich keine kleinen Gassen den Berg hinauf. Alles nur flaches Land. Und keine Weinberge. Ich kam mir ein bisschen kleiner vor als sonst.

Auffallend viele Wirtschaften sah man in den

Straßen. Aber das war ja auch in Cochem so. Mein Bruder lud mich zu einem Bier in ein Gasthaus ein. Wein, den ich zuerst wollte, und den ich von Cochem gewohnt war, sei hier zu teuer. So trank ich zum ersten Mal in meinem Leben Kölsch. Und als wir danach noch einen Schnaps zu uns nahmen, war ich fast ein wenig beschwipst. Ganz in der Nähe lag die Formesstraße mit dem Haus der Familie Stockschlaeder. Fast bekam ich etwas Ehrfurcht vor diesem dreistöckigen Haus, als wir es betraten. Und Frau Stockschlaeder, die uns begrüßte, kam mir ein bisschen so vor, als wolle sie etwas Besseres sein. Vielleicht war sie das ja auch. Immerhin war ihr Mann Meister in der Firma Felten und Guilleaume, wie sie sie nannte. Bei meinem Bruder hatte die Firma immer Karlswerk geheißen. Mein Zimmer auf der ersten Etage war zwar nicht ganz so klein, aber ich war ein wenig enttäuscht, dass ich es mit einem anderen Arbeiter aus dem Karlswerk teilen musste.

Im Karlswerk arbeitete ich dann als Drahtzieher. Die Arbeit war anstrengend und nicht ungefährlich. Zu Hause reparierte ich zusätzlich Schuhe, falls ich Aufträge hatte.

Die Stockschlaeders hatten zwei Töchter, Klara und Catharina. Klara machte einen pfiffigen Eindruck, Katharina war zurückhaltend und eher bescheiden. Man sah sie selten im Haus. Sie arbeitete in Belgien und führte einer Familie in Blankenberge an der See den Haushalt. Die beiden Kinder der Familie unterrichtete sie im Deutschen. Das alles erfuhr ich von ihrer Schwester Klara, wenn wir uns einmal im Treppenhaus oder vor dem Haus begegneten. Seit einiger Zeit stand sie manchmal mit ihrem Freund Emil vor der Haustür. Der war Dachdecker, wie ich hörte.

Kurz vor Silvester im nächsten Jahr war wieder einmal Hochwasser in Mülheim. Man musste sich mit Kähnen in die höherliegenden Teile der Stadt fahren lassen. Trotzdem sollte – wie immer - in dem Restaurant Wester gefeiert werden. Es gab den allgemein bekannten Spruch „Wo feiern wir Silvester? Im Rhein bei Cafè Wester." Kurz vorher sprach mich Klara erstaunlicherweise an und fragte mich, ob ich keine Lust hätte, mit ihr, Emil und ihrer Schwester Catharina dort Silvester zu feiern. „Meine Eltern verreisen zu Verwandten in den Westerwald. Und sie erlauben mir nur, mit Emil dort zu feiern, wenn Katharina mitgeht. Das geht aber nur, wenn sie einen Begleiter hat. Sie ist auf jeden Fall einverstanden, wenn du uns begleitest." Zögernd sagte ich zu. Ich zögerte, weil ich nicht richtig wusste, wie ich das Ganze bezahlen sollte. Aber da meinte Klara: „Um Geld brauchst du dir keine Sorgen zu machen. Das wird alles von Emil berappt. Er ist schließlich schon Dachdeckermeister."

Es wurde wirklich ein lustiger Abend. Und zum Schluss waren wir alle ziemlich beschwipst. Klara hatte sich richtig herausgeputzt, aber auch Katharina ein bisschen. Aber mit ihren geflochtenen Zöpfen sah sie so brav aus wie immer. Mein Fall war sie eigentlich nicht. Außerdem musste ich immer an Anna in Cochem denken.

Gegen zwei Uhr in der Nacht machten wir uns auf den Heimweg. Auf dem Boot wurde laut gelacht und sogar geschunkelt, dass das Boot gefährlich zu schwanken begann. Die letzten Schritte bis zum Stockschlaeder-Haus konnten wir aber zu Fuß gehen. Emil fasste Klara und ich Katharina unter. Als hätten wir das schon immer so gehalten. „Du gehst jetzt mit Katharina auf dein Zimmer, und Emil und ich auf mein Zimmer in unserer Wohnung. Du kannst ihr ja mal dein Zimmer zeigen und deine Schusterwerkstatt", lachte Klara. Ich wusste, dass sie und Klara sich ein Zimmer teilten. Und in meinem Zustand vergaß ich Anna und stolperte mit Katharina in mein

Zimmer. Mein Kollege war nicht da. Er war wie die Stockschlaeders zu Silvester zu Verwandten gereist.

Ein halbes Jahr später heirateten Klara und Emil. Kurz danach sprach mich Klara, die vorläufig mit ihrem Mann im elterlichen Haus wohnte, an und meinte, ich müsse nun wohl Katharina heiraten. „Wieso?" fragte ich entgeistert. „Hast du nicht gesehen, dass sie schwanger ist?" antwortete sie. Ich war total überrascht. Aber es half alles nichts. Alle waren überzeugt, dass ich der Vater war, und vielleicht war ich das ja auch.

Meine eigene Hochzeit kam wie ein unausweichliches Schicksal über mich. Katharinas Eltern nahmen alles in die Hand. Mit Katharina selber hatte ich seit der Silvesternacht nur wenige Male gesprochen.

Und dann kam alles Schlag auf Schlag. Ich wusste kaum, wie mir geschah. Hochzeit, eine kleine Werkswohnung in der Holweider Straße, in einem schäbigen Ziegelsteinhaus. Die Geburt unserer Tochter Irmgard, die wir Draudchen nannten. Katharinas zunehmende Traurigkeit und ihr Sichsträuben, wenn ich mit ihr ins Bett wollte. Zu wenig Geld, um die Miete zu bezahlen. Ich ging ja nun auch häufiger in die Wirtschaft, um einen zu trinken. Katharinas Ekel vor mir, wenn ich betrunken war. Meine Wut und Verzweiflung. Aber das ist mir heute alles erst klar. Damals rauschte das alles an mir vorbei oder über mich her.

Als nächste wurden unsere Zwillinge geboren, Elli und Karl. Nun war meine Frau vollends überfordert. Sie wurde regelrecht trübsinnig und wollte gar nichts mehr von mir wissen. Ich ging immer häufiger zusammen mit meinen beiden Gesellen in die Kneipe und vertrank mein Geld, so dass unsere Schulden immer größer wurden. Ich musste meine Werkstatt verkaufen, die mir meine Schwiegereltern eingerichtet hatten. Leider hatte ich schon vorher meine Arbeit als Drahtzieher gekündigt, weil ich dachte, ich könnte von der Arbeit in der Werkstatt besser leben. So war dann – genau im Jahre 1900 - die Geburt unserer Tochter Anna eine reine Katastrophe. Sie wurde später besonders hübsch. Aber das wurde ihr vielleicht auch zum Verhängnis. Ich hätte besser auf sie aufpassen sollen. Auf der anderen Seite brachte das Ganze auch wieder etwas Gutes. Franz, der Vater ihrer unehelichen Tochter Lieselotte, spendierte uns nämlich ein Haus in Höhenberg. Dort wuchs dann auch deine Mutter Gretchen auf. Und hier lernte dein Vater sie kennen. Vorher war noch ihre Schwester Käthchen geboren. Und Ferdinand, der allerdings früh schon starb. Wir hatten ihn immer nur Nandi genannt.

Elli, die Zwillingsschwester von Karl, half ihrer Mutter im Haushalt und verließ schon mit 13 die Schule, um in einer Lederfabrik zu arbeiten. So unterstützte sie uns finanziell, was ja unbedingt nötig war, weil ich meistens arbeitslos war. Heute sehe ich ein, wie ich mich meiner Frau Katharina gegenüber falsch verhalten habe. Und dann noch ihr früher Tod! Sie kam bei dem schrecklichen Bombenangriff 1943 ums Leben, bei dem wir alle schwer verletzt wurden, Tante Anna, deine Kusine Lieselotte, und ich auch. Lieselotte verlor ein Bein, Tante Anna und ich erlitten schwerste Verletzungen im Gesicht. Ich war danach kaum noch zu erkennen. Und dann waren wir ja zwei Jahre in Sachsen evakuiert, zusammen mit dir, deiner Mutter und Tante Käthchen. Aber das ist nun schon fünf Jahre her, und ich bin froh, hier bei euch wohnen zu dürfen.

„Das ist ja eine richtige Geschichte. Die müsstest du eigentlich aufschreiben."

„Das kannst du ja später machen."

Friedhelms Mutter hörte manchmal mit einem Ohr zu, wenn ihr Papp erzählte. Einmal sagte sie zu Friedhelm, als Opa gerade nicht da war: „Es ist schon erstaunlich, wie die Vergangenheit bei ihm gegenwärtig ist. Wo er doch sonst gar nicht mehr so gut dabei ist. Aber so ist das wohl im Alter."

Nun verschlechterte sich Opas Zustand von Tag zu Tag. Als hätte er mit Hilfe seiner Erzählungen mit seinem Leben abgeschlossen. Oder „markierte" er nur, um Aufmerksamkeit zu erhalten? Wenn er wieder ins Waschbecken pinkelte, wenn er der Familie so etwas wie Diebstahl unterstellte, indem er sein Portemonnaie vermisst meldete, wenn er stöhnte oder andere Geräusche von sich gab, von denen man nicht wusste, welche Ursache sie hatten. Friedhelm nahm sich das Recht heraus, nun auch in die Ermahnungen einzustimmen, die seine Mutter ihrem Vater gegenüber äußerte, aus Ungeduld, Überlastung, Hilflosigkeit.

Eines Abends blinzelte Friedhelm im Halbschlaf zu dem matten Licht, das aus dem Wohnzimmer in sein Zimmer fiel. Er traute fast seinen Augen nicht.

Alle hatten sie schon ihren Betten gelegen.

Mutti und Papa, er selber und auch sein Opa nebenan in seinem Bett. Offensichtlich war Opa aber dann noch einmal aufgestanden, um zur Toilette zu gehen, wie er es öfter in der Nacht tat. Nun aber stand er in der offenen Tür und hatte das Brotmesser in seiner rechten Hand. Er drückte es auf die linke Hand und machte dazu eine Schneidebewegung. Als wollte er sich die Pulsader durchschneiden. Seine Haut war aber so welk, dass er damit keinen Erfolg habe konnte. Oder hielt er das Messer sogar verkehrt herum, mit der Schneide nach oben? Dann würde das Ganze wieder einmal nur bedeuten, dass er „markierte", ein Schauspiel abzog, um Aufmerksamkeit zu erregen. Friedhelm wollte gerade eine ärgerliche Bemerkung von sich geben, als Mutti hinter Opa auftauchte. Sie hatte wohl mitbekommen, dass Opa aufgestanden war, vielleicht auch, dass er in der Küchenschublade gekramt hatte.

„Papp, was machst du denn da?" hörte Friedhelm ihre ängstlich-ärgerliche Stimme.

Dann sah er, wie sie ihrem Vater das Messer aus der Hand nahm, es beiseite legte und Opa zu seinem Bett führte. Dort legte er sich sogleich ohne Murren hin.

Friedhelm konnte sich später nicht erinnern, dass sie je über diesen Vorfall gesprochen hatten. Auch über das nächste Ereignis nicht. Obwohl es doch ihr ganzes Leben betraf. Weil es sie alle zu sehr erschütterte? Oder hatte er selber alles aus seinem Gedächtnis verdrängt?

Ein paar Abende danach hatte er noch ein wenig gelesen. Die Erzählung „Saids Schicksale" in „Hauffs Märchen". Dieses farbenfrohe und phantasievolle Märchen, in dem er in einem exotischen Orient umherreisen konnte. Opa schlief nebenan in seinem Bett und schnarchte ein wenig. Das störte ihn nicht. Als er das Licht ausschaltete und sich umdrehte, war es zunächst ganz ruhig. Er war kurz vor dem Einschlafen. Da begann Opa auf einmal wieder merkwürdige Geräusche von sich zu geben, wie er es in der letzten Zeit auch tagsüber manchmal tat. Zur Verärgerung aller. Weil sie meinten, er „markiere" wieder. Dementsprechend wurde er ungeduldig ermahnt. Und das hatte auch Friedhelm übernommen. Mit der dazugehörigen Haltung, die der eines Lehrers oder Erziehers glich. Da spielte auf einmal der Respekt keine Rolle mehr, der damals noch dem Alter geschuldet wurde. Nun wieder dieses tiefe unerklärliche Atemgeräusch. Verärgert konnte er sich nicht enthalten, ein wütendes „Opa, lass das doch sein"! von sich zu geben. Danach hörte er nichts mehr.

Am Morgen war der Opa tot.

Er hatte das Atmen sein gelassen.

Das Kommunionkind

Einen Monat später ging Friedhelm zur Kommunion. Seine Gemütslage stellte ein merkwürdiges Gemisch dar von Vorfreude, tiefen Ängsten, schlechtem Gewissen, Erleichterung nach der Beichte, der Angst, irgendetwas in den vorgeschriebenen Riten falsch zu machen und den tiefen Ängsten vor dem Damoklesschwert, welches ihn erreichen könnte, wenn er Gott betrogen hätte, sowie Momenten religiöser Glückseligkeit.

„Wer unwürdig dieses Brot isst, der isst sich das Gericht", lautete die Drohung im Katechismus, den sie teilweise auswendig lernen mussten. Dann wieder das Gefühl reiner Freude, wenn er den Leib des Herrn in seinem Mund spürte.

Schaute er nach vorne, zum Altar, so sah er links die prächtig bemalte Figur des Heiligen Nikolaus, auch die aber zwiespältig wie alle seine religiösen Gefühle. Der Heilige in seinem goldenen und silbernen Bischofsgewand und seiner goldenen Mitra auf dem Kopf. Irritierend aber die blutigroten Handschuhe an seinen Händen und die nackten Kinder in dem Bottich zu seinen Füßen. Erst viel später sollte er die Legende erfahren. Danach wurden Kinder von einem Gastwirt auf dem Weg zur Schule getötet. Der Mörder zerstückelte die Leichen und pökelte die Teile in einem Salzfass ein. Durch einen Engel erfuhr der heilige Nikolaus von der Untat, ging zu dem Gastwirt und sagte ihm die Tat auf den Kopf zu. Anschließend erweckte der Heilige durch seine Fürbitte bei Gott die Kinder wieder zum Leben.

Zur hellen Seite der Erstkommunion gehörten die Geschenke von Freunden und Verwandten der Familie, das Gebetbuch mit Goldschnitt und Widmung, die Armbanduhr und etliche Bücher, darunter „Die Schatzinsel" von Stevenson. Die Gestalt des unheimlichen einbeinigen John Silver und die Schatzkarte sollten Jahre hindurch seine Phantasie bewohnen.

Eine lustige und gleichzeitig groteske Erinnerung blieb der „Zug durch die Gemeinde", die sie alle zwischen den Baracken hindurch führte, musizierend und singend, kaum einen Monat nach dem Tode von Opa.

Lieselottes Ehemann Rudi mit seiner Posaune, die Friedhelm immer mit der Spucke verband, mit der Rudi das Mundstück benetzte, und mit den ruckartigen, aber so leicht gleitenden Auf- und Abbewegungen des Zugs. Tante Käthchen aus Flittard, die ihre Gitarre mit munterem Gesang begleitete, der aus ihrem schönen Gesicht mit den dunklen Locken erklang, und ihrem düster blickenden Mann, Onkel Schäng, der seinen Quetschebüggel, sein Akkordeon, energisch gekonnt malträtierte. Dem humpelnden Holzbein von Rudi schlossen sich das auf der anderen Seite humpelnde Holzbein von Lieselotte an, dann die übrige Verwandtschaft von Mutti, zu allem Überfluss auch noch das Holzbein von Onkel Schäng aus Deutz, und etliche Bekannte aus Dünnwald, die die anderen Baracken bewohnten. Die Wege dazwischen bestanden aus einer Mischung von Sand und Kies, alles noch nicht für die Ewigkeit fertiggestellt. Es sollte ihnen ja sowieso nur für ein Jahr als Unterkunft dienen, bis sie wieder in ihre alten Wohnungen auf dem Mauspfad zurückkehrten.

Mein lieber Junge

Wie zum Trost dafür, dass sie nun wieder in ihrer halben Wohnung lebten, hatten sich Friedhelms Eltern im Schlafzimmer eine Bettumrandung zugelegt. Damit war das Zeitalter des Teppichklopfens angebrochen. Friedhelm hängte die Teppichteile über die Stange hinter dem Haus und entstaubte sie mit dem Klopfer, zuerst die Oberseite, dann die Unterseite. Das ging natürlich nicht, wenn gerade die weiße Wäsche auf der anschließenden Rasenbleiche ausgelegt war, nachdem sie von den Wäschenleinen heruntergenommen worden war.

Die Teppichstange wurde von allen Kindern des Hauses auch als Turngerät benutzt. Wenn es einer schaffte, sich mit den Beinen über die Stange zu hängen und den Oberkörper nach unten hängen zu lassen, wurde er bewundert. Als zusätzlicher Reiz kam für Friedhelm hinzu, dass sich dabei die Röcke der Mädchen umdrehten und man einen vorsichtigen Blick auf ihre Unterhosen erhaschen konnte. Er beherrschte dieses mit dem

Kopf nach unten Hängen auch und genoss es, die Welt verkehrt herum anschauen zu können. Dabei bekamen alle Farben einen anderen Wert als normalerweise. Die grüne Bleichwiese. Dahinter die Rechtecke der Gärten in unterschiedlichen Grün- und Brauntönen und darüber das strahlende Blau des Himmels. Aber einmal musste er sich dabei so in seine Träumereien verloren haben, dass seine Unterschenkel sich nach oben bogen und er mit einer rasenden Geschwindigkeit nach unten sauste. Über die Härte des Erdbodens war er anschließend maßlos erstaunt. Stand da eine gnadenlose Hand dahinter, die ihn niederzwang?

Auf die Idee konnte er auch bei einem anderen Vorfall kommen. Die Familie von Tante Irmgard hatte sich einen Schäferhund angeschafft, auf den alle stolz waren. Auch Friedhelm. Und da sie alle gewissermaßen zu einer Familie gehörten, ging Friedhelm eines Tages locker an dem Hund vorbei und wollte ihn dabei am Kopf tätscheln. Was er nicht beachtet hatte, war die Tatsache, dass der Hund gerade aus seinem Napf fraß und die Bewegung hündisch interpretierte, nämlich als Versuch, ihm sein Fressen wegzunehmen. Er sprang hoch und biss Friedhelm in die Hinterbacke. Es war klar, dass er zu Dr.

191

Knoll schräg gegenüber musste, um sich gegen Tetanus impfen zu lassen. Das alles war ja nichts Schlimmes, aber ein leichtes Gefühl des Beleidigtseins blieb doch in Friedhelm zurück. Er hatte es doch nur gut gemeint!

Heute wollte er noch einmal Tante Lina besuchen. Er war den gewohnten Weg den Mauspfad entlang gegangen, am Kirmesplatz vorbei und hatte die Berliner Straße überquert, die Klinke am Törchen von Ohm Mattes gedrückt, den Gang zum Haus von Ohm Dei betreten und an der Tür von Tante Lina geklopft. Wieder hörte er das vertraute

„Nur herein in die gute Stube!"

Dieses Mal saß Ohm Dei am Küchentisch und schnitt die ausgebreiteten Tabakblätter mit einer Schneidemaschine.

„Ich geh mal mit Friedhelm nach nebenan", meinte Tante Lina sofort und nahm sich ihre Schürze ab.

„Ja, ja. Der ist ja wichtiger als dein Mann", brummte Ohm Dei. Tante Lina tippte sich an die Stirn und öffnete die Tür in der Tapete. Heute stellte sie sofort die Kanne mit der grünlichen Flüssigkeit und zwei Gläser auf den runden Tisch. Als wenn sie irgendetwas ahnte.

„Ach, ich sehe gerade, du trägst ja eine Uhr am Arm."

„Ja, die habe ich von Tante Elli zur Kommunion bekommen."

„Dann weißt du ja jetzt immer über die Zeit Bescheid."

„Hast du keine Armbanduhr?"

Sie lachte.

„Nein, wir haben überhaupt keine Uhr."

„Überhaupt keine Uhr? Kann man denn ohne Uhr leben? Woher wisst ihr denn, wann Ohm Dei aufstehen muss, um pünktlich zur Arbeit zu gelangen?"

„Der hat das im Blut. Durch seinen ständigen Kontakt mit der Natur, mit dem Wald und seinen Tieren und Pflanzen. Vielleicht erfährt er auch wie ich Vieles im Traum. Träumst du eigentlich auch viel?"

Friedhelm kam sich fast ein bisschen wie ertappt vor.

„Manche Träume habe ich immer wieder", gestand er dann. Er nahm einen Schluck von der grünlichen Bowle. Tante Lina sagte nichts.

„Von Schlangen träume ich und vom Weltuntergang. Und ich kann fliegen. Das ist dann sehr schön. Manchmal fliege ich von einem hohen Gebäude oder einem Berg herab, manchmal von unten nach oben."

„Das sind ja tolle Träume!"

„Aber dabei verheddere ich mich oft in den Elektroleitungen."

Und nach einer Pause:

„ Manchmal träume ich, ich hätte Opa umgebracht."

Tante Lina stand nun auf und ging zu dem Schrank mit den vielen Heften. Eines zog sie heraus und legte es vor Friedhelm auf den Tisch.

„Du liest doch gerne" sagte sie und öffnete das Heft. „Nimm dir ruhig Zeit!"

Mit wachsendem Staunen las Friedhelm:

„Mein lieber Junge,

ich bin sicher, dass dich diese Zeilen einmal erreichen werden, weiß aber noch nicht, ob du sie lesen, hören, sprechen - oder schreiben wirst.

Dein Vater und ich glauben, dass du es einmal besser haben wirst als wir. Trotzdem werden wir dir nicht – wie andere Eltern - ein großartiges Erbe hinterlassen. Wir wissen aber, dass du das auch nicht erwartest. Zwischen uns und von unseren Armen gestützt, in den klaren Sternenhimmel schauen zu können, wird dir immer wichtiger sein als alles Geld und Gut der Welt.

Du weißt, dass für mich der Duft von Maiglöckchen immer eine große Rolle spielte. Gerade habe ich von Tante Lina einen Strauß geschenkt bekommen, den Ohm Dei unter den Eichen im Maikammerwald gepflückt hat. Sein Geruch und der von Flieder in der Maiandacht und der von Jasmin vermischen in mir immer Gegenwart, Vergangenheit und Zukunft, und dann weiß ich genau, dass du dich einmal befreien kannst, auch von Dingen, von denen ich mich noch nicht befreien konnte.

In meiner Familie wurde ich leider oft von Ängsten geplagt, von Angst vor noch tieferer Armut. Mein Vater, dein Opa, kam ja schon aus unsicheren Verhältnissen von der Mosel nach hier, an den Rhein.

Du hast schon von ihm gehört, wie er dann arbeitslos wurde. Und du kennst ja auch das traurige Schicksal von Oma. Schon vor ihrem Tod war ihr größtes Leid aber nicht die eigene Armut, sondern die Tatsache, dass dein Opa zu trinken begonnen hatte. Wenn er nicht betrunken war, konnte er ja der liebste und netteste Mann der Welt sein. Ich glaube, wenn er in anderen Verhältnissen gelebt hätte, wäre er Schriftsteller geworden. Denn alle seine Erzählungen waren immer sehr interessant, glitten aber oft ins Reich der Phantasie ab. So wussten wir alle nicht, wie sehr sein Gerede von unserer Abstammung der Wirklichkeit entsprach. Mal stammten wir von Franzosen ab, mal von Zigeunern, mal von Juden. Je nach Laune konnte sich das bei ihm ändern. Auch die Gründe, die Indizien sozusagen, änderten sich. Mal waren es unsere Haare, mal sein Familienname, mal unser Charakter.

Dabei haben wir beileibe nicht alle den gleichen Charakter. Tante Draudchen, die immer sehr großzügig ist, aber vielleicht auch ein bisschen schlunzig. Die Tasse Kaffee das Wichtigste, wenn man sie besucht, auch wenn sie eigentlich kein Geld dafür hat. Sie ist dem Opa vielleicht am ähnlichsten. Der grundsolide Onkel Karl, der in der Gummifabrik Radium als Vorarbeiter arbeitet. Tante Elli auch grundsolide, aber zugleich mit ihrem unverwechselbaren Humor. Die Krätzchen, die sie erzählt, sind ja immer zum Lachen, für die ganze Familie. Und dabei ihre Ehrlichkeit und ihre Bemühungen, alles für die Familie zu tun, heute oft für uns. Tante Anna, vielleicht die Schönste unter uns, die ihre Schönheit aber immer auch zu Geld zu machen versuchte. Tante Käthchen, die vielleicht mehr darunter leidet, dass sie keine Kinder hat, als sie zugeben würde. Das kommt dir oft zugute. Und ihre zur Schau getragene Munterkeit, wenn sie mit ihrem Schäng mit Gitarre und Quetschebüggel durch die Gegend zieht. Und mich kennst du ja zur Genüge.

Nun habe ich selber tatsächlich viel mit Juden zu tun gehabt, und immer im Zusammenhang mit Schuhen. Meine Lehre als Schuhverkäuferin habe ich in dem jüdischen Schuhgeschäft Freund auf der Berliner Straße absolviert. Ich war dort immer gut gelitten. Und so fiel auch mein Zeugnis bei meinem Ausscheiden aus. Ich merkte damals, dass die Zukunft der Familie Freund auf unsicheren Füßen stand. So wechselte ich lieber, bevor der Laden pleite machte. Auch mein zweiter und mein dritter Arbeitgeber waren Juden. Sie mussten ihr Geschäft schließen. Damals wusste ich noch nicht warum. Was damals über Juden erzählt wurde, oder was man über sie im Radio hörte, verwirrte mich immer. Manchmal glaubte ich, ich könnte die Gesichtszüge als jüdisch erkennen, oder ihren Charakter, oder ihren Geschäftssinn. Dann meinte ich, in meiner Wirklichkeit existierte das alles nicht. Meine Arbeitgeber schätzten mich, und ich mochte sie eigentlich auch.

Und der Geruch nach Leder war mir immer ein wenig wie der Geruch nach zu Hause, da ja Opa in einer Ecke unseres Wohnzimmers seinen massiven Leisten aus Eisen stehen hatte, wenn er auch nicht mehr an ihm arbeitete. Der Geruch nach Leder war nun leider meist von einem Geruch nach Alkohol durchdrungen. Wie ich diesen Geruch hasste! Ich muss dir sagen, dass ich nicht genau weiß, warum. Irgendwie war in diesem Geruch etwas Verbotenes und Gewalttätiges und Unberechenbares enthalten. Und es tat mir meine Mutter fürchterlich leid, wenn ich ihn wahrnahm. Das Phantasieren, was ich selber liebte, hatte so eine unkontrollierbare Verbindung zu diesem unheimlichen Unberechenbaren. So fühlte ich auch, wenn ich an Papp dachte. Immer diese dunkle Undurchschaubarkeit von Liebe, Geborgenheit, Bewunderung und ängstlichem Zurückweichen vor einer tiefen Gefahr.

Da war mir dann das Unberechenbare von der Madonna von St. Kolumba schon lieber. Viel lieber! Bevor ich nach Geschäftsschluss von der Schildergasse und später vom Heumarkt mit der Straßenbahn nach Hause fuhr, schlüpfte ich oft für ein paar Minuten zur Madonna. Später sollte sie den Namen „Madonna in den Trümmern" erhalten, nach dem Krieg, und du kannst dir nicht vorstellen, wie glücklich ich war, dass sie dort noch stand. Ringsum sah man damals ja nichts als Ruinen, Trümmer, Schutthaufen, Trampelpfade über Hügel, die früher nicht da waren, zwischen klaffenden Spalten von Beton und Haufen von rieselndem Sand, von spärlichem Unkraut bewachsen. Aber die Madonna stand noch dort auf ihrem Sockel. Das war für mich ein großer Trost. Ich weiß selber nicht genau, warum mir ihr Gesicht so gut gefiel. Ihre hohe glänzende Stirn, der kleine Mund und die fast geschlossenen Augen. Irgendwie gleichzeitig liebevoll, auch wie sie das Jesuskind hielt, und zugleich kindlich. Aber durch ihre Augenschlitze schien sie mich auch zu beobachten und zu beurteilen, mir zu sagen, wie ich mich verhalten sollte. Ohne dass ihr Urteil mir streng erschien, ohne mich einzuengen.

Anders wirkte der heilige Antonius auf mich, der Antonius, der den Fischen predigte. Ich habe ihn dir mal gezeigt. Mich faszinierten vor allem seine Gestalt, sein riesiger nach unten geneigter Kopf und seine strengen kantigen Gesichtszüge. Und diese Strenge findet ihren Höhepunkt in seinen mahnenden Fingern der linken Hand. Sie bildeten einen gewissen Gegensatz zu seiner tröstlich zarten Gestalt. Dabei kann ich nicht sagen, warum er mich faszinierte. Ich weiß auch nicht, was die Fische bedeuten sollen. Warum predigt er den Fischen, die doch gar keine Ohren haben, um ihn zu hören? Ist es eine Predigt, die ins Sinnlose geht, wie bei manchen Menschen auch? Oder zeigt sie ein endloses Erbarmen, welches auch dort nicht aufhört, wo sie für den normalen Menschenverstand längst eingestellt wurde? Ein unstillbares Mitleid mit der unvollkommenen Natur? Ich musste ihn immer wieder anschauen und über seinen Sinn rätseln und grübeln.

Heute ist die romantische alte Kolumbakirche durch die zwei Kapellen ersetzt, die aber so schön sind, dass sie mich fast etwas mit den Kriegszerstörungen versöhnen. Die Engel in den Fenstern um die Madonna herum sind mir fast so etwas wie der Sternenhimmel in den seltenen klaren Sommernächten oder wie der Duft von Maiglöckchen oder der von Jasmin. Tiefe, Süße und Wahrheit zugleich. Du weißt ja, dass ich religiös bin, aber nicht so wahnsinnig kirchlich religiös. Meine ganze Familie fand Religion immer am ehesten in der Stille der Natur. Im Wald, in den Bergen und auf den Wiesen im Allgäu. Das hatten meine Eltern und alle meine Geschwister gemeinsam. Nur dein Vetter Karl will davon nichts wissen. Und die Schwäger sowieso nicht. Nicht die beiden Schängs, nicht Onkel Jakob von Tante Elli.

Was uns Geschwister voneinander trennte, war unser Verhältnis zur Wahrheit, vor allem Tante Anna sah das von Anfang an anders als ich. Irgendeiner hat mir mal diesen Spruch in mein Poesiealbum geschrieben: „Die Lüge ist die Leiter ins Bodenlose." Und so war es ja bei Tante Anna. Sie war die Schönste von uns. Das wurde von allen anerkannt. Aber diese Schönheit wurde ihr zum Verhängnis.

Schon früh merkte sie, wie sie bei Männern ankam, ihre dunkle, fast geheimnisvolle Schönheit. Und sie merkte gleichzeitig, dass sie dadurch Vorteile bekam, hier eine Einladung zum Tanzen, da ein geschenkter Schal, eine Einladung ins Kino, dann ein geschenktes Kleid, zum Schluss eine geschenkte Mietwohnung in einem geschenkten Haus, in dem dann auch Oma und Opa und ich wohnten. Mir war das von Anfang an peinlich. Denn ich wusste: Die Zuneigung oder Liebe, die sie empfand, war nie genauso groß wie ihre Freude über Geschenke.

Die Zeit der Arbeitslosigkeit hatte alles geändert. Als unser Papp noch regelmäßig zum Carlswerk ging, zeigte er uns Abends trotzdem manchmal seine Kartenkunststückchen und erzählte uns seine Geschichten von der Mosel, von seinen Fahrten auf dem Schiff und von seinen Vorfahren, einmal waren es Franzosen, dann Zigeuner, dann Juden. Nie wusste man so genau. Hauptsache war, dass es abenteuerlich und exotisch klang.

Da war dein Vater eben ganz anders. Irgendwie schien mir bei ihm von Anfang an alles überschaubar und verlässlich. Selbst als er arbeitslos war. Als ich ihn kennenlernte, trug er sogar einen Anzug und einen Hut. Ich mochte es, wenn er sich für Musik begeisterte, für sein Flötenspiel im Tambourcorps, für die Wiener Walzer im Radio. Ich mochte es, wenn dieser große Kerl mit seinen schlanken Fingern den Takt dazu trommelte. Überhaupt seine Hände. Sie waren immer kräftig und einfühlsam zugleich. Wie traurig war dann später sein verkrüppelter Ringfinger!

Er vermied bramarbasierende Männergesellschaften. Lieber saß er im Kreis meiner Familie bei Festen und er freute sich, wenn er aufgefordert wurde, seine kleinen Theateraufführungen zu zeigen. Dann war seine Schüchternheit auf einmal wie weggeblasen. Er mochte auch meine kleinen Liebhabereien, wenn ich zeichnete oder wenn ich las, wenn er auch selber nie auf die Idee gekommen wäre, einmal ein Buch zu lesen.

Mich hatte schon eine Lehrerin auf die Bedeutung des Lesens aufmerksam gemacht. So las ich in meinem Leben alles, dessen ich habhaft werden konnte. Ich besaß später ja sogar ein paar Bücher. Dabei hat mich der

Roman „Via Mala" von John Knittel am meisten beeindruckt. Die wilde Natur der Alpen, die dort geschildert wird, aber auch die wilde und Angst einflößende Natur der Menschen, befeuert vor allem durch das Trinken, das Saufen, welches ich ja leider aus der eigenen Familie kannte. Und dann dieser schreckliche Abstieg, verbunden mit Gewalttätigkeit, den diese Personen dadurch erlebten. Deshalb habe ich auch bei dir immer das Lesen gefördert.

Dein Vater verkroch sich nicht wie andere Männer in ihre Arbeit. Arbeit war ihm einfach eine Notwendigkeit zum Überleben. Und trotzdem arbeitete er manchmal für Bekannte, kleine Elektroarbeiten, Tapezieren, Anstreichen. Das tat er aber mehr den Bekannten zuliebe. Wie er sich freute, wenn sie diese Arbeiten anerkannten! Das war ihm wichtiger als die paar Groschen, die er dafür bekam. Und Streit konnte er überhaupt nicht ertragen. Er wurde ja auch im Sternbild der Waage geboren. Deshalb war die Auseinandersetzung um sein Erbe so fürchterlich für ihn. Beide wollten wir ja keine Abhängigkeiten, weder von meinen noch von seinen Eltern. Deshalb wollten wir auch nicht ins Haus seiner Eltern ziehen, selbst wenn wir es gekonnt hätten. Ich glaube, er fühlte sich mehr in meiner als in seiner eigenen Familie zu Hause.

Es gab eigentlich nur zwei Stellen, an denen seine Berechenbarkeit sozusagen in Rauch aufzugehen drohte: Beim Trinken und beim Rauchen. Nicht dass er einen Hang zum Saufen gehabt hätte wie mein Vater. Er ging nur sonntags zum Kartenspielen in die Wirtschaft, in die Maikammer. Und dabei wurde getrunken. Das gehörte einfach dazu. Ich musste nur aufpassen, dass er rechtzeitig nach Hause kam. Deshalb schickte ich dich manchmal hin, um ihn abzuholen. Es war seine Geselligkeit, die dazu führen konnte, dass er vergaß, pünktlich zum Mittagessen zu kommen. Aber das konnten wir immer in geregelten Bahnen halten. Und lachten beide zusammen über seine kleine Anfälligkeit. Und das andere war sein ewiges Rauchen. Davon kam er nie ab. Das musste ihn bis zum Tod begleiten. Gleichzeitig wusste ich ja, dass es ihm einen Halt gab, bis in die Gefangenschaft hinein, einen Halt, der ihm half durchzuhalten, genauso wie die Fotos von dir und mir in seiner Brieftasche. Und die waren das Eigentliche, was ihn sein ganzes Leben begleitete. Dafür liebte ich ihn.

Und eins möchte ich noch sagen: Pompöse

Beerdigungen sind mir nicht wichtig. Deinen Vater konnte ich auch mehr oder weniger davon überzeugen, dass sich die Menschen Blumen lieber vorher schenken sollten. Er hat das auch verstanden, und sollte er einmal vor mir sterben, was ich nicht glaube, so wird er nicht darauf warten, dass ich ständig zum Friedhof renne, um sein Grab zu pflegen, und ich erwarte das genauso wenig von ihm oder von dir."

Als Friedhelm zu Ende gelesen hatte und das Heft zuschlug, stand Tante Lina auf, ging zu dem Schrank, holte daraus einen Gegenstand mit einem schmalen Griff heraus und stellte ihn vor Friedhelm auf den Tisch. „Das hat mir deine Mutter für dich hiergelassen. Es ist eine Spieluhr. Hör sie dir mal an!"

Eine muntere Melodie drang in Friedhelms Bewusstsein. Dabei schaute er auf die Spieluhr mit ihrem verblichenen Zifferblatt, seinen römischen Zahlen und dem einen Zeiger, der untätig und nutzlos nach unten hing. Das Wort „Coeln" war gerade noch lesbar.

„Den Brief deiner Mutter und die Uhr kannst du hier immer anschauen, oder auch mitnehmen, wann du willst. Oder willst du sie jetzt schon mitnehmen?"

Stumm schüttelte Friedhelm den Kopf.

„Noch einen kleinen Text würde ich dir gerne zeigen. Er handelt von einem Fährmann auf der Mosel. Das ist aber nur der Schluss der Geschichte."

Sie stand wieder auf und griff sich ein anderes Heft, in dem sie eine Seite aufschlug und ihm hinlegte. Friedhelm las:

„Jetzt ist der Fluss kanalisiert, wie gesagt. Er ist aber nicht nur das, was er heute ist, sondern auch das, was er vor Tausenden von Jahren war. In diesem fast ewigen Strömen ist der heutige Fluss nur eine winzige Ader. Und auch im heutigen Fluss gibt es Unterströmungen, Wirbel, Tiefen, Unbekanntes, das ein Vielfaches von dem ausmacht, was wir als sein Fließen sehen.

So ist es auch mit dem Menschen. Deutlich sichtbar sind nur seine offiziellen Äußerungen und bewussten Entscheidungen. Und nur die haben auch Gültigkeit vor dem Gesetz. Gottseidank! All das, was er sonst noch ist, und das ist viel mehr als das klar Sichtbare, macht viel mehr aus, ist ein großer Fluss mit unendlichen Tiefen. Dafür aber kann er nicht verantwortlich sein. Dafür ist sein Bewusstsein zu klein. Obwohl es nicht weniger wirklich ist. Leider haben wir im Getriebe der heutigen Zeit unser Bewusstsein für diese tiefe Wahrheit verloren. Wir können aber ohne nicht überleben, zumindest nicht auf die Dauer. Irgendwo müssen wir unser Schauen auf den großen Fluss zurückgewinnen. Du hast alles getan, wovon du immer träumst in deinen furchtbaren Albträumen. Aber du bist nicht schuldig."

„Ich verstehe das nicht alles, aber es wirkt irgendwie beruhigend."

Erste Liebe

Mit der Linie S war neben dem Fahrrad eine neue Bewegungsmöglichkeit in Friedhelms Leben erschienen, die seinen Radius erweiterte. Er war 10, als er von ihrer Baracke in Mülheim alleine zur Schule nach Dünnwald fuhr. Und von Dünnwald konnte er nun selbstständig nach Höhenberg zu Tante Elli und Tante Anna fahren. Allerdings musste er in Mülheim in den Bus umsteigen.

In Höhenberg angekommen, stieg er am Friedhof aus. Dort lag auf dem Ehrenfriedhof seine Oma neben den anderen Opfern des Bombenangriffs von 1943. 120 gleichartige einfache Steinkreuze in der Form eines Eisernen Kreuzes, mit den Namen von 240 Toten, uniform wie Soldaten. Zu jedem Kreuz gehörten zwei Personen. Weil sie so zufällig gefunden worden waren, oder weil sie unerkannt zufällig einem Kreuz zugeordnet worden waren? Später sollte Friedhelm die Sterbeurkunde seiner Oma im Internet finden. Hier hieß es bei „Todesursache" lakonisch „Erstickt, Feindeinwirkung".

Ein paar Straßen vom Friedhof entfernt wohnte Tante Elli, im Haus daneben Tante Anna. Gegenüber befand sich das Trümmergelände mit den kreuz und quer liegenden Betonbrocken des zerstörten Bunkers. An dem Platz daneben war vor dem Haus mit der Wohnung seines ehemaligen Lehrers Kukies ein Feuerlöschteich zu sehen. In ihm ruderten Kinder in eisernen Booten. Wie herrlich! Ein Teich als Kinderspielplatz mitten in der Stadt. Als Friedhelm genau hinschaute, stellte er fest, dass es sich bei den Booten um leere Bomben aus dem Krieg handelte. Später nannte man das „Rüstungskonversion". Dazu gehörten auch die Siebe, die aus ehemaligen Stahlhelmen gefertigt wurden und in vielen Haushalten zu finden waren.

Nachdem er an der Nummer 8 geklingelt hatte und der Türöffner gesummt hatte, stieg er die Stufen bis zur zweiten Etage hinauf, wo Tante Anna schon an der Tür stand und ihn freudig mit einem schmatzenden Kuss auf den Mund begrüßte.

In Tante Annas Wohnküche, die zugleich ihr Schlafraum war, vor dem Schlafzimmer von Lieselotte und ihrem Mann Rudi und ihren Kindern, standen die beiden hölzernen Prothesen. Friedhelm schaute sie immer mit einer Mischung von Faszination und Ekel an. Die Holzbeine waren von einer erstaunlichen Eleganz. Eklig fand er die Öffnung, in der sich oben eine seltsame Polsterung anschmiegte. In diese steckten Lieselotte und Rudi ihre Beinstümpfe. Auch die wirkten ja auf ihn nicht gerade verlockend, mit ihren strumpfartigen Nähten und ihrer allzu zarten Haut, wenn die beiden in Unterwäsche aus ihrem Schlafzimmer kamen. Manchmal ging Friedhelm ins Schlafzimmer, um seine beiden kleinen Nichten in ihrem Hochbett zu begrüßen.

Friedhelm hatte damals schon erfahren, wie wichtig für Tante Anna und auch Lieselotte der Kontakt mit der Natur war. Deshalb sollte Lieselotte später mit Rudi oft zu einem Campingplatz im Bergischen fahren. Dort sollte er die Natur einer Nachbarin so intensiv kennenlernen, dass es schließlich zur Scheidung von Lieselotte führte. Die fand schon bald Ersatz in Lothar, der sie mit der Natur der Zeugen Jehovas bekanntmachte. Er selber machte leider von einem Baugerüst aus die Bekanntschaft des Bodens weit unter ihm. In der Familie wurde lange darüber diskutiert, ob es ein Unfall war oder Selbstmord, weil er depressiv war. Nach seinem Tod zogen Tante Anna und Lieselotte dann aufs Land, hielten aber die Mitgliedschaft bei den Zeugen Jehovas bei, und nach ihrem Tod mit 92 Jahren konnten die Trauergäste bei der Beerdigung zu ihrem Erstaunen hören, dass sie im Jenseits nun wohl endlich auf dem eigenen Bauernhof angekommen sei, den sie sich immer gewünscht hatte.

Friedhelms eigentliches Ziel in der Wohnung von Tante Anna aber war ihr Wohnzimmer, auf der anderen Flurseite, zur Straße hin gelegen. Die Musiktruhe war neben einem Sessel mit schiefen Polstern das einzige Möbelstück in diesem Raum, der das Wohnzimmer genannt wurde, obwohl es nur selten benutzt wurde. Die Tante und seine Kusine mit ihrer Familie hielten sich meistens in den beiden hinteren Zimmern auf, eines davon der Schlafraum, der andere die Wohnküche, wo auch Tante Anna schlief. Das Wohnzimmer war das vordere, weil es zur Straße ging, und zwar entschieden, denn die vordere Wand zur Straße war nicht vorhanden. Der Holzboden des Zimmers neigte sich ab der zweiten Hälfte leicht nach unten, war dort vom Regen meistens feucht und glitschig und entblößte am Ende seine Struktur aus Latten und irgendwelchen Bändchen. Es erinnerte an Eingeweide, hautentblößtes anstößiges Leben. Dort durfte er auch nicht alleine hin, auch nicht auf den Balkon links daneben, den man nur über diese gefährlichen Teile des Bodens erreichen konnte, und der genau wie das Wohnzimmer an einem Maschendraht endete. So konnte er den zerstörten Bunker auf der gegenüberliegenden Straßenseite und den großen Feuerlöschteich an der Ecke von der Wohnung aus nicht sehen.

Von dem Grau der damaligen Zeit hoben sich in Friedhelms Erinnerung an Tante Annas Wohnung zwei Farbpunkte ab: das Grün des Magischen Auges und ein kleiner roter Mund.

Das magische Auge hatte ja wirklich so etwas wie eine magische Anziehungskraft, wenn es sich zentrierte oder wieder dezentralisierte, der Schärfe der Einstellung folgend, grün in verschiedenen Schattierungen, parallel zu dem Krächzen der Stimmen oder der Musik und dann plötzlich ruhig und klar, zugleich mit einem einigermaßen guten Empfang aus dem Radio, das Teil der Musiktruhe war, die Tante Anna besaß.

Zusätzlich gab es dann noch die kostbare kleine Plattensammlung für den Plattenspieler, den er aber nie alleine bedienen durfte.

Er brauchte aber meist nicht lange zu warten, bis sie mit einem süßlichen Lächeln auf ihrem von Bombensplittern verheerten Gesicht die „Caprifischer" oder eine andere Melodie auflegte, die er sich gewünscht hatte.

Währenddes spielte er mit den „Männchen" aus der Spielesammlung alleine auf dem Fußboden. Die wenigen gläsernen neben der Masse der hölzernen bedeuteten ihm kostbare Schätze. Sie nahmen in seinen Phantasiespielen einen hohen Rang ein, höher noch als die Figuren, die er zum Zeichen ihrer Bedeutung auf ein kleines Podest gestellt hatte, das aus einem Spielstein des Mühle- oder Damespiels bestand. Ränge, Gruppen, Abteilungen, Aufmärsche und Reden an das Volk mit heldenhaften Gebärden waren der Inhalt dieser Spiele, die er lautlos vollzog. Aber stundenlang.

Zu der sehnsüchtig farbigen Melodie von „Wenn bei Capri die rote Sonne im Meer versinkt" oder „Lilli Marleen" von Lale Andersen.

Auf der Musiktruhe stand ein Foto von Onkel Franz, der sie sitzengelassen hatte, sie und ihre gemeinsame Tochter Lieselotte.

Einmal feierte die Tante ein Familienfest. Friedhelm saß mit Christa alleine im Wohnzimmer. Gesehen hatte er sie flüchtig ein paar Mal, als sie als Babysitterin auf seine kleinen Nichten aufpasste. Sie wohnte im Haus nebenan und war wie er etwa zehn Jahre alt. Sie hatte ihm gleich gefallen. Aber jetzt hatte er ihre Stimme genauer gehört. Sie war sanft und nicht sehr hell. Das Wort Samt wäre vielleicht zu abgeschmackt. Aber irgendwie wie ihre Haut, warm, nicht zu fest und nicht zu weich. Das wusste er aber erst, als sie nebeneinander vor der Musiktruhe im Wohnzimmer saßen und dort alleine Musik hörten. Als sich ihre Hände fanden, war es für ihn wie ein elektrischer Schlag, ein Schlag, der anhielt, mit einem warmen Druck auf der Brust, der etwas mit Glückseligkeit zu tun hatte und auch mit Angst, Angst, dass dieser Zustand vorübergehen könnte. An ihre Augen konnte er sich später nicht mehr erinnern. Vielleicht waren sie so, dass er sie lieber vergaß, damit es nicht so schmerzte, wenn er sich daran erinnerte.

Mit großem Hallo kam Tante Anna aus ihrem Zimmer mit anderen Gästen plötzlich herein, mit Hallo, weil sie die beiden Hand in Hand sah. Sie zwang sie, sich zu küssen. Das schlug über ihn hinweg wie eine Woge aus Verwirrung und Nähe und war ihm sehr unangenehm. Ob sie es auch als so unangenehm empfand, wusste er nicht. Aus dem gleichmäßig sanften Charakter ihres Wesens stach der kleine rote Mund hervor, die Spitze der Oberlippe leicht aufgeworfen, wie von einem Kind, das leidenschaftlich an der Mutterbrust gesaugt hat. Auch das verwirrte ihn ein wenig, es sprach ihm von Dingen, die er nicht kannte, verführerisch, aber zugleich bedrohlich fremd. Sie hörten weiter zusammen Musik, endlos, viel zu kurz.

Bei der Tante sah er sie nicht mehr wieder. Mehrmals schaute er aus sicherer Entfernung auf den Balkon ihrer Wohnung. Vergebens. Neben ihm auf dem Feuerwehrteich paddelten Kinder und Jugendliche in den selbstgebastelten Eisenkähnen aus ehemaligen Bomben. Da war sie auch nicht zu sehen. Nach ihr zu fragen oder sogar an ihrer Wohnung zu klingeln traute er   sich nicht. Es

wurde auch bei der Tante nicht von ihr gesprochen.

Jahre später, als er schon an Kurzsichtigkeit
litt, aber noch keine Brille besaß, begegnete
sie ihm auf dem Weg zur Tante. Obwohl sie
sich verändert hatte, erkannte er sie gleich.
Beim Näherkommen sah er einen großma-
schigen ausgeschnittenen Pullover und einen
kurzen Rock. Im Pulloverausschnitt sah man
einen zarten Busenansatz. Für ihn nicht zart
genug. Ihm erschien das alles eher brutal und
aufdringlich. Der Mund erschien noch aufge-
worfener, noch röter. Was war aus ihr geworden? Freudiges Erschrecken, Befremden,
Furcht, Furcht vor unbekannten heftigen Gefühlen.

Sie grüßten sich im Vorbeigehen, stockten
kurz. Sollten sie stehenbleiben? - Sie gingen
weiter. Vorbei.

Tante Elli und Onkel Jakob

Tante Ellis Wohnung lag zwar in der gleichen
Siedlung, hatte aber einen ganz anderen
Charakter. Wie auch ihre Bewohner wirkte
hier alles einfach, aber grundsolide. Auch ihre

Wohnung wies am Anfang noch Kriegsschäden auf, aber nicht so gravierend wie bei Tante Anna. Nur der Balkon konnte eine Zeitlang nicht betreten werden und wurde zur Straße hin von Maschendraht begrenzt. Nun aber war alles wieder in Ordnung.

Tante Elli und Onkel Jakob waren nicht nach Sachsen evakuiert worden, weil beide Betriebe, in denen sie arbeiteten, als kriegswichtig galten, die Gießerei von KHD und die Lederwarenfabrik Lüttringhaus. Hier arbeitete Tante Elli schon von ihrem 13. Lebensjahr an.

„Hier in diesem Zeitungsartikel wurde über mich geschrieben. Stell dir vor, deine Tante Elli in der Zeitung!"

Friedhelm nahm den zusammengefalteten Artikel in die Hand und las:

„Frauenporträt aus dem Alltag: Die Lederkleberin

Drei Jahre vor der Jahrhundertwende wurde sie geboren. Der Vater verdiente als Drahtzieher kaum genug, um eine neunköpfige Familie wirklich satt zu machen. So musste die kleine Elli, lange ehe sie richtig lesen und schreiben konnte, Brötchen und Milch austragen. Und wenn es ab und zu ein oder zwei Pfennig Trinkgeld gab, war das für das fleißige Kind ein Haufen Geld, den es brav und ehrlich in die abgearbeitete Hand der Mutter legte –natürlich mit sehr viel Stolz, der mit Lob gebührend anerkannt worden ist.

Die Dreizehnjährige wurde bereits von der Schulpflicht entbunden, um die kranke Mutter im Haushalt zu ersetzen. Elli lernte also früh alle Dinge, die ihr heute so flott von der Hand gehen: kochen und putzen, abwaschen, nähen, flicken, bügeln und selbstverständlich die schwierige Kunst, aus wenigen Markstücken mehr Werte zu schaffen, als ein Statistiker für möglich halten würde.

Nach einem Jahr steckte die Kleine ihre kecke Nase schon ein bisschen weiter in die Welt hinaus, nämlich in ein auswärtiges Erholungsheim, in dem sie zwölf Monate als Serviererin tätig war. Aber das Heimweh wog doch schwerer als das Fernweh. Und als der Erste Weltkrieg seine langen Schatten bereits voraus warf, hatte sich Elli schon ganz hübsch an ihrem neuen Arbeitsplatz zurechtgefunden.

Tagein tagaus klebte sie emsig sehr schönes

Leder aneinander, und neugierig äugte sie dem Werdegang ihres Arbeitsstückes nach, aus dem in Windeseile mit aller zur Gebote stehenden Sorgfalt reizende Handtaschen wurden. Wunderbar abgesteppt und mit reinseidenem Futter säuberlich ausgestattet.

Als sie mitten in der Inflation einen Former heiratete, galt sie bereits etwas im Betrieb, und das will bei einer Belegschaft von dreihundert Köpfen schon einiges heißen. 1930 wurden ihre Ausdauer, ihr Fleiß und ihre Treue belohnt. Fortan durfte sie sich Vorarbeiterin nennen.

Frau Elli Pesch ist heute eine Jubilarin mit sage und schreibe vierzig Dienstjahren. Aber im Vergleich zum Alter der Lederwarenfabrik Lüttringhaus & Co., die ihr seit vier Jahrzehnten wöchentlich den Lohn auszahlt und sich einer 108jährigen Tradition rühmen darf, gehört unsere Vorarbeiterin sozusagen noch immer zur „reiferen Jugend". Das Unternehmen, das zu den ältesten Lederwarenfabriken Deutschlands zählt, wird sich eine Feier zu Ehren Frau Ellis sicher nicht entgehen lassen."

„Das ist wirklich ein toller Artikel, Tante Elli!"

„Ja, darauf bin ich auch sehr stolz. Wenn du willst, kannst du mich ja einmal in der Potma besuchen."

„Potma?"

„Ja, so nennen wir doch unsere Firma." Sie lachte.

„Die Abkürzung für Portemonnaiefabrik."

Onkel Jakob hatte zugehört, während er in der Wohnküche die getrockneten Tabakblätter von der Leine nahm und sie zurechtschnitt.

„Ich habe auch einen Zeitungsausschnitt. Den zeige ich dir gleich mal."

„Auch über deine Arbeit?"

„Nein, über Insekten."

Onkel Jakob hatte die Gewohnheit, immer mal wieder Abschnitte aus der Zeitung auszuschneiden, die er besonders lesenswert fand. Friedhelm zuckte innerlich die Schultern, als er las, wie wichtig Insekten seien und wie zahlreich. Er ahnte damals noch nicht, wie ihn viel später einmal die Meldung

erschüttern würde, dass in wenigen Jahrzehnten 80 Prozent der Insekten verschwunden waren.

Mehr beeindruckten ihn damals die verschiedenen Holzarbeiten, die sich in Wohnzimmer
und Schlafzimmer befanden, und die der Onkel in seiner Lehrzeit als Schreiner angefertigt
hatte. Eine Schale mit Einlegearbeit, eine
weitere zierliche gedrechselte flache Schale,
ein reich mit Schnitzarbeiten verzierter Kasten und ein ebenso reich verziertes Tablett
mit gedrechselten Griffen.

Als Friedhelm in Mülheim das Humanistische
Gymnasium besuchte, ging er ein paar Mal
Tante Elli in ihrer Firma besuchen und war
jedes Mal erstaunt, wie ehrfürchtig ihre Mitar-
beiter von ihr sprachen, wenn er sich am
Empfang im Innenhof anmeldete. Tante Elli
kam dann zu ihm in den Hof, um mit ihm zu
reden. Ab und zu fielen dann auch mal eine
Mark oder zwei für ihn ab. Einmal durfte er
sogar in den Raum, in dem sie mit vielen Mit-
arbeitern ihre fließbandartige Klebearbeit verrichtete. Manchmal bestellte er im Auftrag
seiner Mutter ein neues Portemonnaie für
seinen Vater, eine neue Handtasche für seine
Mutter, oder er holte seine neue Aktentasche
ab, die seinen alten Schulranzen ersetzen

sollte.

Diese Aktentasche sollte bald ein besonderes Schicksal erleben. Wenn er am Wiener Platz aus der Linie S ausgestiegen war, musste er hinter dem Platz die stark verkehrsbelebte Straße überqueren, damals noch ohne Überweg für Fußgänger.

Sie hatten die neuen Schulbücher schon gekauft, unter anderem einen großen und teuren Diercke-Atlas. Der steckte auch in seiner Aktentasche aus solidem hellem Leder. Leichtsinnigerweise stellte er die Tasche auf der Straße ab, um die nächste Lücke im Verkehrsstrom abzuwarten und dann schnell die Tasche zu greifen und die Straße zu überqueren. Da kam plötzlich ein Auto direkt auf ihn zu. Erschrocken ließ er die Tasche stehen und sprang einen Schritt zurück. Als er danach wieder zu der Tasche zurückkehrte, sah er zu seinem Erschrecken, dass sie von dem Auto überfahren worden war. Ein Schloss war beschädigt, und der Umschlag des Atlasses wies für die Zukunft eine Bruchstelle auf.

Die faulen Eier und die Fasshose

Da gab es das Erzittern der versammelten Klassenreihen, wenn Tibi am Fenster des Lehrerzimmers erschien und sein unartikuliertes Donnergrollen zwischen die blätternden hellen Platanenstämme des Schulhofs verschickte. Tibi war die Abkürzung, die die Schüler des Humanistischen Gymnasiums benutzten, wenn sie von Direktor Tischbier sprachen.

Doch es gab auch das gegenseitige Sichanstupsen in den Zweierreihen, das unterdrückte Kichern oder Prusten, weil einem die Hose in den Sinn kam, deren oberer Rand irgendwo auf diesem Fass endete, diesem Fass ohne Einschnitt. Vergeblich suchte man in seinem Zimmer das Ende dieser Hose, vergeblich auch, weil man sich durch die dichten Rauchschwaden in seinem Heiligtum tastete, die von seiner riesigen würzig riechenden Zigarre herwehten, um das Klassenarbeitsheft in Empfang zu nehmen, das Heft, auf dem nun seine erstaunlich markige Unterschrift zu sehen war, und – wenn man ein gutes Gewissen hatte - ein ebenso erstaunliches „Weiter so!" Die besten und die schlechtesten Ergebnisse jeder Klassenarbeit mussten ihm immer vorgelegt werden.

Erstaunlich war auch die Weichheit des Händedrucks, die man danach in seinen Pranken empfand, auch der eine milde und leutselig gewährte Gnade. Konnte sie nicht gleich im nächsten Augenblick wieder umschlagen in das Eigentliche, das strenge Regiment eines Kommandeurs, der seine nachlässigen Truppen in die raue Wirklichkeit tobender Gefechte zu führen hatte? Er war wohl Oberst im Weltkrieg gewesen und lebte immer noch in diesem Geist. Im Gegensatz zu anderen Lehrern, die eine intensive und beeindruckende Antikriegs-Erziehung an die Schüler heranbrachten. Wie zum Beispiel Dr. Flink, bei dem sie später Filme wie „Der unbekannte Soldat", „Hunde, wollt ihr ewig leben!" und „Die Brücke" von Bernhard Wicki sehen sollten. Und mit dem sie im Theater „Draußen vor der Tür" von Wolfgang Borchert anschauten. Den Schülern würde nie in Vergessenheit geraten, wie ihr Deutschlehrer mit dem Fahrrad am damaligen Keller-Theater ankam, den schwarzen Anzug von Hosenklammern gehalten.

Von ganz unten begann der Urschrei des Direx, wenn die Leutseligkeit wieder beendet war, von ganz unten, wo dieser unglaubliche Bauch zwischen zwei Beinen verschwand, die man niemals genauer kennenlernte, weil die Aufmerksamkeit in magischer Weise nur auf das Fass gerichtet war. Einmal erlebte die ganze Klasse den Urschrei, nicht auf dem Schulhof, sondern in seinem Zimmer, in welches sie einzeln gerufen wurden, oder zu zweit.

Der Urschrei oder besser gesagt der Urbrüll, da das Wort „Schrei" viel zu spitz und hell für diesen Resonanzkörper klingt, war in Friedhelms Erinnerung untrennbar mit „foulen Aiern" verbunden. Alle waren sie das, wenn er recht verstand, die ganze Klasse Sexta b. Einer nach dem anderen, der ins Direktorzimmer bestellt wurde. Obwohl Friedhelm die Logik der Theorie von den faulen Eiern von Anfang an nicht verstand. Wenn alle zu diesen gehörten, konnten sie doch nicht, wie aus dem Gebrüll herauszuhören war, die anderen mit dieser Faulheit oder merkwürdigen schlimmen Krankheit anstecken. Auf jeden Fall war klar, dass diese Krankheit oder Infiziertheit zu einem Verweis von der Schule führen musste. Der dann nicht kam.

Was war geschehen? Wenn man das Gebrüll richtig verstand, ging es um die erste gemeinsame Aktion, die sie mit ihrer neuen Klasse unternommen hatten. Freiwillig und in der Freizeit. Sie waren mit fünfzehn oder zwanzig oder noch mehr Schülern mit der

Straßenbahn nach Dünnwald gefahren, wenn sie nicht schon dort wohnten, und hatten einen Streifzug durch den Wald unternommen, über den weichen mit Kiefernnadeln bedeckten Boden, durch die zahlreichen Bombentrichter, die der Krieg hier hinterlassen hatte. Dabei wurden feierlich die Posten des Häuptlings und des Medizinmanns nach einem schwer durchschaubaren Wahlsystem verteilt. Ein wenig erinnerte es daran, wie in Asterix und Obelix die Führer auf den Schild gehoben wurden. Auf dem Nachhauseweg begegnete ihnen ihr Lateinlehrer, der sich im Unterricht immer auf die Fußspitzen stellte, um seine kaum die Reihen überragende Gestalt etwas zu vergrößern, und der sich befriedigt die Lippen leckte, wenn ihm das gelungen schien. Vielleicht hatten ihn irgendwelche bösen Ahnungen beschlichen, die ihn dann besorgt zum Direx laufen ließen. Heutzutage würden alle Schüler eine lobende Bemerkung auf dem Zeugnis erhalten „wegen besonderen Einsatzes für die soziale Integration in der neuen Klasse". Damals muss die Aktion ungeheure übelriechende Verdachte ausgelöst haben.

Einmal war die Ungeheuerlichkeit geschehen, dass Tibis Urschrei, sozusagen der Gegenpol von Tarzans Freiheitsschrei, ein ungebührliches Echo aus einem der oberen Klassenräume erhielt, so dass alle den Atem anhielten. Die Oberstufenschüler hatten die Erlaubnis, sich dort während der Pause aufzuhalten, während alle anderen auf den Hof mussten und sich anschließend klassenweise aufzustellen hatten. Die Nachforschungen, die folgten, und entsprechende Strafmaßnahmen sollten dann aber erstaunlicherweise glimpflich verlaufen sein.

Neue Menschen neue Bücher

Am Anfang mussten Friedhelms Eltern für ihn noch Schulgeld bezahlen, 10 DM im Jahr, nicht fürchterlich viel, aber doch eine zusätzliche Ausgabe, neben den Ausgaben für Bücher, die es anzuschaffen galt, das Lateinbuch „Ludus Latinus" und die dazugehörige lateinische Grammatik, das Lesebuch für Deutsch, das Mathematikbuch, später Bücher für Griechisch und Englisch sowie Musik, Erdkunde, Biologie, Physik und Geschichte.

Friedhelm war nie ein übereifriger Schüler. Aber seine Hausaufgaben machte er stets und sorgfältig, wenn auch nicht mit Begeisterung. Vokabeln wurden ihm immer von seiner

Mutter abgehört. Er und seine Eltern freuten sich natürlich, als er am Ende des ersten Jahres als Klassenbester in der Aula einen Buchpreis in Empfang nehmen konnte, und als deshalb auch die Verpflichtung zum Schuldgeld gestrichen wurde. Einige Zeit danach fiel die Verpflichtung für alle Schüler weg.

„Du warst immer sehr stolz, wenn du in der Aula nach vorne gingst, um deinen Preis entgegenzunehmen", meinte später ein Klassenkamerad, als die Rede auf diese Preise kam. Friedhelm war darüber erstaunt. Er hatte eher gemeint, dass es Schüchternheit und Scham gewesen seien, die damals seinen Gang und seine Mimik bestimmt hatten. Der erste Preis war ein dickes Buch mit dem Titel „Die schönsten Sagen des klassischen Altertums", in welches er genauso eintauchte wie in „Deutsche Heldensagen", das er im nächsten Jahr erhielt. Später wurde ihm dann der Rang von Edmund abgelaufen, dessen Mutter wie seine eigene Mutter in der Gummifabrik in Dellbrück arbeitete. Edmund wurde später Arzt und Professor. Sie waren von Anfang an Konkurrenten in der Klasse gewesen, ohne dass es ihnen besonders bewusst gewesen wäre. Witzigerweise war Friedhelm bei dem ominösen Ausflug in den Dünnwalder

Wald zum Medizinmann gewählt worden und Edmund zum Häuptling. Obwohl Friedhelm kurze Zeit danach zum Klassensprecher gewählt wurde. Man wusste nicht so richtig, was da in den Köpfen der Klassenkameraden vor sich ging.

Auf jeden Fall wurde Friedhelm später klar, dass er eigentlich nicht zum Klassensprecher geeignet gewesen war. Wie auch nicht zum Fähnleinführer und sogar Gruppenführer bei Neudeutschland, zu dem man ihn machte. Was war wohl das Motiv der Menschen, die ihn dazu auserkoren? Vielleicht kannten sie ihn gar nicht richtig. Weil er sich und sein Inneres vor den anderen versteckte und sein Phantasieleben hinter einer Maske von Freundlichkeit oder Witzigkeit verbarg?

Wegen seines Versagens als Klassensprecher drohte man ihm später mal wieder einen Verweis von der Schule an, der dann natürlich wieder nicht kam.

Die Klasse stand vor den beiden letzten Stunden an der Schultür, wo sie auf den Sportlehrer warteten, um von ihm in die Halle geführt zu werden. Es war ein heißer Sommertag, und es lockten andere Vergnügungen als das Absondern von zusätzlichem

Schweiß an den Geräten, die sowieso schon von einem riechenden Schweißfilm überzogen waren. Der Sportlehrer kam und kam nicht. Eigentlich eine Unverschämtheit, sie so lange warten zu lassen. Oder eine Chance? Auf einmal machte sich die Meinung breit, wenn der Lehrer nicht komme, hätten sie das Recht, nach Hause zu gehen. Nur die Autorisierung fehlte, die Autorisierung durch den, der für solche Fälle beauftragt war, im Lehrerzimmer Bescheid zu sagen, also den Klassensprecher. Aber das Verfahren konnte doch abgekürzt werden.

„Schick uns doch einfach nach Hause! Dazu hast du als Klassensprecher das Recht."

Trotz besseren Wissens wirkte das gemeinschaftlich vorgetragene drängende Argument. Es stimmte ja auch voll mit den eigenen Bedürfnissen überein.

„Also gut, gehen wir nach Hause!"

Das Subjekt in diesem Satz verriet eindeutig die Motivation des Amtsinhabers. Deshalb fiel die Verteidigung am nächsten Tag auch nicht leicht. Und trotzdem: Es passierte nichts. Außer der nun schon zum dritten Mal wiederholten Drohung des Verweises von der Schule.

Die zweite Verweis-Androhung war ganz anderer Art gewesen, nämlich wie der erste Beinaheverweis eine Gemeinschaftssünde.

Die zweite Gemeinschaftssünde wurde mitten auf dem Schulhof, im Angesicht also der Autorität begangen, deshalb vielleicht umso schlimmer. Direkt im Angesicht allerdings auch wieder nicht, da der Schulhof glücklicherweise winkelförmig angelegt war, so dass ein Teil nicht vom Lehrerzimmer aus eingesehen werden konnte. In diesem hinteren Teil hielt man sich auf, wenn man auf dem Mäuerchen zur Straße hin eilig die Hausaufgaben eines Klassenkameraden abschrieb, oder wenn man zwar am Tag der Schulmesse zeitig erschienen war, aber eben nicht in der Elisabeth-Breuer-Straße, in diesem Raum mit Holzfußboden, der nach Nonnenfürzen roch, und in dem einen Prälat Burscheid erwartete, manchmal von den violetten Stofffetzen seiner kirchlichen Amtsrobe umwedelt. Sondern erschienen eben nur auf dem hinteren Schulhof, dort aber mehr oder weniger pünktlich, weil man sonst den Eltern irgendeine Erklärung geben musste, die auf deren Stirnen ein unangenehmes Runzeln hätte hervorrufen können. Auf jeden Fall: Messe geschwänzt. Ein Sakrileg, zumindest ein Verstoß gegen die Schulordnung. Entweder katholische Messe oder wenigstens der evangelische Gottesdienst. Eins von beiden. Nichts ging nicht. Aber auch hier wieder: Nach strenger Ermahnung das Hornberger Schießen.

Eine neue Freundschaft hätte sich beinahe für Friedhelm ergeben. Martin war zwar der Sohn eines Studienrats, stammte also aus einem völlig anderen Milieu als Friedhelm. Aber er besuchte diesen sogar einmal zu Hause in Dünnwald. Und Friedhelms Mutter war begeistert von diesem Klassenkameraden. Vielleicht weil sie hier eine weitere Möglichkeit für Friedhelms sozialen Aufstieg witterte, vielleicht aber auch einfach aus persönlicher Sympathie. Dieser Besuch sollte aber nie eine Wiederholung finden. Weil Martin vielleicht doch etwas befremdet war von der sozialen und der Wohnsituation Friedhelms. Obwohl das Wohnküchenfenster weite Ausblicke auf die Gärten und Felder mit ihren heimlichen Gässchen gewährte, in denen Friedhelm manche Abenteuer erlebt hatte.

Martin hatte auf der linken Seite ein Glasauge, eine Prothese auf Grund einer Verletzung, die er schon in jungen Jahren erlebt hatte. Zur Freude der Klassenkameraden nahm er dieses Glasauge während des Unterrichts manchmal aus seiner Höhle und legte es provozierend auf den Tisch, ohne dass die Lehrer dies bemerkten, die Klassenkameraden aber umso mehr, die den Vorgang feixend beobachteten. Martins Prestige in der Klasse stieg dadurch fast ins Unermessliche.

In den Jahren vor dem Abitur gab es ein Ereignis im Sportunterricht, das die Kluft zwischen ihnen noch weiter vertiefte. Martin sprang beim Basketballspielen Friedhelm mit Wucht auf den dicken Zeh des linken Fußes, so dass dieser ein lebenslanges Andenken in Form eines zerstörten Nagels davontrug. Natürlich war das nicht mit Absicht geschehen, sondern als Folge der Tatsache, dass Martin auf Grund seines Glasauges auf dieser Seite nur eingeschränkt sehen konnte. Und Friedhelm wusste das. Trotzdem suggerierte ihm sein Unterbewusstsein, Martin habe ihn hiermit in ein Abseits gedrängt, aus dem es kein Herauskommen mehr geben konnte. Den blauen Nagel am dicken Zeh zeigte Friedhelm seinen Verwandten noch, als Martin schon längst eine hohe Stellung in der Ärzteschaft bekleidete.

Es war auch schon in der Oberstufe, als Friedhelm Martin bewunderte, weil er sich so in der Musik Beethovens auskannte, dass er dessen Violinkonzert einschließlich Trillern mit gespitztem Mund pfeifen konnte. Spielen konnte er es sowieso schon auf der Geige. Hinzu kamen vielleicht die verschiedenen geistigen Interessen. Martin lebte doch sehr in seinem Geigenspiel und der Musik, von der Friedhelm damals überhaupt keine Ahnung hatte.

Friedhelm wurde zwar nach dem Drängen des Musiklehrers Mitglied des Schulchors. Doch war das für ihn mehr ein leidiges Muss als auch nur ein Stück wirkliche Begeisterung. Sein Interesse an klassischer Musik begann erst, als er siebzehn oder achtzehn war. Und da waren es die Gefühle, die sie in ihm weckten, nie die Technik oder das, was an Harmonielehre und kompositorischem Können dahintersteckte.

Als ihm später angeboten wurde, er könne auf Kosten der Schule Cello lernen und ein Instrument von der Schule zur Verfügung gestellt bekommen, lehnte er das ab. Sicher dachte er dabei an die Freiheit und die Freizeit, die ihm durch das notwendige Üben verlorengehen würde, aber es spielte dabei auch eine Abneigung gegen die Atmosphäre und die Gesellschaft eine Rolle, in die er dann hineingeraten würde. Alles mehr instinktiv als wirklich durchdacht. Auf jeden Fall lehnte er ab.

Vielleicht war es auch diese Haltung, die eine Freundschaft mit Martin nicht gelingen ließ. Eine Freundschaft mit Edmund kam von Anfang an nicht in Frage, weil Edmund über die gemeinsame Arbeitsstelle ihrer Mütter ein Tabu breitete, als schäme er sich deswegen. Weil er vielleicht völlig andere Interessen hatte. Später wurde er in der Klasse bekannt dafür, dass ihn Frauen interessierten. Und so war es sicher auch kein Zufall, dass er in seinem späteren Leben behauptete:

„Aller guten Dinge sind drei."

Damit meinte er seine drei aufeinanderfolgenden Ehefrauen, für Friedhelm nahezu undenkbar.

Neben der Stadtbücherei lag das Haus des Klassenkameraden Bernd Bremer. Auch hier wurde Friedhelm in ein riesiges Kinderzimmer eingeladen. Aus der Freundschaft wurde nichts. Aus Bernds schulischer Karriere auch nicht.

Nebenan lag die Stadtbücherei mit Welten von Auswahlmöglichkeiten, die Friedhelm weidlich ausnutzte. In den ersten Jahren war es die Welt zwischen Indianern, Trappern und Siedlern, wie in „Lederstrumpf" und „Der letzte Mohikaner", dann Abstecher in die vorgeschichtliche Welt wie in „Die Höhlenkinder im Pfahlbau", dann Karl May-Romane rund um die ganze Welt. Erst sein Fähnleinführer in dem katholischen Jugendbund „Neudeutschland" sollte Friedhelm von der Jugendliteratur auf die Schiene der Weltliteratur führen.

Aronstab und Bunte Kreide

Viele Lehrer am Humanistischen Gymnasium prägten Friedhelm für sein Leben. Es gab natürlich auch traurige Erinnerungen, zum Beispiel die an den Erdkundeunterricht des Sprachgenies Dr. Kindermann, in dem die Sextaner auf den Fensterbänken herumturnten. Oder die – keineswegs einer Mannschaft gewidmete- Fahne in Dr. Brülls Sportunterricht, oder die Rauchwölkchen, die von den stinkenden verbrannten Schallplattenteilen aus den Tintenfassdeckeln in Ibi Grotenraths langweiliger Griechischstunde aufstiegen.

Eine angenehme und vorbildliche Erinnerung

aber war der faszinierende Biologieunterricht von Roche, und wie auf seinem strengen Gesicht ein verschmitztes Lächeln erschien, als die ganze Klasse zu schimpfen und zu spucken begann, mitten im Unterricht. Seitdem konnte Friedhelm nie wieder vergessen, dass die Blüte des Aronstabs eine raffinierte Falle für Insekten ist, und dass seine Blätter zwar nicht giftig, aber für Sextaner ungenießbar sind, weil sie Unmengen mikroskopisch feiner Nadeln für den Angreifer bereithalten. Roche hatte jedem von ihnen ein Stück Blatt von einer mitgebrachten Topfpflanze auf den Tisch gelegt, das sie erst auf sein Kommando in den Mund stecken und zerbeißen sollten.

„Nicht runterschlucken!"

hatte er noch streng hinzugefügt. So dass sie andächtig und gespannt zu kauen begannen, bis das unausstehliche und unglaubliche Brennen im Mund begann. Und später das verstehende Grinsen, als er ihnen alles erklärte und die Attacke vorbei war.

Die Rufe von Blaumeise und Kohlmeise hatte er so überzeugend vorgetragen, dass sie ebenfalls Friedhelms ganzes Leben lang in seinem Gehirn hafteten. Prinzip der Anschauung mit den damals zur Verfügung stehenden Mitteln. Das Anwenden von Farbkreide in seinem Matheunterricht und seine sorgfältigen Einführungen bewahrten Friedhelm lange vor dem mathematischen Absturz, der später erfolgte.

Farbkreide an der Tafel, ergänzt durch Rufe der Marktfrauen und der Mütter, die ihre Sprösslinge zum Essen rufen, und dann auf dem Klavier veranschaulichte Intervalle kennzeichneten auch den Anfangsunterricht in Musik, den der erteilte, der in respektlosen kölschen Schülermündern „de Waazebüggel" genannt wurde, der ihnen aber als Herr Haas lange Jahre in einem sorgfältig ausgearbeiteten Curriculum sowohl die Charakteristika der Tongeschlechter als auch die Gesetze der Fuge beibrachte, unterstützt allerdings von einem Zeigestock, der sich mehrmals auf dem Flügel in Fetzen auflöste, weil sie nicht immer seine von Leidenschaft und Ausdauer geprägten Ausführungen mit voller Aufmerksamkeit verfolgten. Und was organisierte er für Konzerte in der Aula! Orgelkonzerte von Händel und Telemann! Mit Schülern! Deren Langzeitwirkung Friedhelm teilweise erst als Erwachsenen erreichte.

Dann der Kunstlehrer Weber, der leider, aber verdientermaßen nach seiner Tätigkeit an ihrer Schule in der Unesco tätig wurde. Weber führte sie durch seine Sprache dahin, wo sie dann die Phantasie und malerische Kreativität fanden, um die Wunderblume im blauen Licht der Höhle oder auch den Metzger vor seiner Fleischtheke und die Grässlichkeit einer bösen Märchenhexe zu malen.

Dr. Guß erreichte ihre Aufmerksamkeit durch seine fundierten Vorträge und seine Ironie, die besonders gewürzt wurde durch einen bewussten plötzlichen Absturz aus der vornehmen Distanziertheit in die platte Wirklichkeit:

„Meine Herren, ich kann mir ja schließlich nicht den Lokus auf den Hintern binden!", erklärte er einmal später, als er wegen eines Durchfalls mehrmals den Unterricht durch einen Toilettenbesuch unterbrechen musste.

In der Sexta oder Quinta konnte er aber ebenso ein kindbezogener Klassenlehrer sein, der mit ihnen eine Weihnachtsfeier plante und durchführte. Friedhelms Scheu, als Schauspieler aufzutreten, fing Dr. Guß dadurch auf, dass er ihm die Rolle des Ansagers gab.

Ein Abenteuerspielplatz auf Rädern

Die Straßenbahnlinie S gehörte auch dazu. Wenigstens für einige Schüler von Friedhelms Klasse. Am Anfang waren es sogar recht viele. Die von Höhenhaus oder Dünnwald oder sogar von Schlebusch kamen. Von Schlebusch stammte auch der Name dieser Linie. Damals hatten nicht alle Linien der KVB Zahlbezeichnungen wie heute, sondern die, deren Endstation außerhalb von Köln lag, wurden mit Buchstaben bezeichnet. Die B für Bensberg, die G für Gladbach, die O für Opladen und die S für Schlebusch.

Sie gehörte auch zur Schule, weil sie ausreichende Gründe für Verspätungen bot, weil sie Alternativen des Sozialisierungsprozesses ermöglichte, weil sie Abenteuerspielplatz und Gruppenraum für Hausaufgabenhilfe war.

Der wichtigste Abschnitt der Strecke von Dünnwald bis Mülheim war die Eisenbahnunterführung kurz vor dem Emberg. In den Zeiten, in denen die beschlagenen Fensterscheiben in den rumpelnden Waggons zu Schreib- und Malflächen wurden, also wenn es regnete oder schneite, kam es vor, dass die Geleise unter dieser Unterführung unbefahrbar wurden. Die drei oder vier aneinandergehängten Wagen blieben vor der Wasser- oder Schneefläche stehen. Die Passagiere mussten warten, bis es weiterging, oder sie mussten neben den Schienen zu Fuß die Unterführung unter- oder, wenn es hart auf hart kam, sogar den Bahndamm auf einem Trampelpfad überqueren. Man konnte sich Zeit nehmen, da es in der Schule ja nicht bekannt war, wie lange die technische Panne dauerte.

„Die Straßenbahn hatte Verspätung" wurde immer als Entschuldigung akzeptiert.

Die Schüler liebten sie, und wenn sie an der Haltestelle das Pfennigspiel an einer Wand spielten, gegen die ihre wenigen Pfennige geworfen wurden, so dicht wie möglich, so dass der, dessen Münze am nächsten lag, diese und die anderen in seine Handfläche nehmen durfte, leicht hochwarf, sie mit der Rückseite seiner Hand vorsichtig und zitternd auffing und die behalten durfte, die darauf liegen geblieben waren, und die er nach erneutem Hochwerfen mit einem Schnappgriff von oben nach unten erwischte, wenn dann der Ruf „de S kütt", „Die S kommt!" ertönte, waren sie nicht traurig über die Unterbrechung, sondern hatten fast das Gefühl, dass eine erwartete Geliebte eintraf. Die Freude steigerte sich noch, wenn unter den Schaffnern, die sie alle kannten, einer war, den sie als besonders entgegenkommend schätzten, und dem sie die unvermeidliche Frage stellen konnten:

„Hamse Blöckchen?"

Blöckchen waren die Enden der Fahrscheinblöcke, die die Schaffner in ihre hölzernen Fahrscheinmappen geklemmt hielten, und die die Schüler begierig sammelten, um sie mit dem Bleistift durch Strichmännchen in Daumenkinos zu verwandeln. Wenn die Schaffner dem Fahrgast den gewünschten Fahrschein überreicht und die Holzmappe mit den schmalen Messingscharnieren mit einem kleinen Knall zugeklappt hatten, klemmten sie sie unter den linken Arm, ließen die Münzen über den entsprechenden trapezförmigen Trichter in den Schlitz in der metallenen Kasse rutschen, die wie glänzende Orgelpfeifen an einem Lederband auf ihrem Bauch hing, und bedienten mit dem Daumen die Hebel, die das Wechselgeld aus deren unteren Enden hervorpurzeln ließen.

Bevor die grünen Mäppchen mit den aufgeklebten Wochenmarken eingeführt wurden, lohnte es sich, bei besonders vollen Bahnen das Versteckspiel mit dem Schaffner zu spielen. Man stieg dazu in einen der drei oder vier Waggons ein, in dem der Schaffner sich gerade nicht befand, und stieg aus und dann in den nächsten Waggon ein, wenn man beobachtete, dass der Kassierer sich unaufhaltsam näherte. Dabei ging es weniger um den gesparten Groschen als darum, dieses Versteckspiel möglichst lange oder sogar bis zur Endhaltestelle durchzuhalten. Ihr Geschick und ihre Beweglichkeit bei der Systemumgehung bewahrten sie vor einem schlechten Gewissen wegen Schwarzfahrerei.

Einen Anflug von schlechtem Gewissen hatten sie allerdings, wenn sie das Gewicht der Waggons als Riesenpressen benutzten, indem sie einen Pfennig auf die Schienen legten, um ihn nach dem Vorüberfahren der Straßenbahn als heißes, manchmal an den Rändern ausgefranstes Stück aufzuklauben, auf dem Schrift und Zeichen zu einer merkwürdigen neuen Münzart eingeebnet waren. Es hielt sich nämlich hartnäckig das Gerücht, unter Umständen könne man die Straßenbahn dabei zum Entgleisen bringen. Das nahmen sie schaudernd in Kauf.

Ausladende Kreisel an den Endhaltestellen gab es noch nicht, stattdessen nur ein Ausweichgleis, so dass sich am Ende der Bahn auch ein Triebwagen befand, erkennbar am Fahrerpult im Perron. Diese Perrons standen zumindest im Sommer offen, so dass Friedhelm – notorisch spät dran - die schon fahrende Bahn oft nur noch durch einen Sprung erreichte, um danach im Inneren keuchend auf einem der Sitze aus gelben Holzlatten Platz zu nehmen. Schaffte er den Sprung nicht mehr, fuhr er manchmal per Anhalter mit der Bahn um die Wette, wo sich eine ganz andere Welt auftat. Die Perrons waren auch ein begehrter Platz mit ihrer Ablage für das Heft, in dem die nicht gemachte Hausaufgabe abgepinnt wurde, neben der Fahrerkurbel oder dem für diesen vorgesehenen massiven Vierkantstift, der aus dem Getriebekasten herausragte. Stand man einmal neben dem Fahrer im vorderen Perron, so imponierte der ihnen durch das energische Drehen an der Kurbel, das schmalzende solide Rasten in dem unsichtbaren Bauch mit seinen gut geölten Metallteilen, das die Beschleunigung oder Verlangsamung den Kurven auf der Strecke haargenau anpasste. Die unwilligen ruckelnden Bewegungen der Bahn und auch das unglaubliche Beschleunigen auf längeren Strecken wie durch den Wald nach Schlebusch, wo später einmal Peter Siefen zusteigen sollte, waren ihnen so in

Fleisch und Blut übergegangen, dass sie bei geschlossenen Augen wussten, wo sich die Bahn gerade befand. An der Odenthaler Straße in Dünnwald, wo außer Friedhelm Ferdi und Kurt einstiegen, oder beim Schlängeln durch die Berliner Straße, oder an der Leuchterstraße, wo Michael Groetzner, Hubert Brandt und die Brüder Rodekirchen zustiegen oder später in Höhenhaus Peter Kleinen. Unvergessen war Friedhelm auch die unsäglich quietschende Kurve, die vor dem Elisabeth-Breuer-Krankenhaus die Linie O beschrieb, die er später wegen des ungeliebten Umzugs nach Leverkusen benutzen musste.

Nick Knatterton und Kirschsaft

Das Humanistische Gymnasium besaß zwar eine Turnhalle, aber keinen eigenen Sportplatz. Deshalb begaben sie sich zum sogenannten Spielturnen mit ihrem Sportlehrer zu Fuß zum Sportplatz in Deutz. Ferdi flitzte mit seinen schnellen Beinen wie ein Blitz über das Feld. Friedhelm dagegen fürchtete die Bälle, wenn sie auf ihn zukamen, eine Folge seines immer schlechteren Sehens.

„Wollt ihr mit mir zu meiner Tante Draudchen? Da gibt es Kirschsaft und Nick Knatterton in der Quick."

Sie wollten. Und Tante Draudchen machte ihnen Kirschsaft. Sie waren über die damals noch einzige unasphaltierte Straße Kölns in ihr Haus gelangt, vorbei an dem Wasserhahn, der sich noch an der Straße befand. Die Unbequemlichkeiten wurden durch Tante Draudchens Gastfreundlichkeit ausgeglichen, mit denen sie die Jungen empfing.

„Da auf dem Sessel liegt der Lesezirkel."

Sie wusste gleich, was die Jungen wollten. Die neue Folge von Nick Knatterton in der Illustrierten Quick. Nick Knatterton gefiel den Jungen ungemein mit seiner markanten Nase, seiner vorwitzigen Sprache, seinen einfallsreichen Erfindungen und seinem raffinierten Gespür als Detektiv, aber auch durch die attraktiven Frauen in seiner Umgebung, deren unverhüllte Sexualität durch Übertreibung legitimiert wurde.

Auch von diesem Lesestoff wusste man, dass er in kirchlichen Kreisen missbilligt wurde. Umso mehr lohnte sich der gemeinsame Umweg über Tante Draudchen auf der Heimfahrt mit der Linie S.

Tierische Ferien

Trotz aller Armut spielten Reisen für Friedhelm schon früh eine Rolle. Das heißt, offensichtlich waren seine Eltern oder zumindest seine Mutter bemüht, ihm solche zu ermöglichen. Und da gab es doch Onkel Johann, einen Bauern am Rande des Westerwalds, den sein Vater schon in seiner Kindheit kennengelernt hatte. Er war als Soldat im 1. Weltkrieg bei seiner Mutter einquartiert gewesen, und daraus hatte sich eine erstaunlich lange Beziehung zwischen den Familien gebildet. Friedhelms Vater hatte schon einmal eine Zeitlang auf dem Bauernhof im Westerwald verbracht. Nun sollte Friedhelm im Auto von Vetter Karl dorthin gebracht werden.

Von Onkel Johann, seiner Frau und seiner schon älteren Tochter wurde er herzlich aufgenommen. Der jüngere Sohn war offensichtlich immer ein wenig eifersüchtig auf den verwöhnten Stadtjungen, als den er Friedhelm betrachtete.

Beeindruckend war für Friedhelm schon die Atmosphäre im Wohnzimmer. Hier herrschte ein ganz besonderer Geruch, eine Mischung von Duft nach Kuhmilch, Geruch nach Misthaufen, der gleich vor dem Fenster mitten auf dem Hof den Hintergrund dominierte. Ähnlich verhielt es sich mit den Fliegen, die den ganzen Raum mit ihrer Anwesenheit und ihrem Gesumm beherrschten. Nur an der Decke zeigte sich ein zaghafter Versuch, ihre Herrschaft einzudämmen. Dort hing nämlich einer dieser klebrig gelbbraunen Fliegenfänger, von zahlreichen schwarzen Opfern gesprenkelt, die teilweise noch ein wenig zappelten.

Links hinter dem Hof befand sich der Pferdestall. Friedhelm war stolz, wenn er dem einzigen Pferd, welches Onkel Johann besaß, das schwere Kummet auflegen durfte, eine Art Kragen, der die Zugkraft des Pferdes auf Brustkorb und Schultern verteilte. Meist wurde neben das Pferd noch eine Kuh gespannt, die aus dem Kuhstall rechts vom Hof getrieben wurde, um den schweren Leiterwagen besser durch das hügelige Gelände des Ortes und der Umgebung transportieren zu können. Friedhelm hatte, wenn es bergab ging, die Aufgabe, vom Wagen zu springen und am hinteren Ende die abgeschliffene hölzerne Bremse zuzukurbeln. Dann hatten die Zugtiere es etwas leichter in ihrem Bemühen, sich gegen den Druck des rollenden Wagens zu stemmen. Nach der Talsohle folgte der gleiche Vorgang umgekehrt. Noch nie im Leben hatte er das Gefühl gehabt, so viel Verantwortung wahrnehmen zu können. Fast fühlte er sich als Erwachsener, besonders wenn er nach seiner Tätigkeit als Bremser von Onkel Johann mit einem anerkennenden Blick belohnt wurde.

Ein ähnliches und gleichzeitig ganz anderes Gefühl beherrschte ihn, wenn er auf einer entfernt liegenden Weide die Kühe hüten durfte. Rosa war ihm von Onkel Johann sozusagen als Patenkuh zugewiesen worden. Rosa war trächtig. Das sah man an ihrem rundlichen, prallen Bauch. Umso mehr fühlte Friedhelm sich für sie und ihr Wohlergehen verantwortlich. Besonders achtete er darauf, dass sie von den anderen Kühen in dem schmalen Hohlweg zwischen Hof und Weide nicht ungebührlich gedrängt oder gar gequetscht wurde. Vor allem, wenn Onkel Johann die zögerlichen Tiere mit einem spitzen Stab unbarmherzig, wie Friedhelm empfand, in Bauch und Rücken stach oder auf ihre Knochen schlug. Ihn erinnerte das dann an den Umgang seines Opas mit Schafen, Schweinen und Hühnern.

Auf der Weide hatte er wenig Pflichten. So konnte er ungehindert seinen Träumen nach-

hängen, den Duft von Gras, Heu, Kuh-
schweiß und Kuhfladen einatmen und die
Heuschrecken zwischen den Halmen beobachten. Manchmal fing er eine und konnte
das lebendige Zappeln des kleinen fleischigen Leibs in seiner Hand spüren. Wenn er sie
in einem mitgebrachten Glas beobachtete,
fand er sein Interesse teils berechtigt, teils
grausam. Ab und zu sammelte er Stöcke o-
der vertrocknete Pflanzen, um mit Hilfe der
mitgebrachten Streichhölzer ein kleines Feuer zu entfachen. Dann kam ihm der Gedanke,
man könnte die Heuschrecken darin braten.
Sein Gewissen hinderte ihn dann doch daran.
Grausam oder ekelhaft kam ihm auch die
Entdeckung der nackten jungen rötlichen
Mäuse vor, die er eines Tages in einem Nest
in der Scheune zwischen dem Stroh fand.

Zu Hause kam er ja auch mit Tieren in Berührung, mit Schafen, Schweinen und Hühnern
auf dem Hof von Oma und Opa, mit den Vö-
geln von Ohm Dei. Auch dort beobachtete er
Ameisen und Schnecken, setzte die Schnecken manchmal in einem grausamen Versuch
auf die Ameisen und sah, wie die auf der
Schleimspur ausglitten. Er sammelte Stichlinge im Bach. Oder Kaulquappen, deren
Schlüpfen nie gelang, weil sie nicht artgerecht gefüttert wurden.

Aber hier auf dem Land, in der Natur, war das alles etwas Anderes, natürlicher, wilder, näher an seinen Phantasielandschaften in fernen Gegenden wie dem Wilden Westen oder Urwäldern in Amerika oder Afrika. Deshalb begnügte er sich zu Hause vielleicht mehr mit der stillen Schönheit der Blumen, die er ab und zu in den Wäldern fand.

Multiple-Choice mit Oma

Friedhelms Oma in Dünnwald hatte mehrere Schlaganfälle gehabt. Nun saß sie nicht nur im Rollstuhl, sondern konnte auch nicht mehr reden. Sie wurde von ihrer Tochter und von Friedhelms Mutter gepflegt. Groteskerweise geschah nun zum ersten Mal eine menschliche Annäherung zwischen Friedhelm und ihr. Wenn Friedhelm die Stufen von der Küche ins Wohnzimmer gestiegen war, saß sie da neben dem kleinen Ofen mit seinem Ofenrohr, das den Raum zusätzlich wärmte, in ihrem Rollstuhl. Hinter der großen dunklen Hornbrille schauten ihre kleinen Augen erstaunlich munter hervor, fast neugierig. Als hätte sie früher für Neugier einfach keine Zeit gehabt. Sie wusste, dass Friedhelm sich mit ihr unterhalten würde, was sie offensichtlich schätzte.

Es waren nur noch drei Laute, die Oma von sich geben konnte.

„Njenjenje." Das bedeutete, dass sie einen Wunsch äußern wollte.

„Mhe!" mit einem energischen Kopfnicken. Das bedeutete Zustimmung.

Und „M-m!" Damit äußerte sie Ablehnung, Verneinung.

„Njenjenje."

„Willst du was haben?"

„Mhe!"

„Soll ich etwas holen?"

„Mhe!"

„Soll ich etwas aus diesem Zimmer holen?"

„Mhe!"

Er schaute sich um.

„Eine Tasse?"

„M-m!"

Da fiel sein Blick auf die großkarierte Decke, die auf dem Sofa lag.

„Soll ich dir die Decke holen?"

„Mhe!"

Als er ihr die Decke sorgfältig um die Schultern gelegt hatte, hörte er schon wieder ein

„Njenjenje."

„Soll ich etwas machen?"

„Mhe!"

„Willst du, dass ich Tante Irmgard hole?"

„M-m!"

Er schaute sich um.

„Willst du etwas aus dem Schrank?"

„M-m!"

„Vom Tisch?"

Als sie bejahte, trat ein schalkhaftes Lächeln in ihre Züge. Er ahnte schon etwas.

„Aus der Schublade?"

Wieder bejahte sie. Noch freudiger. Er entnahm der Schublade ein dünnes Heft mit dem Titel „Us däm ahle Dünnwald. Aus dem alten Dünnwald" und schlug es auf.

„Oma, die nächste Geschichte, die wir noch nicht gelesen haben, heißt „Wie die Maikammer entstand". Willst du die hören?"

Wieder bejahte sie freudig. Als wäre sie gar nicht behindert. Friedhelm begann:

„Wie de Maikammer jeplanz wood.

De Münneche em aale Kluster sääten fröher ens däm Heer vun Schliebesch, de Feildere am Hoonpott dääten inne jehüüre. Dä wullten dat ävver nit jläuve. No krääten se öhndlich Zoff meddenein."

Oma genoss es, dass ihr Enkel ihr altes Dünnwalder Platt lesen konnte. Die beiden anderen Enkel lebten zwar viel enger mit ihr zusammen, und ihre Sprache ähnelte der von Oma mehr als Friedhelms Sprache. Aber vorlesen auf Platt konnte nur er. Sie genoss es, wenn er das merkwürdig breit gerollte R aussprach, welches sich von einer Generation zur anderen verloren hatte. Friedhelms Vater sprach also schon ein „gemäßigteres" Platt, während Friedhelms Mutti sowieso mehr Mülheimer Platt sprach. Oft mit ihm sogar Hochdeutsch.

„Wie die Maikammer gepflanzt wurde.

Die Mönche im alten Kloster sagten früher einmal zum Herrn von Schlebusch, die Felder am Hornpott gehörten ihnen. Der wollte das aber nicht glauben. Nun begannen heftige Auseinandersetzungen zwischen ihnen. Schließlich ging der ganze Streit vor Gericht. Doch auch der Richter fand keinen richtigen Ausweg. Da schien der Graf klein beizugeben und wollte den Mönchen das Land überlassen, unter einer Bedingung: Sie sollten ihm noch eine Ernte auf dem Feld gönnen. Die Mönche waren einverstanden, und die Einigung wurde beschworen und mit Brief und Siegel versehen.

Alle schienen zufrieden, doch nur für kurze Zeit. Zur Hagelfeier war es in jener Zeit üblich, die Felder in Prozessionen zu umgehen und das Gedeihen der Saaten zu erflehen. Neugierig drängten sich die Mönche zu dem Gegenstande des langen Haders, zu sehen, was der Junker auf dem Acker gesät habe. Aber was erblickten sie da? Eichelsaat deckte mit zarten Sprossen die weite Fläche. Nun klagten die Mönche über Betrug und Gewalt. Aber der Graf legte den verbrieften Vergleich vor, und die Mönche mussten von ihren Einsprüchen absehen. Die Saat gedieh trefflich und gestattete dem Grafen noch, im Schatten der Eichen nach Rehen zu jagen. Als aber die Eichen über das Klosterdach schauten, da sahen sie auf grüne Gräber. Abt und Mönche waren längst gestorben. Und als die graue Rinde der hohen Stämme barst und sich verkrustete, da schüttelten die gewaltigen Baumkronen ihre welken Blätter auf die Ruinen des Klosters herab."

Oma drückte sich noch zufriedener in ihren Rollstuhl. Es war, als hätten sich Großmutter und Enkel jetzt zum ersten Mal richtig gesehen.

Als sie schon in Leverkusen wohnten, schob Papa seine Mutter einmal im Rollstuhl bis nach Küppersteg. Auf dem langen geradeaus verlaufenden Bürgersteig durch Manfort geriet er mit ihr ins Laufen. Und er vergaß nie, wie seine Mutter, die früher auch zu ihm immer so streng gewesen war, laut jauchzte.

Einige Jahre später erlebte Friedhelm auch den Opa als Menschen. Bei Omas Beerdigung, als er beim Reueessen traurig in einer Ecke des Restaurants saß, umgeben von vielen Verwandten und Bekannten aus dem Dorf. Zu vorgerückter Stunde nach Schnittchen und Streuselkuchen, der hier immer „Beerdigungskuchen" genannt wurde, und mittlerweile auch etlichen Schnäpsen stellte sich ein alter Bekannter von Oma und Opa auf einen Stuhl und fing einen lustigen Gesang der Gesellschaft an zu dirigieren, mit den munteren Worten „Drei, halve vier!" Vorher hatte er sich schon neben Opa gesetzt, ihm über den Rücken gestreichelt und gesagt:

„Engelbäät, et Lääve jeht wigger. Engelbert, das Leben geht weiter."

Auch mit seinem Vater sollte Friedhelm mehr als 30 Jahre später diese Erfahrung machen, dass eine Begegnung aus dem Rollstuhl heraus offensichtlich leichter ist. Als er seinen Vater damals ins Auto und dessen Rollstuhl in den Kofferraum packte, um mit ihm eine

Tour durch die Eifel zu unternehmen. Friedhelm fühlte sich so in seinem Leben doppelt beschenkt. Nur mit seiner Mutter verbrachte er zu wenig Zeit, als ihr Leben sich dem Tode näherte. So sollte es ihm zumindest danach vorkommen. Er tröstete sich aber mit dem Gedanken, dass Mutti ihm immer gesagt hatte, die Zeit und der Umgang miteinander im Leben selber sei viel entscheidender.

Mutproben und Maden in der Suppe

„Aufstehen!"

Friedhelm spürte ein Rütteln an seiner Schulter. Er wusste gleich, dass er die Wolldecke zurückschlagen, aus dem Etagenbett steigen und hinter seinem Fähnleinführer her gehen musste, der mit einer Taschenlampe die ausgetretenen Stufen auf der Wendeltreppe beleuchtete. Es war nicht kalt, da sie sich mitten in den Sommerferien auf der Neuerburg in der Eifel befanden. Die Wölflingsprüfung hatte vorgestern mit der mündlichen Prüfung begonnen. Wie konnte man in einem Wald ohne Kompass die Himmelsrichtung erkennen? Wie auf einer Wanderung in der Landschaft, wenn man sich an Kirchtürmen in der

Ferne orientieren wollte? Wie hießen die Schifferknoten, und wie sahen sie aus? Solche und ähnliche Pfadfinderfragen hatte er schon mit Bravour beantwortet. Nun sollte der letzte Teil, die Mutprobe, erfolgen.

In den Burghof schien ein halber Mond, so dass die Taschenlampe ausgeschaltet werden konnte. Gegenüber lag die Ruine, auch aus Bruchsteinen gemauert, wie das Gebäude, in dem ihre Schlafsäle lagen, der Rittersaal, die Küche, Essräume, Waschräume mit den langen Becken und die gotische Kapelle, in der fast jeden Tag die Messe gelesen wurde. Neudeutschland war ein katholischer Jugendbund für Gymnasiasten und Studenten. Später sollte Friedhelm erfahren, wieso man ihn geworben hatte. Zu der katholischen gesellschaftlichen Elite, die hier unter der Leitung von Jesuiten herangezogen werden sollte, gehörten auch die zukünftigen Priester. Offensichtlich hielt man ihn für geeignet. Weil er fromm war, gehorsam und nicht dumm.

Eine Treppe führte in den dunklen Kellerraum der Ruine. Dort müsse er es eine Zeitlang aushalten, wurde ihm bedeutet. Vorsichtig stieg er die Stufen hinunter, die auch noch vom Mondlicht beleuchtet wurden. Dann umfing ihn komplette Dunkelheit. In der er ruhig stand. Auch wenn er seinen Kopf wendete, nichts! Komplette Dunkelheit. Angst hatte er nicht. Er fand das eigentlich alles eher lustig. Dunkelheit kannte er aus dem Keller ihres Hauses. Dort hatte er regelrecht trainiert. Die Lampe erst spät eingeschaltet, wenn er aus dem Keller Kartoffeln, Briketts oder eingemachte Marmelade holen sollte. Und gegenüber den Schrecken seiner Kindheit war das hier gar nichts. Es war ja alles ein Spiel, wie er wusste. Und innerlich triumphierte er über die Kameraden, die vor Angst zitterten oder sich zu drücken versuchten, oder trotz Verbot ihre Taschenlampe anschalteten, wenn sie bei einer Nachtwanderung eine Zeitlang im Dunkeln über einen nur von den Sternen beleuchteten Waldweg gehen sollten.

Plötzlich sah er geradeaus ein Leuchten. Mehrere Längsstreifen. Querstreifen, einen Totenkopf. Nun erkannte er ein komplettes Skelett. Langsam bewegte es sich. Klar, ein Geist. Das sollte ein wieder auferstandener Toter sein. Gut ausgedacht und gut gemacht! Aber wie? Später erfuhr er, dass sich ein älterer Junge Streifen mit Leuchtfarbe auf den Körper geklebt hatte, der nun den Mut der Kameraden auf die Probe stellen sollte. Ehe es so richtig begonnen hatte, hatte Friedhelm schon bestanden.

„Ein Skelett aus Leuchtfarbe!" rief er und lachte selbstzufrieden. Dann wusste er, dass er wieder die Treppenstufen hinaufgehen konnte. Dort wurde er schon mit den Worten empfangen:

„Bestanden. Du hast die Probe bestanden."

Ähnlich verlief auch die Knappenprüfung ein Jahr später. Sie fuhren mit den Fahrrädern nach Plätzmühle, welches damals noch nicht in der Dhünntalsperre ertrunken war. Auf einer Wiese schlugen sie ihre Zelte auf, sammelten Holz für das Feuer, auf dem die Erbsensuppe gekocht wurde, saßen abends am Lagerfeuer und sangen zur Gitarre „Wildgänse rauschen durch die Nacht." Friedhelm war zufrieden, weil er bei allem gut mithalten konnte, beim Wandern, bei der einsamen Nachtwache vor den Zelten und am Waldrand, beim Erwerben der Kenntnisse für die Wölflingsprüfung. Dieses Mal hatten sie das Morsealphabet auswendig zu lernen. Sie probten es mit ihren Taschenlampen.

Er hatte schon zu Hause dafür gelernt und dabei einen der seltenen Momente erlebt, in denen sich ein gemeinsames geistiges Interesse von Vater und Sohn ergab. „Daadid-didid" nannte sein Vater das Merkwort für den Buchstaben B. Oder „Daadiddaadid" das Merkwort für den Buchstaben C. So hatte er es früher als Funker gelernt für langkurzkurz oder langkurzlangkurz. Nun klopfte er es mit dem rechten Zeigefinger auf den Tisch. Das Lernsystem für Friedhelm bestand aus einem merkwürdigen Wort-Alphabet, in dem immer die Silben mit o für Lang standen, und die Silben ohne o für Kurz. So hieß das Merkwort für B Bohnensuppe und das Merkwort für C Coburg-Gotha. Sein Vater lachte sehr dar-über, wie umständlich das alles daherkam. Er hatte sich das Alphabet früher einfach einge-bleut. Da Ergebnis aber war das Gleiche. Und das schaffte eine ungewohnte Verbin-dung zwischen Vater und Sohn. Sozusagen eine augenzwinkernde männliche Solidarität, eine Geheimsprache, die sich unter dem Zaun der mütterlichen Autorität herduckte, die sie ja ansonsten anerkannten, weil ihre Strenge dem eigenen Wohl diente. Funken dieser eigentlich von beiden ersehnten Soli-darität blinkten ja nur in seltenen Momenten. Wenn sein Vater nach dem Sonntagsessen neben ihm auf dem Sofa lag und kräftig einen ziehen ließ, von den Moralvorstellungen der Mutter zur Ordnung gerufen, oder wenn beide unter abfälligen Bemerkungen auf einem nur halbwegs gelungenen Essen herumkauten. Sie quittierten beide diese Momente von Solidarität mit einem kurzen Grinsen. Friedhelm hatte auch später bei aller zunehmenden Entfremdung zwischen ihm und seinem Vater nie auch nur insgeheim den Verdacht, sein Vater könnte während des Krieges in Unrechtes verwickelt gewesen sein. Er ahnte nur dessen unendliches Leiden in Krieg und Gefangenschaft.

Auch die Knappenprüfung bestand Friedhelm mit Bravour, und die Mutprobe beschwerte ihm wieder ein kleines Gefühl der Überlegenheit, welches er gut gebrauchen konnte. Wieder wurde er mitten in der Nacht von seinem Fähnleinführer geweckt, dann mit einer Taschenlampe zum Anfang der langgezogenen Insel geleitet, die hier zwischen der Dhünn und dem von ihr abgeleiteten Mühlenbach lag.

Zwei Probanden hatten kurz vor Friedhelm den Pfad auf der Halbinsel betreten. Nun schritten sie mit lautem Gesang voran. Darüber konnte Friedhelm nur lachen. Er wusste genau, dass dieser Gesang einfach die eigene Angst verscheuchen sollte. Das hatte er nicht nötig. Er erschrak auch nicht, als er von einem Baum vor sich ein keuchendes Ein-

und Ausatmen hörte. Es war ein Geist, der da suggeriert werden sollte, aber in Wirklichkeit einfach eine Luftpumpe. Friedhelm begrüßte sie lachend als solche. Er musste nur aufpassen, dass seine Tritte den Weg nicht verfehlten. Das war aber unwahrscheinlich, weil auch in dieser Nacht ein halber Mond die Umgebung ausreichend beleuchtete.

Im Zeltlager bewunderte Friedhelm die älteren Jungen, Nubbel, wenn er kochte oder Gitarre spielte, einen anderen, wenn er sie souverän auf einer Nachtwanderung durch die dunkle Landschaft führte. Er bewunderte auch den scharfsinnigen Humor von Wodi, wenn sie sich in der Schule nach dem Unterricht in der Fähnleinrunde trafen. Er bewunderte aber auch dessen Fähigkeit, sie systematisch und mit Erfolg in die Techniken des Tischtennisspielens einzuführen. So nebenbei nahm er begierig Wodis Bemerkungen über Literatur auf.

Friedhelm besuchte die Stadtbücherei in der Rhodiusstraße regelmäßig. Zuerst waren es Bücher, die von Indianern und Trappern handelten, Lederstrumpf, Tecumseh und Unkas, der letzte Mohikaner. Es faszinierten ihn die Schilderungen der Waldlandschaften, die edlen Gestalten mit ihren braunen wettergegerbten Gesichtern und die Freundschaft zwischen Weißen und Indianern. Dazu aber das Unheimliche und Unberechenbare, mit dem die Helden fertig werden mussten, und ihre Routine im Bogenschießen, Reiten, Schwimmen und Rudern, immer eingebettet in eine übergeordnete Natur. Er war dankbar für die Empfehlungen der Bücherei-Angestellten. Durch sie lernte er die Höhlen-kinder-Bücher kennen. Hier verfolgte er gespannt ein junges Paar und seine verdeckte Erotik, in der Kulisse der Vorgeschichte, von der Steinzeit über die Bronzezeit bis zur Eisenzeit. Wieder aber war es das Leben in einer einsamen Natur, was ihn am meisten faszinierte. Auf seinen Ausflügen in seine heimische Umgebung hatte er solche Bilder immer im Hinterkopf. Ergänzt wurden diese Bilder durch die abenteuerlichen Reisen eines Karl May, die ihn um die ganze Welt führten, vor allem aber wieder in die Felsland-schaften, Wüsten und Steppen Amerikas. Das sollte sein ganzes späteres Leben prägen, ließ ihm keine Ruhe, bis es in seinem Erwachsenenleben Wirklichkeit wurde.

Sein Fähnleinführer Wodi hatte angesichts solcher Literaturerlebnisse nur ein verächtliches Grinsen. Stattdessen gab er den Jungen ganze Inhaltsangaben von Erzählungen von Edgar Allan Poe. So war es kein Wunder, dass Friedhelm allmählich von seinen Jugendbüchern umstieg in die phantastische Welt dieses Autors und danach in die märchenhafte und verrückte eines E.T.A. Hoffmann, aus der er so schnell nicht wieder herausfand.

Wodi führte die kleine Jungengruppe in den letzten Ferien vor dem Ende von Friedhelms Waldrandzeit auf eine Fahrradtour durch Schleswig-Holstein. In Köln packten sie ihre Fahrräder in die Eisenbahn, luden sie in Hamburg wieder aus, übernachteten dort in der Jugendherberge, später aber auch in mitgenommenen Zelten. Sie schlugen sie auf der Insel Fehmarn in Strandnähe auf und in der Schleswig-Holsteinischen Schweiz am Stocksee. Dort hatte Friedhelm ein großes Erlebnis, welches er seinem Fähnleinführer verdankte. Nur er, Friedhelm war in der Lage, mit Wodi zusammen die ganze Breite des Sees zu überqueren. Wo er doch eigentlich kein großer Sportler war. Schwimmen hatte ihn seine Mutter im Schwimmbad gelehrt. Doch hatte sie zugleich mit der unvollkommen beigebrachten Technik auch ihre ewige Angst vermittelt. Bei Wodi lernte er nun eine Technik, bei der er in Seitenlage nahezu nie ermüdete. So gewann er ein großes Selbstvertrauen. Diese Technik behielt er sein ganzes Leben lang bei.

Mehrmals durchfuhren sie ein hügeliges Gelände, ein leichtes Bergauf und lange kräfteschonende Bergabs. Alle waren bester Laune, vor allem auch ihr Fähnleinführer Wodi. Bergab versuchten alle, auf Straßen, auf denen sie kaum einmal einem Auto begegneten, freihändig zu fahren. Dabei bemächtigte sich auch Friedhelms ein Freiheitsgefühl, das ihm durch die Lungen bis ins Gehirn stieg. Hinzu kam eine glucksende Verwunderung und Bewunderung, als ihr Fähnleinführer seinem eigenen Freiheitsgefühl Luft machte mit dem laut gesungenen Schlager

„Ich hab' noch nie ne rosarote Kuh gesehn. Doch wenn du mir mal eine zeigst, wie wär' das schön!"

Dieser sonst so ironische und intellektuelle Führer konnte sich sogar solch eine lustige Plattitüde erlauben!

In der Jugendherberge in Kiel hatten sie beim Abendessen eine ganz andere Art von Gemeinschaftsgefühl. In den Tellern aus dickwandigem Jugendherbergs-Porzellan holten sie sich ihre Portionen mit Milchsuppe ab.

Zuerst löffelten sie schweigsam ihre etwas langweilige Mischung aus Milch und Mehl.

„Ih, da ist ja eine Made drin!" meinte Bert plötzlich und verzog vor Ekel sein Gesicht.

„Du hast Recht. Bei mir auch", entgegnete Edmund, fischte einen Mehlwurm aus der Suppe und legte ihn auf den Tellerrand. Und nun begannen sie einen regelrechten Wettbewerb, indem sie die Leichen – denn tot waren sie wohl mittlerweile - auf die Ränder drapierten. Wodi war mit seinem Teller zur Essensausgabe gegangen und hatte die Bescherung demonstriert.

„Die fühlen sich zu keiner Reaktion veranlasst", meinte er gleichermaßen trocken und verwundert, als er an ihren Tisch zurückkehrte, so dass ihnen nichts Anderes übrigblieb, als in ihrem grotesken Wettbewerb fortzufahren. Dabei übertönten sie ihren Ekel immer mehr durch ein solidarisches Gelächter. Später sollten sie noch oft von diesem Erlebnis erzählen. Es half ihnen, die unbewusste Konkurrenzsituation innerhalb ihrer kleinen Gruppe zu überwinden.

Friedhelms geistige Interessen bezogen sich auch in den ersten gymnasialen Jahren stets auf Lesen und Literatur. Vielleicht hatte Wodi das erkannt, als er ihm seinen Edgar Allan Poe empfahl. Aber auch Wodi war trotz all seiner Intelligenz nicht in der Lage, den fundamentalen Unterschied von Friedhelms sozialer Herkunft zu erkennen. So sollte er einmal kurz vor dem Abitur über Friedhelm die Nase rümpfen, als er von dessen Plänen erfuhr, die Pädagogische Hochschule zu besuchen, statt als Berufsziel Gymnasiallehrer anzupeilen. Er rümpfte dabei die Nase über Friedhelm, als habe der damit Verrat begangen an der Welt der Wissenschaft und der Bildung überhaupt, um des schnöden Mammons willen.

„Ach, du willst schnell Geld verdienen und schnell mit dem Studium fertig sein" waren seine Worte, die Friedhelm tief trafen, weil er die Verachtung in ihnen spürte. Dabei würde der Grund für Friedhelms Entscheidung in der Hauptsache darin liegen, dass er sich unter einem einfachen Lehrer etwas vorstellen konnte, wie unter einem Pastor oder auch einem Arzt. Das waren ja die einzigen akademischen Berufe, die man in seinen Kreisen kannte. Und das positive persönliche Vorbild war der Gitarre spielende Fähnleinführer Nubbel. Von dem später erzählt wurde, wie er auf statt hinter dem Lehrerpult saß, um seinen Schülern näher zu sein. Diese Nähe zu den Schülern war auch das, was Friedhelm bei seiner Berufswahl im Hinterkopf haben sollte.

Nun in der Jugendherberge in Kiel aber waren alle Rivalitäten und Klassenunterschiede vergessen, angesichts des gemeinsamen „Feindes" in der Person des Herbergsvaters, der ihre Beschwerde und ihren Ekel überhaupt nicht wahrnehmen konnte.

So wurden Friedhelms Kontakte mit der Natur und manche Reiseerlebnisse durch die Fahrten mit Neudeutschland gefördert. Lange Zeit war es auch das Zusammensein mit Gleich- oder Ähnlichgesinnten, dem er hier begegnete. Dabei wurde er in den Zielen der Kirche bestärkt, aber auch von Begegnungen mit Mädchen abgehalten. In Bezug auf Rauchen und andere jugendliche Aktivitäten der Subkultur wurde ein Ideal der Reinheit gepflegt und auch so etwas wie Führertum. Dieses wurde ihm erst suspekt nach seinem eigenen Scheitern als nach Leverkusen ausgeliehener Gruppenführer.

Abschiedsvorstellungen

In der ersten Zeit nach dem Umzug in das ungeliebte Leverkusen fuhr Friedhelm oft durch den Wald nach Dünnwald, besuchte seine Oma im Rollstuhl, zog lange Runden durch die Wälder, tummelte sich auf dem Kirmesplatz.

Dieser Kirmesplatz schob sich wie ein Eindringling aus der Welt der Zivilisation in die Wälder hinein. So war er im Westen von der Maikammer begrenzt, im Norden von den Wäldern nach Schlebusch hin und im Süden von den Waldgebieten, die Lohnskotten genannt wurden. An einer Ecke stand das schwarze Basaltkreuz, vor dem Friedhelm damals seinen Kampf mit Heribert ausgetragen hatte. Hier klappte Friedhelm den Ständer seines Fahrrads aus und betrat unter dem herbstlichen Gold der Kastanien- und Lindenbäume den Platz. Damals reichte es noch, wenn man die Zunge des kleinen Schlosses zwischen die Speichen drückte und danach den Schlüssel abzog. Schwere Schlösser aus gummiertem Metall waren noch nicht üblich, um einen Diebstahl zu verhindern. Neben den Schienen der Straßenbahn, die hier vorbeifuhr, sah Friedhelm noch einzelne Pfützen vom letzten Regen glänzen.

Und schon tauchte er in den musikalischen Wirrwarr der verschiedenen Musiken ein, die von den einzelnen Karussells ertönten, und die Rufe der Losverkäufer, die Lockreden von Schießbudenbesitzern und Verkäufern von Zuckerwatte und Lebkuchenherzen.

An der Schießbude traf er auf Karli, der die Hilfsschule in Mülheim besuchte. Lange Zeit fuhren sie zusammen mit der Straßenbahn und trafen sich vorher bei Friedhelm zu Hause. Friedhelm saß meistens noch beim Frühstück, wenn Karli eintraf. Manchmal tranken sie eine Tasse Kakao zusammen. Einmal konnte Friedhelm es sich nicht verkneifen, ihn zu fragen: „Habt ihr auch solche Tassen für Linkshänder?" und drehte Karlis Tasse so, dass der Henkel auf der linken Seite war. Friedhelm genoss es einen Augenblick, dass Karli staunte. Dann klärte er ihn aber auf, und sie lachten beide zusammen über den Scherz. Friedhelm musste nun feststellen, dass Karli ihm beim Schießen überlegen war. Er zeigte Friedhelm fachmännisch, wie das Luftgewehr zu halten sei. Um eine größere Chance zum Treffen zu erhalten.

Friedhelm hatte nicht nur von seinen Eltern Kirmesgeld erhalten, sondern dieses Mal auch von seinen Großeltern. Sie waren insgesamt erstaunlicherweise etwas großzügiger geworden, obwohl sie immer noch das Gesicht verzogen, wenn sie meinten, ihre Enkel würden Verschwendung betreiben, rein der Lust statt einer Notwendigkeit wegen.

Am Kettenkarussell sah er die fliegenden Röcke der kleinen Mädchen im Wind wehen. Hier standen auch der dünne Ferdi und der dickere Kurt, seine Klassenkameraden. Es war schon abzusehen, dass sie bald die Klasse verlassen würden. Sie mussten sich einfach zu sehr abstrampeln, um die Noten zu bekommen, die sie für die nächste Versetzung brauchten. Friedhelm gegenüber taten sie aber so, als verachteten sie einen weiteren Verbleib auf der Schule. Von Kurt wusste er schon, dass er eine Schreinerlehre beginnen wollte. Eine Idee, die auch Friedhelm nicht ganz absurd erschien. Als er einmal mit seinen Eltern darüber sprach, wunderte er sich über den fast entsetzten Widerstand, der ihm hier entgegenschlug.

Schmerzlich aber spürte Friedhelm, wie seine beiden Freunde sich innerlich und auch äußerlich von ihm abzuwenden begannen. Deshalb begrüßte er lieber Else, seine Quasischwester aus der Wohnung, die ihre beiden Familien miteinander geteilt hatten.

Sie lehnte an der Rampe der Raupe, die ihr aufregendes Geheul und ihre Hektik über den Platz verbreitete.

„Sollen wir mal zusammen fahren?" Friedhelm staunte über sich selber, als er diese Einladung von sich gab. Geschwister, Nachbarn, Freunde, Katze und Hund, Hasslieben, Mitbewohner, das alles waren sie ja in den vergangenen Jahren gewesen. Durch Friedhelms Besuch des Gymnasiums waren sie natürlich innerlich noch weiter voneinander entfernt worden. Trotzdem änderte das nichts an der Tatsache, dass sie sich täglich begegnet waren. Wenn sie vor der gemeinsamen Toilette warteten, wenn einer von ihnen aus dem gemeinsamen Bad huschte, auf dem gemeinsamen Flur, auf der Treppe zur Haustür, auf dem heckenbestandenen Gang zur Straße, auf dem Hof zwischen Haus und Schuppen. Und doch wusste keiner vom anderen, was er in der Schule trieb, vor allem nicht, welche Gedanken ihn umtrieben. Nun, nach der Einladung, wusste er auch noch nicht, wer die Fahrt bezahlen würde. Jeder für sich selber, oder war er als Einladender und männlicher Teil verpflichtet, für sie mitzubezahlen?

Als die Raupe anhielt, das Verdeck sich öffnete und die Passagiere ausstiegen, mit Gesichtern, die ein wenig Verwirrung spiegelten über die rasante Fahrt, bei manchen Verlegenheit über das, was sich während der Fahrt ereignet hatte, und bei anderen laute Ausgelassenheit, stiegen sie beide in ein Abteil ein.

Langsam begann die Fahrt, der Kassierer sprang wie so nebenbei auf und nannte den Betrag, den sie beide zusammen zahlen würden, und Friedhelm legte ihn in seine Hand, ohne weiter zu überlegen. Dann drehte sich die Raupe schneller und schneller, man spürte ein stoßweises Auf und Ab. Else wurde durch die Fliehkraft immer enger gegen Friedhelm gedrückt. Ihm war das ungewohnt und unangenehm. Sie musste laut lachen. Als das grüne Verdeck sich mit seinem Gestänge, das Friedhelm an das Innere eines Regenschirms erinnerte, langsam schloss, ertönte ein grelles Signal, ein wenig wie bei einem Fliegerangriff, und er hatte das Gefühl, das Schicksal nehme nun unaufhaltsam seinen Lauf. Eng aneinandergedrückt, ergriff ihn fast so etwas wie Aufgeregtheit in der gemeinsamen Dunkelheit, und er war froh, als es wieder hell wurde. Sonst hätte vielleicht eine Verpflichtung zum Küssen bestanden. Als das Karussell langsam zum Stehen kam, war er erstaunt darüber, dass sich die Welt nicht geändert hatte. Dann gingen Else und er jeder seines Weges.

Sein Weg führte Friedhelm zu den Selbstfahrern. „Jim, Johnny und Jonas" tönte der Hawaii-Schlager romantisch-kitschig aus den Lautsprechern, während die Jugendlichen an den Holzpfeilern vor der glatten Bahn lehnten, bis sie sich entschlossen, in einen der bauchigen Plastikwagen zu steigen. Oben blitzten die blauen elektrischen Funken, wo die in die Waagerechte gebogenen entblößten Metallzungen an dem Metallnetz unter der Decke leckten. Sie krochen aus den senkrechten Stäben, die am Hinterteil der Wagen befestigt waren. Plötzlich erblickte Friedhelm in einem der Wagen die dunkle Sabine und ihre muntere Schwester Renate. Er war sofort wie elektrisiert. Beim nächsten Halt stieg er in einen Wagen ein, in der Hoffnung, dass beide in ihrem Wagen sitzen bleiben würden. Er hatte doppeltes Glück. Durch den Lautsprecher ertönte nämlich gerade eine Durchsage, die allen eine Freifahrt versprach, auf Kosten des Kölner Boxers Müllers Aap.

So machte er sich gleich an die Verfolgung seiner beiden ehemaligen Nachbarinnen, die ihm ungleich lieber waren als seine

Quasischwester Else. Als er die Gummiwülste seines Wagen gegen die von ihrem Wagen lenkte, schauten sie herüber und kreischten laut auf – eine Genugtuung für ihn. Und wieder kurbelte er das kleine Lenkrad mit seinen Armen, um sie noch einmal von der Seite zu erwischen. Mittlerweile waren sie natürlich in der Menge verschwunden. Bevor er sie wieder anrempeln konnte, blickte er beim Umherfahren durch das Gewimmel stolz auf seine bloßen Arme und Beine, wo man seit einiger Zeit einen leichten Ansatz von Muskeln erblicken konnte. Wieder Erschrecken und Lachen gleichzeitig, als er sie streifte, aber immerhin so stark, dass ein Ruck durch ihren Wagen ging.

Als sie nach der Fahrt ausstiegen, gingen sie alle ihres Weges, als sei nichts geschehen, und als hätten sie sich nie gekannt. Sie hatten ja auch in den letzten Jahren nie über ihre eigene Welt gesprochen, Friedhelm nicht über sein Leben am Gymnasium oder bei Neudeutschland, Renate und Sabine nie über ihre eigene schulische Welt. Dabei hätte ein Vergleich doch so interessant sei können. Aber keiner von ihnen war auf diese Idee gekommen. Obwohl sie sich fast täglich sahen. Weil sie eben so waren? Oder weil die damalige Zeit so war?

Friedhelm schloss gerade das Schloss an seinem Fahrrad auf, als er von Dietmar Esser begrüßt wurde, dem Sohn der „lustigen Witwe", die Friedhelms früheren Lehrer geheiratet hatte. Sie waren noch in derselben Klasse im Gymnasium. Aber es war schon abzusehen, dass auch Dietmar die Schule bald verlassen würde. Seine Leistungen reichten nicht aus. Auch mit ihm hatte Friedhelm nie viel Kontakt gehabt. Er teilte wohl auch nicht Friedhelms Interessen.

Plötzlich kam Marita Schiffer an ihnen vorbei, eins der schönsten Mädchen aus dem Ort. Ihre Eltern hatten ein Bekleidungsgeschäft. Während Friedhelm ihre hochgesteckten prächtigen Haare bewunderte, schaute Dietmar keck zu ihr herüber und fragte sie:

„Na, Marita, du hast wohl lange nichts Warmes mehr in den Bauch gekriegt?", so dass sie errötete und schnell weiterging. Friedhelm, dem die Zweideutigkeit der Bemerkung wohl klar war, konnte es nicht fassen, wie man so mit einem Mädchen reden konnte. Oder sollte er einfach gemeint haben, er könnte ihr ein Würstchen spendieren? Wohl kaum! Wieder wurde ihm bewusst, wie sehr er einsam auf einem anderen Stern lebte.

Ein paar Tage später fuhr er wieder mit seinem Fahrrad durch seinen geliebten Wald. Kurz hinter dem Handballplatz sah er vor sich die halblangen dunklen Haare von Sabine. Gleich kam ihm in den Sinn:

„War sie mit Absicht hier unterwegs? Weil sie auf ihn wartete?"

„Unfug!" antwortete er sich selber. „Sie konnte doch nicht wissen, dass er ausgerechnet heute und ausgerechnet zu dieser Zeit hier vorbeikommen würde."

Als er sich direkt neben ihr auf dem Kiesweg befand, stoppte er und fragte sie zu seinem eigenen Erstaunen:

„Soll ich dich mitnehmen? Du kannst auf dem Sattel sitzen. Ich setze mich dann auf den Gepäckträger."

Sie schauten sich kurz an. Dann rückte er von dem Sattel auf den Gepäckständer, während sie sich auf den Sattel schwang. Dabei hielt sie sich an der Lenkstange fest. Nun trat er von seinem niedrigen Sitz aus heftig in die Pedalen. Heftig, weil das nicht so ganz leicht war, und heftig, weil er ihr imponieren wollte. Schon deshalb spürte er seinen Herzschlag.

Als das Fahrrad Fahrt aufnahm, erhob er sich ein wenig von seinem Sitz. Dabei spürte er den Körper von Sabine vor sich. Sein Herz schlug noch heftiger. Und da war noch etwas Anderes, was er spürte. Im unteren Bereich seines Körpers zog sich das Blut zusammen, eine merkwürdige Korrespondenz mit einem Zustand seines Kopfes, der ihm neu war. Treten, hochsteigen, Blutandrang, weiter, schneller. Bis sie plötzlich sagte:

„Lass mich absteigen! Ich will absteigen!" Der Tonfall ihrer Stimme war so, dass sie verärgert erschien. Er hielt an und ließ sie absteigen. Voller Bedauern. Sie sprachen nicht weiter miteinander. Er fuhr einfach seines Weges. Sie ging weiter zu Fuß.

Besuch bei Tante Lina

Trauer, ja fast Wut beherrschte lange Zeit Friedhelms Gemüt nach dem Verlassen seines Dorfs am Waldrand, Trauer über das Verbanntwerden aus dieser Welt mit tausend Entwicklungsmöglichkeiten in die einsame Wüste des nackten Leverkusen und die kalte Reinheit und Intellektualität bei Neudeutschland und am Gymnasium. Deshalb besuchte er nun manchmal mit dem Fahrrad Tante Lina, wo er sich immer gleich wie zu Hause fühlte. Er konnte ja Manches mit seiner Mutter bereden, alles aber nicht. Vor allem, wenn es sich um sexuelle oder erotische Themen handelte. So erzählte er ihr auch – wenn auch stockend - seine Erlebnisse aus der letzten Zeit, von Else auf der Raupe, von Sabine und Renate in den Selbstfahrern, von Dietmars ihm unbegreiflicher Bemerkung zu Marita, sogar von seinem Treffen mit Sabine im Wald.

„Das hat dich alles sehr betroffen gemacht und erschreckt, oder?" fragte sie ihn, während sie wieder zwei Gläser auf den Tisch in ihrem bemalten Zimmer stellte. Friedhelm nickte nur, als sie die Gläser aus dem Krug mit der grünlichen Flüssigkeit vollschenkte. Dann entnahm sie ihrem Schrank ein Kartenspiel, mischte die Karten, wie Friedhelm es von seinem Opa kannte, zeigte ihm aber keinen Trick. Nach einem ihm unverständlichen System ließ sie ihn die eine oder andere Karte ziehen und legte sie anschließend in einer bestimmten Ordnung auf den Tisch.

„Wie kommst du eigentlich mit deinem Papa zurecht?" fragte sie ihn plötzlich. Die Frage war ihm unangenehm, da er eigentlich nicht viel mit ihm zu tun hatte. Er gängelte ihn nicht, war nicht unfreundlich. Manchmal nur ein wenig ruppig. Friedhelm gab ihm wie selbstverständlich jeden Abend einen Kuss, wenn er ins Bett ging. Über den weichen Mund wunderte er sich, er musste sich ein wenig überwinden. Angenehmer waren ihm die Bartstoppeln, die er dabei spürte. Aber reden taten sie nie miteinander. Höchstens, wenn Friedhelm ihm mal begeistert eins seiner Fußballbilder zeigte, die er sammelte, und die manchmal in Papas Zigarettenschachteln enthalten waren. Sonst interessierte sich sein Vater auch nicht so für Fußball wie sein Opa. Eher lachte er über dessen Leidenschaft.

„Aber zur Weltmeisterschaft sind wir gemeinsam zur Wirtschaft von Condè gegangen. Die haben ja einen Fernseher."

„Und, wie war es?"

„Die Leute haben viel geschrien und die Spieler angefeuert. Zum Schluss haben alle sehr geklatscht."

„Wie fandest du denn das Spiel?"

„Ich konnte alles nicht so gut sehen. Die

Spieler waren viel zu klein."

„Vielleicht brauchst du ja eine Brille."

Nun schaute die Tante wieder auf die Karten, deutete auf die eine oder andere und meinte zu Friedhelms Erstaunen:

„Hier sehe ich eine Mondfrau und eine Sonnenfrau. Reisen spielt für dich eine große Rolle. Der Bauer ist für dich wichtig. Nicht der König, der die Macht hat. Aber zum Schluss sind es Zufriedenheit und kein Reichtum, die in deiner Nähe zu finden sind."

Friedhelm schüttelte ein wenig den Kopf. Er verstand das alles nicht. Als Tante Lina das merkte, packte sie die Karten wieder ein, wandte sich zu dem anderen Schrank, in dem sie ihre zahlreichen Hefte hatte, und zog eins davon heraus. Sie schlug es auf und legte es vor Friedhelm:

„Lies das einmal!"

Friedhelm las und konnte nicht mehr aufhören, bis er am Ende angelangt war.

„Ein nachhaltiges Erbe

Es muss ein Schock für dich gewesen sein, als ich ins Schlafzimmer kam. Ich stand vor dem Schrank und ließ mir von deiner Mutter mit einem feuchten Tuch das rote Gesicht kühlen. Wir machten kein Hehl daraus, dass ich verprügelt worden war. Von deinem Onkel. Und deine Tante hatte mich festgehalten. Das wunderte dich sicher, da du es doch gewohnt warst, dass wir die Schattenseiten des Lebens von dir fernhielten, soweit es ging. Ich meine, es wunderte dich sicher, dass wir dir gleich alles erzählten. Das Verhalten von Onkel und Tante erstaunte dich wohl nicht so sehr. Du kanntest sie ja.

Es ging um das Erbe. Ich hatte mir nie so große Gedanken darüber gemacht. Das Fachwerkhaus mit seinen beschnittenen Linden davor und der halbkreisförmigen Stiege aus Sandstein bewohnten Oma und Opa und deine Tante Irmgard, meine Schwester, mit ihrer Familie. Und das würde immer so sein. Daran hatte ich keinen Zweifel. Im flachen Anbau dahinter lagen Wohnzimmer und Küche meiner Eltern, auch das ein Zustand für die Ewigkeit. Das Zimmer, welches ich früher bewohnt hatte, war nun das Zimmer deiner beiden Cousins. Im Hof hinter seinem grünen Metalltor fühlten wir uns alle wie zu Hause. Benutzten das Plumpsklo mit dem Zeitungspapier am rostigen Haken, die Männer pinkelten in die betonierte Rinne vor der Werkstatt von Herrn Salomon.

Der Gang zwischen den hinteren Anbauten und der vermieteten Werkstatt führte zur Jauchegrube, den Vogelvolieren, den Holzschuppen und dann dem langen schmalen Garten. Ganz weit hinten, am Ende des langgezogenen Gartens hatten wir unser eigenes Grundstück. Du warst ja oft genug mit uns dort und hast Unkraut gejätet oder uns einfach zugeschaut, wenn wir die Stangenbohnen ernteten oder Möhren ausrupften. Von dort brachten wir im Herbst unsere Kartoffelernte im Heuwagen zum Hof und dann über die Straße bis zum Mauspfad. Dort ließen wir sie durch den Schacht in unseren Keller rumpeln. Denselben Schacht, über den auch die Kohlen nach unten polterten. Mit viel Staub.

Du weißt ja, wir teilten unsere Wohnung mit Dabringhausens. Der Flur, den wir Diele nannten, wurde von beiden Familien gemeinsam benutzt, genau wie das Klo und das Bad. Das machte uns aber nichts. Wir waren froh, dass wir die Wohnung bekommen hatten. Durch das Ehestandsdarlehen war es uns möglich geworden, die Wohnung zu beziehen und sie nach unserem Geschmack einzurichten. Vor allem auf das Schlafzimmer mit den Eichenmöbeln waren wir stolz. Und nun stand ich da vor dem Schrank, und du sahst mich blutüberströmt von deinem Bett vor dem Fenster aus. Ich sah nicht das Grün der Bäume im Vorgarten und nicht den Wald auf der anderen Straßenseite. Ich sah nur dich und deine Mutter, wie sie mir schluchzend mit einem feuchten Lappen das Gesicht wischte.

Wieder wurde mir dabei bewusst, wie sehr ich deine Mutter liebte, seit der Fahrt mit dem Fahrrad damals, dieser unvergesslichen Fahrt durch den Wald, die unser Leben für immer verändern sollte. Und wie sehr ich unser neues Leben liebte, ein wenig getrennt von Haus und Hof meiner Eltern.

Natürlich liebte ich auch meine eigene Mutter, also Oma, aber auf ganz andere Art. Sie war mir so selbstverständlich wie ihr Haus und ihr Hof. Ich konnte mir ein Leben ohne sie gar nicht vorstellen. Wie sie unseren Alltag beherrschte, weil sie für uns alle sorgte, für uns Kinder, für unseren Vater, für die Tiere in Haus und Hof. Gleichzeitig konnte ich die Schläge mit dem Knüppel nicht vergessen. Die Schläge, die ich von ihr erhalten hatte, als ich als Kind humpelnd nach Hause kam, weil ich mir auf dem Eis ein Bein gebrochen hatte. Meine Schmerzen waren doch so schon groß genug. Aber nun schlug sie noch zusätzlich mit dem Besenstiel darauf. Weil sie sauer war, dass Arztkosten auf sie zukamen. Und dabei sparte sie schon an jedem Groschen, um uns alle einigermaßen über die Runden zu bringen.

Trotzdem, Gretchen, deine Mutter, hätte nie so gehandelt. Auch wenn ihre Familie in noch ärmlicheren Verhältnissen lebte. Dafür liebte ich sie. Und wegen ihrer Traurigkeit, wenn ich diese Verhältnisse mitbekam.

Wie damals, als ich sie zum ersten Mal zu Hause besuchte. Dieser dunkle Flur, in dem die Kommode stand mit der Kanne voll Schnaps. Zuerst konnte ich es gar nicht glauben. Doch dann musste sie die Kanne hereinholen und mir und ihrem Papp, wie sie ihn nannte, ein Gläschen einkippen, dann noch eins und dann noch eins. Und bei jedem Glas wurde das Gesicht deiner Mutter düsterer. Nein, nicht düsterer, aber trauriger. So etwas wie Angst beherrschte es. Eine Angst, die in mir ein tiefes Mitleid auslöste. Obwohl ich die dunklen Stellen unter ihren Augen mochte. Sie gehörten einfach zu ihr. Gehörte aber der Schusterleisten in der Ecke auch zu ihr? Der

Dreifuß aus Metall, wie ein Denkmal an die Zeit, als er ihn noch benutzte, lag ein schwarzer Männerschuh auf ihm. Mit abgelaufener Sohle. Die auf einen Austausch wartete, einen Austausch, der dann nie kam. Weil der Besitzer kein Geld mehr hatte, die Reparatur zu bezahlen? Auf jeden Fall war Papp arbeitslos, saß den ganzen Tag herum in der winzigen dunklen Stube. Wartete darauf, dass Mama, deine andere Oma, von ihrer Arbeit als Putzfrau zurückkam und ihm etwas kochte, selbstverständlich, klein und agil in ihrer unverständlich heiteren Art, ähnlich wie meine eigene Mutter, nur nicht so bestimmend, sondern ruhiger, zurückhaltender, bescheidener.

Bevor ich deine Mutter kennenlernte, war ich ja selber auch schon arbeitslos gewesen. Und wenn ich genau darüber nachdachte, war auch ich in Gefahr, dem Alkohol zu verfallen. Oder dem Spiel. Schließlich trafen wir uns öfter in der Maikammer, der Wirtschaft schräg gegenüber von unserem Haus, und verbrachten Stunden um Stunden beim Kartenspiel. Und einem Bierchen nach dem anderen. Eines aber unterschied mich von Papp, ihrem Vater. Ich hing nicht wie er im dunklen Zimmer herum, im Unterhemd, wenn nicht in der Unterhose. Zu den Anschaffungen, die ich machte, als ich mein erstes Geld als Elektrikerlehrling verdiente, gehörte ein Anzug, auf den ich stolz war. Von selbst wäre ich nicht darauf gekommen. Doch erstaunlicherweise war es meine Mutter, die mich dazu drängte. Und zu dem Hut. So konnte meine Mutter mich sonntags in der Kirche erscheinen sehen. Wenn sie sich während des Rosenkranzes, den sie ständig betete, umdrehte, sah sie mich in der letzten Reihe unter der Orgelempore stehen. Damals ging ich ja noch jeden Sonntag hin. Etwas anderes wäre für Mutter undenkbar gewesen.

In diesem Anzug stand ich mit den anderen neben dem Weihwasserbecken in der Kirche, bis ich die schwarze Uniform bekam. Ich kann gar nicht richtig sagen, ob ich den Anzug oder die Uniform vorzog. Das weiße Hemd im Tambourcorps sah ja auch nicht schlecht aus, und die gebügelte Hose dazu. Aber die Jacke fehlte halt.

Trotzdem gefiel mir das Marschieren im Spielmannszug. Nicht das Marschieren an sich. Aber das Zusammensein mit meinen Freunden, das gemeinsame Voranschreiten und das gemeinsame Spielen. Ich liebte meine Querflöte. Wenn ich den Mund anspitzte und im richtigen Winkel hineinblies, nicht zuviel Spucke, nicht zu wenig, dann entlockte ich diesem musikalischen Knüppel die Töne, auf die ich so stolz war. Wenn mir das Marschieren zu ernsthaft vorkam, versuchte ich schon einmal, stolpernd den Gleichschritt zu stören, was den Tambourmajor, wenn er es merkte, zu einem Hochziehen seiner Augenbrauen veranlasste. Dann setzte ich so schnell ich konnte, mein unschuldigstes Gesicht auf, so dass der Tambourmajor seinen goldverzierten Dirigierstab umso energischer im Takt hob und senkte.

In der schwarzen Uniform waren solche Spielchen dann nicht mehr möglich. Hier wurde völlig selbstverständlich mit tödlichem Ernst marschiert. Ich war natürlich nicht wegen dieses Ernstes eingetreten. Mein Freund Will hatte eines Tages beim Kartenspiel gesagt: „He, do muss de erennjonn. Dann krisste Arbeet." Ich befolgte den Rat, und tatsächlich: 3 Monate nach dem Eintreten erhielt ich eine Stelle bei Bayer Leverkusen. Dort sollte ich – lange nach dem Krieg - später einmal mein 40jähriges Jubiläum feiern. Aber bis dahin sollte noch viel Wasser den Rhein hinunterfließen.

Nun stand ich erstmal sonntags in der schwarzen Uniform beim Hochamt hinten in der Kirche. Ich weiß nicht, wie meine Mutter das fand. Sicher freute sie sich darüber, dass ich nun wieder mit meinem Lohn zum Haushaltsgeld beitragen konnte. Ich vermutete aber, dass der Pastor etwas gegen die schwarzen Uniformen hatte. Und damit Mutter auch. Vater sowieso. Er schwieg meistens sein undurchschaubares Schweigen, wenn einmal die Rede darauf kam. Wenn er auch die Tatsache genoss, dass es jetzt sonntags wieder eine Fleischbrühe vor dem Essen gab, die Fleischbrühe, die er immer so gerne aß, bevor wir sie uns nicht mehr leisten konnten, als er sowohl als auch ich arbeitslos wurden. Aber die Ernsthaftigkeit des Marschierens, die strengen Ansprachen des Scharführers, die mir oft unverständlich waren, und die seltsame Haltung meiner Eltern ließen in mir immer mehr den Wunsch auftauchen, die Mitgliedschaft rückgängig zu machen. Zudem wurde so allerlei gemunkelt, was angeblich in der Zeitung gestanden hatte. Das konnte ich nicht beurteilen, da wir nur einen Packen Zeitungen von Tante Dela nebenan bekamen, immer eine Woche später. Und die wurde gleich kleingerissen zu einem Haufen Blätter, die auf den Nagel im Klo aufgespießt wurden, als Klopapier. Wenn ich einmal versuchte, während des großen Geschäfts darin zu lesen, stellte ich fest, dass mir die Buchstaben zu klein waren, und der Inhalt war mir sowieso kaum verständlich. Vor allem, wenn es sich um die Namen von Parteien handelte. Ich ahnte lediglich, dass Mutter Zentrum wählte. Manchmal fiel das Wort bei einer Familienfeier, aber so schnell in all dem Redegeschwirr, dass mir nie klar wurde, welchen Wert alles hatte. Ich ahnte auch lediglich, dass Vater mehr Sympathien für die SPD hatte und dass die beiden Ohms, Ohm Dei und vor allem Ohm Mattes, dunkel mit der KPD verbunden waren, die meiner Mutter fast als eine Art Teufel galt.

Ich weiß gar nicht mehr, wie ich es schaffte, den Austritt zu beantragen. Die bösen Blicke des Scharführers vergesse ich nie. Mir war aber sofort klar, dass ich als Ersatzleistung wenigstens für das Winterhilfswerk sammeln musste. Das machte mir aber keine Schwierigkeiten. Und auch meine Mutter hatte gesagt: „Das ist ja für einen guten Zweck."

Eigentlich folgten nun unsere glücklichsten Jahre: Den Arbeitsdienst im Dietmarschen und das Torfstechen saß ich mehr oder weniger auf der linken Backe ab. Und selbst als ich nach ein paar Jahren eingezogen wurde, tat uns dies nicht sonderlich weh, weil ich vom Butzweiler Hof am Rande von Köln oft an den Wochenenden nach Hause konnte, ja, deine Mutter konnte mich dort sogar besuchen. Und mit meinem Freund Hans und den anderen Kameraden hatten wir dort oft viel Spaß. Bei Feiern spielten wir manchmal sogar Theater. Hans sagte einmal, ich hätte dafür ein besonderes Talent. Und meine Tätigkeit als Funker konnte ich fast ein bisschen als Ehre auffassen. Als wir dann ins Sudetenland einrückten, kam mir dies allerdings ein wenig sonderbar vor. Aber es war ja bald vorbei, und wir wurden dafür sogar mit einer Urkunde und einer Medaille geehrt.

Im März 39 heirateten wir standesamtlich. So konnten wir ein Ehestandsdarlehen aufnehmen, mit dem wir unsere Möbel für die Wohnung auf dem Mauspfad kauften. Nach der kirchlichen Hochzeit im Juli zogen wir dort ein. Vorher hatten wir beide noch bei unseren Eltern gewohnt. Und weißt du, es war immer schwierig für uns gewesen. Meine Mutter war ja sehr katholisch, und selbst die Eltern deiner Mutter hatten nicht so viel Verständnis für uns – oder keinen Platz. Und da waren ja auch immer noch die Nachbarn, die reden konnten. Sie hatten sich schon genug über Mutters Schwester Anna das Maul zerrissen. Dabei hatten Papp und seine Familie eigentlich ihr das Haus in Höhenberg zu verdanken.

Denn der Vater von Lieselotte war so groß-zügig gewesen, ihr und ihrer Familie dieses Haus zu mieten. Vielleicht war es aber auch nicht nur Großzügigkeit. Denn dort konnte er ja Anna, seine Geliebte, jederzeit ohne Probleme besuchen. Sie hatte oben zwei Zimmer, eins für sich und eins für ihre Tochter, Lieselotte. So hatte er in seinem Leben als Ehemann und Familienvater dort jederzeit sturmfreie Bude.

Mutter und mir standen demgegenüber nur die warmen Tage im Dünnwalder Wald zur Verfügung. Und wenn wir uns dorthin auf unseren Rädern verzogen, musste ich immer noch aufpassen, dass meine Mutter nicht die Decke auf dem Fahrradständer bemerkte. Ihre Fragen und Bemerkungen ("Wozu das denn?") waren mir doch immer unangenehm. Mit der Beichte, zu der sie mich schickte, kam ich schon einigermaßen zurecht. Im Gebetbuch waren ja die Formeln zu finden, mit denen man beim Pastor hinter seinem Holzgitter Vergebung fand. Merkwürdigerweise schien Gretchen, deine Mutter, damit weniger Probleme zu haben. Ihre Eltern gingen ja weniger zur Kirche als meine. Obwohl sie selber ein strenges Gewissen mit sich herumtrug. Das war aber wahrscheinlich mehr von der Angst vor einem unehelichen Kind geprägt.

Aber das wäre ja bei uns sowieso nicht in Frage gekommen.

An einem schönen Sonntag, als wir auf unserer Decke auf einer Lichtung im Kiefernwald lagen, trug mir deine Mutter in ihrem Glück ein Gedicht vor, ihr Lieblingsgedicht, wie sie es nannte. „Drei Zigeuner fand ich einmal." Ich werde es nie vergessen. Sein Inhalt schien mir gar nicht so ganz zu den Schatten unter ihren Augen zu passen. Und zu dem Ernst, den sie manchmal ausstrahlte. Aber sie konnte ja auch sehr lustig sein. Und dazu passte dieses Gedicht mehr. Klang da nicht sogar so etwas wie Leichtsinn heraus? Als sie das Gedicht beendet hatte, liebte ich sie noch mehr als sonst. Ich wusste aber nicht, was ich sagen sollte. Ich hatte aber das Gefühl, als hätte sie das Gedicht mir zuliebe zu ihrem Lieblingsgedicht ernannt.

Ich weiß nicht, ob du das auch schon erlebt hast: Dass die Zeit auf einmal wie eine kaputte Feder zusammenschnurrt. So erlebte ich die Kriegszeit. Bei deiner Mutter und dir mag es anders gewesen sein, vor allem durch euren Aufenthalt in Sachsen, als ihr dort evakuiert wart. Bei mir aber überschlug sich alles, der plötzliche Einsatz in Italien, von wo es in Tropenuniform und Tropenhelm dann nach Afrika gehen sollte, der Einsatz, der genauso plötzlich zu Ende ging, die Verlegung nach Russland und zum Schluss der Rückzug bis nach Berlin. Dort aber, das muss ich zugeben, schien die Zeit auf einmal stillzustehen, obwohl die Umstände alles andere als still waren.

Als Funker war ich bisher nicht mit direkten Kriegshandlungen unmittelbar in Kontakt gekommen. Nun aber war alles anders. So anders, dass wir zum ersten Mal den Gedanken fassten, mit der Pistole unserem Leben ein Ende zu setzen. Vor allem dann, wenn wir im Dunkeln im Bunker hockten und das pausenlose Gewummere und Pfeifen und Dröhnen hörten, ohne uns bewegen zu können. Noch vor kurzem war ich auf meinem Motorrad mit einer Kabelrolle durch die zerstörten Straßen gefahren. Granatsplitter pfiffen mir um die Ohren. Ich kann gar nicht mehr sagen, ob ich mehr Angst hatte oder mehr Genugtuung, wenn ich dann wieder einmal unverletzt im Bunker ankam. Einmal hat es mich dann doch erwischt. Wenn es der Ringfinger der rechten Hand gewesen wäre, könnte ich nun meinen Trauring nicht mehr tragen. Aber es war die linke Hand.

Als wir hörten, dass die Russen immer näher

kamen, verlor ich den Glauben an den Sieg und auch an Gott. Selbstmordgedanken gingen uns durch den Kopf. Ich wurde durch die Fotos in meiner schwarzen Brieftasche, die ich immer bei mir trug, davon abgehalten, durch die Fotos von deiner Mutter, meiner Mutter und von dir. Ich würde euch wiedersehen. Auf jeden Fall. Dieser Gedanke setzte sich nun endgültig in mir fest. Wir zeigten uns am Abend diese Fotos, redeten nicht viel darüber. Aber unser Feldwebel, dieses Schwein, musste dabei den Entschluss gefasst haben, abzuhauen und sich zu Hause an deine Mutter ranzumachen, wie ich später erfahren sollte. Wie hat er es nur geschafft, auf seinem Motorrad aus dem Berliner Hexenkessel herauszukommen? Das ist mir bis heute ein Rätsel.

Ein wenig waren wir erstaunt, als der Befehl kam, wir sollten den Bunker verlassen, um draußen unsere Waffen auf einem Haufen abzulegen. Dann marschierten wir bis zu einer großen Straße, auf der sich schon viele Gruppen zu langen Kolonnen formiert hatten. Sie wurden von russischen Soldaten mit viel „Dawai! Dawai!" vorwärtsgetrieben. Als wir uns eingegliedert hatten, sahen wir einzelne Frauen auf der Straße, wie sie Zettel entgegennahmen, die ihnen von den Kameraden zugeworfen wurden. Ich riss mir ein Blatt aus meinem Notizblock in der schwarzen Brieftasche und kritzelte, so gut es beim Marschieren ging, mit meinem Bleistift den Namen und die Adresse deiner Mutter darauf. Einer Frau mit dunklem Kopftuch neben einem ausgebrannten Panzer, an der ich plötzlich sehr nahe vorbeikam, warf ich den Zettel zu. Er fiel vor ihr auf den Boden. Aus dem Augenwinkel sah ich gerade noch, dass sie ihn aufhob.

Irgendwo standen zwischen den Skeletten der Häuserruinen russische Lastwagen, in die wir verfrachtet wurden. Und dann folgten endlose Eisenbahnfahrten, mühevolles gedrängtes Stehen, erschöpftes Zusammensinken, Gestank, selten einmal eine der aufgesparten Zigaretten, geredet wurde kaum. Manchmal Halte auf offenem plattem Land, wo alle ausströmten, um ihr Geschäft zu verrichten, immer bewacht und angetrieben durch Dawai-Rufen. Vielleicht ergab sich hier die Verstopfung, die später immer schlimmer wurde und im Lager dramatische Ausmaße annahm.

Ich kann nicht sagen, dass sie unmenschlich zu uns waren. Unsere Befürchtungen hatten uns den Iwan als wahre Monster gemalt, grausam, mehr Tiere als Menschen. Später erlebte ich, dass sie kaum besser dran waren als wir. Auch sie litten unter Hunger und Kälte, eisiger Kälte während der Winter. Zwei müssen es gewesen sein. Ein dunkler Vorhang lässt auch diese Zeit zusammenschnurren in meinem Kopf. Nur ein paar Mal öffnet er sich. Der Donnerbalken, die Ziege unter den Dielen, die Knochenarbeit im Steinbruch, die uralte Frau mit dem Kopftuch, der Brief aus der Heimat, das Lazarett.

Der Weg zum Donnerbalken erschien zunächst immer als eine Art Urlaub, Urlaub von der Knochenarbeit im Steinbruch und seinem trockenen Staub, Urlaub von der Langeweile im Lager. Dann aber immer die Qual der Verstopfung, das endlose ergebnislose Pressen. Manchmal musste ich mit den Fingern nachhelfen oder mit einem Stöckchen.

Als den Russen klar wurde, dass ich Elektriker war, besserte sich meine Lage ein wenig. Ich wurde nicht mehr so oft im Steinbruch eingesetzt, durfte öfter aus dem Lager heraus, um Leitungen zu reparieren, erhielt auch schon mal eine Extra-Zigarette. In einem nahegelegenen Dorf kannten mich einige Leute schon. Und eine uralte Frau mit einem Kopftuch schien mich regelrecht als Sohn oder Enkel anzusehen. Ich lernte die Wörter Babuschka und Papirossi. Sie steckte mir auch schon mal was zum Essen zu, obwohl sie selber nicht gerade mit Wohlstand gesegnet war. Ich durfte mich mit meinen Elektriker-Kameraden freier bewegen. So gelang es uns eines Tages, von einem Einsatz eine Ziege mitzunehmen, die wir vorher hastig geschlachtet hatten. Die zerlegten Stücke versteckten wir im Lager unter den Bodendielen. Dort dienten sie uns einige Zeit als kostbare Zusatznahrung. Trotzdem – oder vielleicht deshalb - wurde ich bald darauf krank. Magen und Darm machten irgendwie nicht mehr mit. Es wurde so schlimm, dass ich ins angeschlossene Lazarett verlegt werden sollte. Zu dieser Zeit erhielt ich auch den einzigen Brief, der mich aus der Heimat erreichte, von meiner Mutter.

Lieber Urban!

Nun zum dritten Brief, und hoffentlich gelangt einer davon in deine Hände. Ich kann mir nicht denken dass wir keine Post von dir bekommen. Gretchen hat 2 Karten bekommen und auch sofort beantwortet, nun hoffen wir das Beste. Hier ist noch alles beim Alten und gesund sind wir auch noch. Gretchen und Friedhelm geht es auch noch soweit sehr gut. Nur der Vati fehlt. Sorgen brauchst du dir keine zu machen. Für den Winter hat Opa schon für gesorgt. Er hat den ganzen Sommer beim Bauern gearbeitet, und so haben wir Kartoffeln im Keller, was ja die Hauptsache ist. Jetzt sind wir alle beim Rübenkraut kochen, Gretchen ist auch dran. Mit dem Land geht es uns so ziemlich. Man bleibt so aber am trappeln. Dein Schwiegervater ist ja auch bei uns und die anderen sind alle in Höhenberg, haben sich alle wieder häuslich eingerichtet jeder wieder hat seine Wohnung für sich. Oma Pesch lebt ja nicht mehr, ist verstorben an Altersschwäche und liegt in Schlebusch beerdigt. Auch Gerds Mutter ist vom Arischuß getroffen, sonst ist alles gut gegangen, und wir sind zufrieden. Nun hoffen wir daß bald auch mal einige Zeilen von dir nach hier kommen sonst schreibe mal an die Beeskomms, die können uns dann schreiben. Von dort gehen auch diese Zeilen. Will nun schließen, mit den besten Grüßen von uns allen deinen Lieben zu Hause,

Vater und Mutter

Es ging mir nach dem Brief nicht besser, im Gegenteil. Nach einiger Zeit wurde ich dann wirklich ins Lazarett verlegt, wo ich so dahindämmerte, bis ich schließlich tatsächlich entlassen wurde.

Deine Mutter hat mir später erzählt, dass ich meinen eigenen Sohn nicht erkannte, als ihr mich in Goslar abholtet. Dorthin wurde ich in ein deutsches Lazarett verlegt. Und danach hatte ich nur Interesse am Essen. Ich pendelte den ganzen Tag zwischen dem Frühstück bei uns und dem Frühstück bei meiner Mutter, dem Mittagessen bei uns und so weiter hin und her. So wurde aus dem abgemagerten, pickeligen Skelett, als welches ich aus der Gefangenschaft zurückkam, ein Mensch, der bald so dick wurde, dass er im Freundes- und Verwandtenkreis spöttisch als „Bürgermeister von Dünnwald" bezeichnet wurde. So erzählte es mir später jedenfalls deine Mutter. Ich selber habe kaum Erinnerungen an diese Zeit. Auch nicht daran, dass ich ärgerlich war, als du mir stolz deinen Werkzeugkasten zeigtest. Noch heute lege ich ja auf Besitz nicht allzu großen Wert. Dass ich von Haus und Hof meiner Eltern nichts erbte, habe ich längst überwunden. Und sogar damals ging es mir weniger um den Besitz selber als um meine Ehre. Wie konnten meine Schwester und mein Schwager mir als dem ältesten Kind und einzigen Sohn meiner Eltern die Erbschaft von Haus und Hof und Land einfach abnehmen? Doch wie gesagt, das ist nun lange vorbei. Aber mein Werkzeug! Das würde ich auch heute noch mit Zähnen und

Klauen verteidigen. Und nun hatte mir mein Sohn davon einfach Feilen, Zangen und einen Hammer weggenommen, ohne mich zu fragen. Den Werkzeugkasten, in dem alles fein säuberlich angeordnet war, hatte dazu noch Herr Bierbrauer angefertigt, der Nachbar, auf den ich sowieso ein wenig eifersüchtig war. Einfach, weil er die ganze Zeit, die ich von deiner Mutter und dir getrennt im Krieg und in Gefangenschaft verbrachte, zwei Etagen über euch im selben Haus wohnen durfte. Später, als es mir wider Erwarten wieder besser ging, sah ich ein, dass diese Eifersucht völlig grundlos war.

Ich hatte längst wieder meine Arbeit bei Bayer, unser Leben hatte sich längst wieder normalisiert, als wir eines Tages überlegten, ob wir uns bei einer Baugenossenschaft eintragen lassen sollten, um in ein paar Jahren ein Haus hinter der Eisenbahnlinie in Dünnwald zu bauen. Wir rechneten hin und her, kamen schließlich zu der Überzeugung, dass die finanzielle Belastung für uns letztendlich doch zu groß sein würde.

Mit der Wohnung in Leverkusen waren wir dann auch zufrieden. Wir hatten alles, was wir brauchten. Unser Sohn hatte nun sogar ein eigenes Zimmer, und so standen die Aussichten nicht schlecht, dass er es einmal besser haben würde als wir. Er würde das Abitur am Gymnasium machen und anschließend studieren. Ich hoffe, du wusstest das alles zu würdigen. Aber ich glaube schon. Du machtest ja eigentlich immer einen recht zufriedenen Eindruck. Und vielleicht ist das ein Teil des Erbes, das wir dir hinterlassen haben.

Leider machten sich bei deiner Mutter nun die Spätfolgen des Streits, des Ärgers und der Sorgen bemerkbar, die sie in ihrem Leben erdulden musste. Sie bekam Krebs. Doch auch diese schlimmen Zeiten wurden noch überstrahlt von unserem früheren Glück, vor allem unseren Erinnerungen daran, wie es begann.

Als ich 1933 wieder Arbeit hatte, konnte ich es mir leisten, am Wochenende zum Tanzen zum Kimmel zu fahren. Mit dem Fahrrad durch den Wald bis nach Schildgen zum Nittumer Weg. Meist waren zwei oder drei Freunde dabei. Bei schönem Wetter spielte in dem Tanzlokal die kleine Kapelle mit zwei Geigen, einer Gitarre und einem Akkordeon im Freien. Unter der blühenden Kastanie saßen auf einer der langen Bierbänke mehrere Mädchen, die wir nicht kannten. Sie kamen wohl nicht aus Dünnwald. Später erfuhren wir, dass sie aus Höhenhaus oder Höhenberg mit der Straßenbahn gekommen waren. Von der Haltestelle waren sie fast Dreiviertelstunden zu Fuß durch den Wald gelaufen.

Als wir sie näher ins Auge fassten, stach mir eine große Schlanke mit lockigen dunklen Haaren ins Auge. Sie lachte, als ich sie bei einer Polka zum Tanzen aufforderte. Dieses Lachen werde ich nie vergessen. Meine Freunde fingen an, mich aufzuziehen, als ich sie nun immer wieder aufforderte. Sie gab mir nie einen Korb. Wir unterhielten uns gleich, als hätten wir uns schon lange gekannt.

Die kleine Kapelle auf dem Holzpodium spielte meistens Polka, Walzer und Schieber. Während wir tanzten, vergaß ich meine Freunde und sie wohl auch ihre Freundinnen. Irgendwann drängten diese zum Aufbruch, weil bald die letzte Straßenbahn fahren würde. Da hörte ich die einzige Lüge, die ich jemals aus dem Munde deiner Mutter vernommen habe:

„Ich glaube, ich habe mir ein bisschen den Fuß verstaucht. Deshalb bringt mich Urban gleich mit dem Fahrrad zur Haltestelle."

Tatsächlich hatte ich ihr angeboten, sie nach

dem Tanzen auf meinem Fahrrad mitzunehmen. Dass sie gleich annehmen würde, überraschte mich aber.

Wieder reagierten ihre Freundinnen und meine Freunde mit einem Grinsen.

Als die Musiker schon zusammengepackt hatten, ertönte zum Abschluss ein Wiener Walzer von dem brandneuen Plattenspieler: Wiener Blut. Den hatte ich immer schon gerne im Radio gehört. Und auch meine dunkle Schöne, deine Mutter, mochte ihn sehr. Und wie sie mich dabei anschaute! Ob du es glaubst oder nicht: Hier wurde dein Erbe geboren, zugrunde gelegt, geschaffen. Und danach.

Danach fuhren wir nämlich auf meinem Fahrrad durch den Wald zur Straßenbahnhaltestelle. Deine Mutter saß vor mir auf der Stange. Ich fühlte mich glücklich wie nie. Manchmal schlitterte das Rad, manchmal wurde es durch leichte Stöße erschüttert, manchmal war das Fahren ein ruhiges Gleiten Auf jeden Fall musste ich ordentlich trampeln, weil der Weg meist sehr sandig war. So machten wir einmal auf einem Baumstamm, der am Weg lag, Rast. Die Sterne blinzelten durch die Zweige. Wir unterhielten uns über den Walzer, und deine Mutter sagte mir, dass sie die langsamen Stellen besonders mochte. Sie sah dabei immer sommerliche Blumenwiesen vor sich. Das kam mir sehr neu, aber schön vor. Mir hatten ja immer die schmissigen oder feierlichen Stellen mehr gefallen. An der Haltestelle gaben wir uns zum Abschied einen leichten Kuss und verabredeten uns für nächste Woche. Im gleichen Tanzlokal.

So begann alles. Und du kannst jetzt vielleicht besser verstehen, was diese Fahrt für mich, für uns bedeutete. Ein ganzes Leben lang. Die Blumenwiesen, an die deine Mutter bei dem Walzer dachte, gingen mir nie wieder aus dem Kopf. In Wirklichkeit sollten wir sie viel später erst sehen, als wir unsere Urlaube im Allgäu verbrachten. Da war deine Mutter schon sehr krank. Ihr Krebs war wohl eine späte Folge der früheren Belastungen durch den Krieg und den Streit mit meiner Schwester.

Bis zu Mutters Tod haben wir die Fahrt durch den Wald nicht vergessen und ich nicht Mutters Gedanken an die Blumenwiesen, wie sie ihr bei dem Walzer kamen. Wenn ich das Foto anschaue, auf dem sie vor dem alten Backsteinbau in Mülheim dargestellt ist, mit der Schleife im Haar, kommen mir auch diese

Gedanken in den Sinn, noch heute. Die Gedanken deiner Mutter an die Blumenwiesen und die Freude darüber, dass sie sich einigermaßen aus dem Schlamassel ihrer Kindheit gerettet hatte, mit mir zusammen. Und ich glaube, dass wir sie dir als Erbe übergeben haben. Zumindest spürte ich das später auf dem Weg von Dellbrück nach Dünnwald, als wir zu dritt von einem Besuch bei deinem Onkel Karl zurückkamen. Du hattest deine Linke in meine und deine Rechte in Mutters Hand gelegt und hattest deinen Kopf zurückgelegt, um besser in die Sterne schauen zu können, die über uns am Himmel strahlten. Fühltest dich bei deinen Eltern, die den Krieg nun hinter sich hatten, geborgen. Konntest dich in Sicherheit zurücklehnen, komme, was da wolle. Ich spürte da, wie von uns etwas auf dich überging, was du für immer als großen Schatz empfinden würdest."

Zwei Bilder und die Brille

Als Friedhelm sein Fahrrad die Kellertreppe hinuntertrug, läuteten die nahen Kirchenglocken gerade das Angelusläuten. Er wunderte sich noch immer, welche Einzelheiten er nun mit der Brille wahrnehmen konnte. Die Ziegelsteine an der Kirche und am Turm hatten hellere Fugen! Auf den neugepflanzten Bäumen sah man neben den allgegenwärtigen Amseln auch Kohlmeisen mit ihren schwarzen Köpfen und die gelb-blauen Blaumeisen. Die konnte er nun auf einmal unterscheiden. Im Fahrradkeller stellte er sein Fahrrad neben die der anderen Hausbewohner, schloss die Kellertür ab und stieg die Treppen zu ihrer Wohnung im ersten Stock hinauf. Er wusste, dass um diese Zeit am Samstag seine Eltern meist zu einem Spaziergang im naheliegenden Park unterwegs waren. So sah er niemand in der Wohnung, als er die Tür aufschloss. Er hängte seinen blauen Anorak, seinen Plastikblouson auf den Garderobehaken im Flur, warf einen Blick auf den Spiegel daneben und sah mit Befremden sein Gesicht mit dem dunklen runden Kassengestell. Dann zog er den Reißverschluss auf der Vorderseite des Anoraks aus und nahm das Blatt heraus, das ihm Tante Lina mitgegeben hatte, nachdem sie es aus einem ihrer Hefte gerissen hatte.

„Das kannst du dir zu Haus in Ruhe anschauen", hatte sie gesagt, und er sah, dass sie viele Furchen in ihrem Gesicht hatte. Entweder war sie in der letzten Zeit gealtert, oder er sah die Falten erst jetzt mit seiner

Brille.

Nun saß er auf seinem Stuhl in seinem Zimmer und dachte an den Brief seines Vaters, den er bei Tante Lina gelesen hatte. Er hatte ihn tief beeindruckt. Als er aber das Blatt anschaute, das ihm Tante Lina mitgegeben hatte, verstand er es ebenso wenig wie bei Tante Lina. Er las es ein zweites Mal:

„Zwei Bilder gingen ihm nicht aus dem Sinn. Das eine Bild war hell, das andere dunkel. Auf dem hellen Bild kam sie auf ihn zu, so dass ein freudiger Schrecken ihn erfasste. Er hatte sie lange nicht gesehen. Auf dem Platz vor ihrem Fenster und ihrem Balkon hatte er oft vergeblich darauf gewartet, dass sie erscheinen würde. Auf dem Platz mit dem Feuerlöschteich und den Booten, die aus Bomben hergerichtet waren. Und er hatte auch nicht gewusst, wie er sich verhalten würde, falls sie tatsächlich erscheinen würde. Nun aber war er nicht in der Lage sie anzureden, obwohl er sie grüßte. Und es wunderte ihn nicht, dass sie zurückgrüßte. Sie hatte ihn also nicht vergessen. Aber dann lähmte ihm dieser Schrecken den Mund. Außer ihrem kirschroten Mund sah er unter der nackten Haut ihres schlanken Halses den Pullover aus grober Wolle. Und die grobe Wolle ließ

den Ansatz ihres Busens noch besser hervor-
treten. Er ahnte die unfassbaren Schätze, die
ihn vor allem in den Händen juckten, an den
Spitzen seiner Finger. Nicht für ihn, wie ihm
schien, sondern für alle Welt. So dass ihn
Verachtung befiel. Wie konnte sie nur? Er
verzichtete auf die Kämpfe, die vielleicht nötig
geworden wären, auch um ihre Kamerad-
schaft zu erringen.

Aus seinem Inneren trat nämlich diese
Klammer in den Vordergrund, diese Sperre,
die ihm verbot, weiterzuhandeln. Er konnte
sie nicht zur Rede stellen, nicht ergründen,
warum sie sich nun allen feilbot, wie er meinte, statt nur still neben ihm zu sitzen und im
Glück zu versinken.

Diese Klammer, diese Sperre, verhinderte
auch, ihn bei dem anderen Bild weiterhandeln
zu lassen.

Das andere Bild war mit Dunkelheit verbunden, mit dunklen Haaren, dunklen Augen. Sie
rührten ein Gefühl in ihm auf, das tiefer unten
saß. Es war verbunden mit dem Geruch nach
Fichtennadeln, trockner Hitze, die alles Ge-
wöhnliche auflöste, dunklem Wald, in dem
man sich verstecken konnte, um endlich dem
nachzugeben, was einen im Innersten be-

wegte, ohne dass man sagen konnte, was es war. Es regte sich zwischen seinen Schenkeln, ein unwiderstehliches Auf und Ab, und doch gefangen wieder von dieser Klammer, dieser Sperre, die alles verbot. Die ihm verbot, sozusagen am Ball zu bleiben, Abweisung hinzunehmen, aber dann immer wieder neu anzufangen. Bis er Erfolg haben würde, der ihm letztlich sicher erschien. Weil sie mit Leib und Seele einfach zusammengehörten, wie er dumpf empfand.

Und beide Bilder würden ihn im Unterbewussten viele Jahre verfolgen, bis er schließlich in freieren Zeiten eine Lösung finden würde, die beide Bilder miteinander verbinden konnte, eine Lösung, die er erst finden würde, wenn er schon erwachsen war. Eine lange Durststrecke, in der er viel zu leiden hätte. Und die sich erst ergeben würde, wenn er sich von den strengen Augen des Kaplans und den Höllendrohungen im Hintergrund gelöst hätte."

Er ahnte, dass der Text mit ihm selber zu tun hatte, schaute auf die dünnen Linien auf dem Blatt und die ordentliche Schrift der Tante, die der Schrift seiner Mutter ähnelte. Dann ging er zu seinem neuen Bücherschrank, den er von Kusine Anneliese bekommen hatte, öffnete die unteren Türen und legte das Blatt in den geschnitzten Holzkasten, den er einmal von Tante Elli geschenkt bekommen hatte.

Sein Blick glitt zärtlich auf den oberen Teil des Schranks. Dort schützten zwei gläserne Schiebetüren die Bücher auf den Regalbrettern. Da hatte sich schon Einiges angesammelt. Ein paar Reclamhefte waren dazugekommen, die er sich von seinem Taschengeld gekauft hatte. Und später würden dort auch die kleinen schwarzen Hefte stehen, in die er seine eigenen Texte schreiben würde, Tagebuchnotizen und erste Gedichte.

Auf dem oberen Regal stand neben seinen Schulbüchern die alte Spieluhr, die ihm Tante Lina übergeben hatte, und die seine Mutter schon von ihrer Mutter bekommen hatte, wie sie ihm erzählte, als er sie mit nach Hause brachte. Wieder schaute er auf das verblasste Ziffernblatt und sah das Wort Coeln, noch mit C geschrieben. Ab und zu musste er sich ihre kindlich-naive Melodie anhören und beobachtete dabei den komplizierten Mechanismus von Zahnrädern und zarten Propellern in ihrem Inneren hinter den Glasscheiben, die von Messing eingerahmt waren. Wenn er vor diesem Schrank saß, fühlte er sich nun regelrecht reich.

In den nächsten Jahren würde er in Abständen immer mal wieder einen Blick auf das Blatt in seiner Schatzkiste werfen. Er würde anfangen, das Geschriebene besser zu verstehen. Vieles würde er nun ganz anders sehen, schärfer, wie das neue Sehen mit seiner Brille. Manche Geschehnisse seiner Kindheit würde er vergessen und viel, viel später aus seinem Gedächtnis, vergrabenen Gefühlen, aus Erzählungen seiner Eltern und aus der einen oder anderen Aufzeichnung wieder ans Tageslicht hervorholen. Manchmal würde er nicht wissen, wie genau die chronologische Reihenfolge gewesen war. Das schien ihm aber auch nicht so wichtig. Ein neues Bild über sein Leben am Waldrand würde allmählich ans Tageslicht treten und den Hintergrund neuer Erlebnisse und neuer Zeiten bilden.

Inhalt

Widmung und Danksagung

Dieses Buch ist meiner lieben Sigrid gewidmet. Sie kennt alle Details aus Gesprächen seit Jahren und hat wie immer als kritische Lektorin fungiert.

Es ist auch meinen Kindern und Enkelkindern gewidmet. Sie erleben vielleicht die Spätfolgen der dargestellten Ereignisse in ihrem Werdegang und können sich selber in Vergleichen damit besser verstehen.

Ein Dank gilt auch Claudia für ihr freundliches Lektorat.